虚構のクレーン

Mitsuharu InOue

井上光晴

P+D BOOKS

小学館

目次

第一章――4
第二章――93
第三章――150
第四章――203
第五章――237
第六章――282

第一章

1

淀川《よどがわ》の鉄橋をすぎると、突然焦げたコールタールのような匂いのする煙が列車の中にまいこんできて、誰かが「わあ、焼けとる焼けとる」と叫んだ。阪神国道に沿ったまっくろい街並がちょうどはりつめた一本の糸に火をつけた形で燃え上り、そのぱたぱた、ぱたぱたという炎の中を徐行しながら時々前方につんのめるような不思議な速度を出して列車は走りつづけていた。「よう燃えるなあ、海の中に油ば流したごと燃えるなあ」と、さっき「燃えとる、燃えとる」と叫んだ男がまた九州弁で声高《こわだか》にしゃべりはじめ、仲代庫男《なかしろくらお》と背中合せに坐っている赤襷《あかだすき》をかけた男が「やっぱり、昼間の空襲ですやろかねえ」とまのびした声で相槌《あいづち》を打った。その男は、東京からの列車が、大阪・名古屋方面空襲中というので岡崎駅で四時間程停車した時乗込んできて、それからは十分おき位に「間に合いますやろかなあ」と自分に来た召集令状の日時を関西弁とも九州弁ともつかぬ奇妙な間合をとった声で繰返していたが、京都駅を過ぎた頃から、どうしたのか急に頭を自分の膝に押込むようにしてだまりこくってしまっていたのである。「便所ですかあ」仲代庫男の座席を出た通路に新聞紙を敷き、横においたトランクにへばりつくようにしている男がほんの申し訳程度に体をずらし、その上をものもいわず茶色のモンペをはいた女がまたがっていった。三人掛の座席の間にも余地のないほど乗客は思い思いの姿勢で蹲《うずくま》っていたが、なぜかあまり話し合う者もなく、疲れはてた空気が焦げ臭い深夜の車中いっぱいに漂っていた。

「便所はもう入れんよ、人が坐っているんだから」というぼそぼそとした声が入口のあたりでおこり「女だから」とか「女ですから」という意外にきんきんした声がしばらくつづいていたが、誰もふりむこうとしなかった。コールタールの匂いが今度は歯磨粉のような匂いになり、急にまた薄紫のむんむんする煙に変った。

「窓をあけろ、窓を」さっき「燃えるなあ」といった男と逆の方向から低い号令のような声が上り、仲代庫男はベニヤ板ではりつけてある窓に両手をかけた。その時、ギリギリと滑るような車輪の振動がして列車が停り、「学生さん、どこですか」と仲代の前に坐っている女がいった。

「さあ、さっき淀川を過ぎたから……」仲代庫男は窓を開けながらこたえた。

「停るところなんかじゃないのにねえ」歯ぐきを指で押さえて女がいった。東京で二度空襲にあい、二度目は歯冠《しかん》を入れるため、十八金の指輪を歯医者に持って行ったとたん警報がでて、おかげで何もかもフイになったとぐちっていた三十四、五位の女で、主人は昭南《しようなん》に出征している将校だと問わず語りに何度もしゃべっていた。

「どうしたんだ」『どうしたのかねえ」という声があちこちで上り、車内は急に騒然となった。「また空襲か、四時間も五時間もとめられたらかなわんなあ」「こんなとこ駅あるのんか、一体……」列車の窓をあけた仲代庫男の眼いっぱいに崩れおちながら燃えつづける鉄骨とその真赤な煙を影のように映しだした煙突がとびこんできて、彼は何とはなしに「ああ西淀川だ」と呟いた。「兄さん、どこ」歯ぐきを押えた女の横に坐っている戦闘帽をかぶった男がやっと自分に返ったような声でいった。どうしたわけか、その男はワイシャツを二枚重ねてきこんでいて、京都からずっと眠っていたのである。「馬鹿なことしやがる」何に腹を立てているのかわからぬ口調で、その隣りに半分腰かけている男が呟き、その呟きを伝染するように、こんどは仲代庫男の隣りに坐っている男が「止っちゃ走り、止っちゃ走り、明後日頃《あさって》でもつくとやろかい」と九州弁でいった。

仲代庫男は黙って赤い炎の影に浮きだされた岩本製作所という文字をみつめていた。その岩本製作所におぼえはなかったが、彼は五年前、昭和十五年春から約一年間、いま列車の窓から見える黒々とした火の地平線のようなその附近——西淀川区歌島橋の協同製鋼所という工場で働いていたのである。彼は九州西端にある炭鉱の島で高等小学校一年を終えるとすぐ夜間工業に入れて貰えるという約束で、協同製鋼所の技師をしていた米川市治(その人の弟が炭鉱の労務課員であった)の家に書生兼、見習分析工という資格で住み込むために上阪したが、本来の目的である夜間工業は上級学校進学資格のない乙種校であり、そしてなによりも耐え難かったのは、毎朝、女学校に通う同年輩の娘の靴を磨き、電車通りまで見送らねばならぬことであった。昼間は米川技師の書生だということで特に社員食堂で食べられたが、ある日カレーライスをお代りしたということで、(憎まれていた米川技師への面当《つらあ》てもあり)一ぺんに評判になり、彼はその屈辱に身をふるわせて、いま焼けただれる工場の道を通り、下関につづく線路の上を歩いて行ったのである。

「レールの枕木が燃えよるとじゃないですか、何か臭かごたるが」仲代庫男の五年前の感慨をふたたび薄紫の咽喉《のど》をつきさす煙に充ちた車中にひきずりこむ声で隣りの男がいい、「枕木が、あなたそんなことが」と顎紐《あごひも》のない戦闘帽をかぶった男がこたえた。「もう何時間乗ったかわかりませんからねえ、本当に岡崎でも停ったでしょう、京都でも停ったでしょう、大阪でも一時間以上とまっていたですからねえ」と「枕木が燃えよる」といった男の横に三人掛している四十歳位の女が、通路をへだてたむこうの座席にいる国防色の服を着た若い兵曹《へいそう》に話しかけ、「はあ」とその兵曹が気のない返事をした。

「こんな調子で九州までいけるのですかねえ。海軍さん、佐世保《させぼ》まででしたねえ」浜松で掌《てのひら》いっぱいもらった乾パンの味が忘れられない声で女がまた若い兵曹にいった時、列車がガタンと大きく揺れて動きはじめた。

「動いた、動いた」ワイシャツを二枚着込んでいる男がいい、その声につられるように「学生さん、神戸はまだでしょうね」と仲代庫男の前に坐っている女がはずみをつけた声でいった。「さあまだ三十分位はかかるんじゃないですか」とこたえた仲代庫男と同時に、通路に新聞紙を敷いて蹲っていた男がぱっと顔をあげて「神戸でおりられるんですか」と女に声をかけた。「いや、あたしは門司まで行くとですがね、神戸は昔、弟が工場にいたもんですから」と女がこたえ、通路の男はまたものもいわず新聞紙を腰でずらした。「弟はね、もう五年も支那《しな》に行ってるんですよ。こんどの戦争が起る前の年ですからねえ、兵隊に行く時も時間がなくて神戸からまっすぐ行って……。山路鉄工所というところに働いていたんですがねえ」

　女は仲代庫男に話しかけているのだが、彼は黙っていた。五年前、彼の働いていた西淀川の製鋼所に村田チイエ（千鶴枝《ちずえ》か千鶴か不明だが、とにかくそう呼ばれていた）という彼より五つ六つ年上の分析女工がいたが、その村田チイエが或る日、夜学に行く途中の彼を強引とも思える仕方で工場の近くの運河沿いの突堤に誘い出したことを考えていたのである。

　チイエはその時、自分の兄と友達に召集が来てから、もう一年近くなると仲代に話し、彼は「なんとか甲種工業の夜間にかわろうと思うとる。いま行っている大阪工科学校は乙種やさかいあかん」と覚えたての大阪弁でいった。

「うちはね、車引きのワンタン屋よ、材料少《すくの》うなってしもうてこのごろさっぱりやけど」突堤を阪神国道電車の停留所の方に歩きながらチイエはいった。「ワンタンか、まだたべたことない」と彼はこたえたが、チイエと二人きりで逢ったのは後にもさきにもそれきりだった。いまべニヤ板の隙間の通して燃えつづける工場の炎の中に、そのチイエの顔と言葉が鮮烈な思いとなって蘇えってくる。「兄ちゃんの友達の青木という人はこっけいやったわ」「あんた十五にしては大人みたいな顔してるねえ」彼が協同製鋼所を逃げるようにしてやめたその日（事実彼は住込んでいた米川技師の家を無断で逃げ出したのだが）ちょうどチイエは欠勤していて、彼は同僚の原という少年に「村田さんが来たら、親切にされたことは忘れんというといてくれ」と思い切って伝言を頼んだのである。

「手洗いにいきたいけど、無理でしょうねえ、大阪駅で行っとけばよかったけど」仲代の前の女が今度はしきりに別のことを呟きはじめた。通路にいた男はいよいよテコでも動くまいというように顔をそむけ、さっき「馬鹿なことしやがる」といった男が「いま無理だなあ、三宮《さんのみや》か神戸でおりてするんだなあ」と言葉自体としては親切だが、ひどくつっぱなした声でいった。「男はどこからでもとばせるからいいけど女はねえ」その男の前の四十女はなぜかはしゃいだような調子でその言葉を受け、「本当に大阪でしとけばよかった」と仲代の前の女が両手で歯ぐきをいじりながらくり返した。

いまにも揺れおちるような光線で車内灯がぼんやりとした隈《くま》をその女の顔半分に作り、「のろのろしているなあ、レールが焼けたのかもしれんなあ」と誰かが呟いた時、その呟きをハミングするように、オウオウという音がきこえ、突然鋭い汽笛を三度たてつづけに鳴らして列車のブレーキがかかった。と、同時にオウオウというどこか遠い所から聞えてくる音が「窓をあけてくれ」「乗せてくれ」という荒々しい声になり、「避難民を入れろ」と、裂くような悲鳴がベニヤ板の窓にすりよせていた仲代の顔を直接叩きつけた。

「避難民だ、窓をあけてくれ」「乗せてちょうだい、もう三時間もここに待っているんですから」「おい、窓をあけんか、窓を」「ぶち破るぞ」「乗せてえ」「おねがいします、乗せて下さい」「空襲で焼けだされたんだ、入れてくれ」「たのむ、入れてくれ」口々に叫ぶ声がブレーキをかけた列車をとりまき（ホームの反対側からもその叫びはおこっていた）そのすさまじさに押されて、二、三の乗客が窓をあけようとした時、仲代庫男の坐っている座席の斜前方から「おいあけるなっ、窓をあけちゃいかんぞ」という声が上った。

国民服を着てゲートルを巻いた五十年輩の男で、その男はつづけて「窓をあけちゃいかん、これ以上乗せたらそれこそ列車は動けんようになってしまう。われわれも戦災者なんだ、あけちゃいかんぞ」と中学生にでもいうような口調で叫んだ。

「ここどこですかねえ、こんなところに駅あるんですか」ガンガンと叩く窓の外の声をはぐらかすように仲代の前の女はひとりごとをいい、「汽車が動かんと入隊が間に合わんからなあ」と彼の背後で赤襷をかけた男がいった。

「あけてくれ」「もう乗れないよ」「乗れないということがあるか」「乗れんよ」「窓をあけろ窓を、網棚の上にだって乗れるんだ」「あけるな、一人乗せたら最後だぞっ」また国民服の男が叫んだ。

「日本国民じゃないか、焼け出されたんだから乗せてくれ」という声と同時に仲代庫男の窓硝子が今にも割れそうな勢いで鳴り、柳行李《やなぎごうり》を背負った男の顔がその窓硝子に威嚇するようにぺったり寄せられていた。その「日本国民じゃないか」という声にひっかかったらしく、逆にその声を無視して隣の男が「駅ですか」と仲代にたずねた。

「ええ、神崎《かんざき》大橋らしいですよ、尼ヶ崎ですね、ビール会社のあるところですよ」仲代はこたえ、つづけて「もう入らんからなあ」と自分に弁解した。その時、隣の硝子窓にぴっぴっとちょうど障子紙を裂くような音をたててひびが入り、「あっ、ぶっつけやがった」と通路の男が指さした。それを合図にしてあちこちのベニヤ板と硝子窓が外から激しく打破る勢いで叩かれ、破片のとぶ危険を避けて、二、三の窓が開かれたが、その窓からおし入ろうとする者、それを拒もうとする者で、忽《たちま》ち車内は怒号と悲鳴の渦に巻込まれた。

「ひどいですねえ」仲代の前の女は、その開いた窓から離れていて助かったという口調で呟き、「焼けだされたんですね」とワイシャツ一枚の男が同じ調子でいった。鋭い尾を引くような警笛が鳴り、「危いぞ、窓をしめろ、汽車が動くぞ」という国民服の男の叫びを仲代庫男は自分自身の気持にだめを押すような思いで聞いた。彼の坐っているベニヤ板の窓の向うで、さっきから「あけて下さい」「あけて下さい」と執拗《しつよう》にくり返される若い女の声から一時も早くのがれたかったからである。汽笛が鳴り、「あけて下さい」という声がまたくり返された。その声を聞いたのか聞かぬのか「あけたら駄目ですよ、共倒れですよ」とひとごとのようにいう隣りの男の声に半分ほっと責任を転嫁する気分になり、仲代は「もういっぱいでとても乗れないですよ」と窓の外に向っていった。

汽笛がまた長く今度は少し尻細に鳴った。「のせて下さい、荷物も何も持っていないんです」女が仲代の声にすがりついた。ベニヤ板の隙間からその女の顔がひどく飢えたものに見え、仲代はその迫るような表情から目をそむけた。すると、汽車がびっくりするような揺れ方で動き出し、その瞬間、仲代はベニヤ板の窓をあけてしまったのである。なぜそうしたのか自分でもよくわからなかったが、女がさっと体を乗り入れ「よかった」と息をついた時、仲代は何に対してかいいようもなくはずかしい気がした。仲代と同年輩の、二十《はたち》になるかならぬ位の女であった。

「本当にありがとうございました」若い女はいったが、仲代は返事をしなかった。彼の前の女が「危いねえ」と顔をしかめ、「ねえちゃん儲かったな」と通路に面して三人掛している男がいった。彼女が意外に若かったことがその座席の人々の気分を別のところにそらすことになり、「どこも坐るとこないよ、この腰掛の間にでも坐っときなさい」とさっき「共倒れ」といった男が、自分の膝をまきこんで、座席と座席の間の床をあけた。「窮屈ねえ」と歯ぐきをおさえた女が足をまげたが、仲代は黙っていた。

列車はかなりの速度を出しはじめ、人々は少し解放された気分になった。

「ねえちゃんも焼けだされた口か」端に坐っている男がいった。

「ええひどかったですわ。夕方からずっと燃えつづけよ」若い女はやや青ざめた顔をあげてこたえた。小さく尖った鼻の先に黒い油のようなものがついていたが、彼女はそれに気がつかないらしく、声だけが元気だった。

「動員で行っていたんですけど、はじめその工場が燃えて、かえってみたら、下宿まで丸焼けなんです。だからこんな荷物もなにもなくて……」若い女はつづけた。

「ねえさん、学生ですか」仲代の隣の熊本まで行くという男がいった。

「ええ、薬専です。大阪の……」

「薬専ですか、そんなら木須《きす》とも子というの知りませんか、僕の親類ですが」仲代庫男はいった。

「木須という人、佐賀の方でしょう。上級生で顔は知っていますが、話したことはありません」女子学生はいった。

「学校は……東京の学校ですか」と、しばらくして女子学生はきいた。

「ええ」仲代は曖昧な返事をした。彼はいまある私立大学の専門部と工業専門学校の両方に籍をおいていたが、その名前をいうことが女子学生に対してひどく屈辱的なものに感じられたからである。彼の着ている学生服のボタンはただ「学」という字の彫ってある黒い木製の統制ボタンで、帽子はかぶっておらず、ただそれだけではどこの学校か不明であったのである。

「中野にいたんですが、すっかり焼けだされてしまって」仲代はその曖昧な言葉につづけた。

「まあ、あなたもやられたんですの」女子学生はいった。

「ここに乗っているのは誰も彼もですよ」仲代の前の女が言葉をはさみ、それからまた「濁酒《どぶろく》一升十円というのはいくらなんでも高いですよ」と別の話に割り込んでいった。

「けれどもよかったわ、乗せてもらって。乗せてもらえなかったらどうなることかと思っていたんですよ。戦災証明書もなにもないけど、とにかく汽車にさえ乗れればなんとかなると思って」女子学生は急に現実に引戻されたような顔になった。

「通れませんよ、駄目ですよ、便所はいっぱいだ」という声が便所に近い通路でおこり、赤ん坊が急に火のついたように泣き出した。

「あーあ、大阪でほんとにしとけばよかった。学生さん、神戸まで大分ですか」前の女はその赤ん坊の声に苛だつようにいった。

それからしばらく経って列車は三宮駅に五分、神戸駅に約七分間停車したが、仲代の前の女は便所にいくことができなかった。車中は身動きもならず、またいつ発車するかわからなかったので窓からとび出して用を足すことができなかったのである。

「もういいよ、ここでしかぶるわけにもいかんから私いってくる」といって女が立上った。通路の男が、「便所に何人も坐っているんだよ」といったが女はかまわずその男の肩を越え、女子学生がものもいわずその女の後につづいた。

「だめだめねえちゃん。今度駅につくまで我慢するんだな」端の男が顔を上げ、何がおかしいのか若い兵曹がはははと笑った。先に行った女は二人か三人の頭を越えぬうちに「おい、無茶すんなよ、お前一人じゃない、誰だって我慢しているんだ」とたちはだかられ、またぶつぶついいながら戻ってきた。

「窓からやれ、窓から」通路にいる皺《しわ》だらけの作業服を着た男がいった。この男は東京駅を列車が出たとたん乳のみ児をかかえた女に「すみませんが一個でよろしいから売っていただけませんか」とねだり、「売るようなものはないのですが」と嫌な顔をされても、乞食のようにじっと手を差出してにぎりめしをひとつせしめていたのである。

「窓から女がどうしてできるもんですか」もう冗談もいえぬといった顔つきで女が坐った。

「長崎の女学校は県立ですか」仲代庫男はいった。「ええ」女子学生はこたえた。

「西山のあの女学校なら僕は何度も行ったことがありますよ」彼は便所に行きたい女学生をなぐさめていたのだ。「試験を受けに何度も通っていたんですよ。ほらピアノのおいてある音楽教室があるでしょう」

「試験？　高商のですか」

「いや高商じゃない、検定試験です。ちょうどあの女学校が試験場だったものですから」

「もう少し通路の人だってゆずり合ってくれればいいのにね」女はいった。

下ぶくれのどちらかといえば目鼻の整った顔をしているその女が、急に顔を下にしゃがみこんでいる女子学生につきつけるようにして何ごとか囁いた。「でも」とびっくりしたような声をだして女子学生はその女の顔をみた。

女は風呂敷を出して女子学生の代りにしゃがみこみ、そのしゃがみこんだ女の盾《たて》になるように女子学生が立ちはだかった。

「あっ」仲代と、隣の男も思わず顔をそむけたが、くしゃくしゃにした風呂敷にしみこんでゆく女の小便がいらだつほど長く音をたてた。女子学生は泣きだしそうな顔をして反対の方をむき、仲代はそのシュッシュッという音をまるでうちのめされたようにきいた。

小便を終えた女は「すみませんが窓をあけて下さい」と仲代にたのんだ。どぎまぎしながら彼は窓をあけ、女がその窓から濡れた風呂敷の塊《かたまり》を投げた。それから「すみませんでしたねえ」といった。

何といってよいかまともに女の顔をみることができずに仲代は顔を伏せた。

「は、は、は、とうとうやりましたねえ」ワイシャツの男がけたたましく笑った。

「ねえちゃんもやれよ、遠慮すんなよ」端の男が声をかけた。そのとたん、「一緒に便所に行ってあげる」と仲代は立上った。なぜそんなとっぴょうしもないことをいいだしたのかと皆唖然とした顔になり、彼自身もすぐそう思ったが、ちょうどさっき列車の窓から見えた西淀川の工場のような炎が一挙に彼の脳髄のある部分を圧迫して、どうにもならなくなってしまったからである。

「ふゅう」というような声を出して端の男が仲代の後につづく女子学生を見た。「ごめん下さい」「すみません」「ごめん下さい」仲代は叫ぶようにいい、「だめだめ」という声を全身でつっきりながら便所に向って進んだ。さっきあの女が丸めた風呂敷に洩《も》らしたシュッシュッという音が、黒い何かを叫びだしたいような圧力になって彼の背中をおした。「すみません、便所に行きたいんです」まるで傷つけられた気持で彼は通路の人間たちの頭と肩と脚をまたぎ、その背にぴったりくっついて、鼻の先の尖った丸顔の女子学生がつづいた。

開け放した便所の前に防空頭巾《ずきん》をかぶった男が二人、両膝を抱くような恰好で蹲り、便器の横にたてかけたトランクにもたれかかっていた男が、ぼんやりした眼つきで仲代の方を眺め、便所の中に坐っていた年とっているのか若いのかわからぬ女があっという顔をしてちょっと腰を浮かした。

「こいつたち無茶しやがって。みればわかるじゃないか、便所は満員だ」仲代の背後でとげとげしい男の声が上り、足下の男が「おいどうするんだ、おい」といった。

「すみません、そこちょっと。この人が便所に行きたいんですが」仲代は便所の中に声をかけた。「どけろといったってねえ」女がみかけに似ず気の弱そうな返事をし、仲代の後の男がまた「いいかげんにしろ。こんど停った駅のホームでやったらいいじゃないか」といった。

「お願いします、僕じゃないんです。この人です。すぐ戻りますから」仲代はまた便所の中に頼み込んだ。「お父ちゃん」坐っていた女がトランクの横に立っている男を見あげ、男は仕方がないといった眼つきで、体を入口の方にずらした。女が風呂敷包みを宙に抱いて立上り、その女と体をすりかえて女子学生が中に入った。だが蹲っている男女二人と荷物で、とても便所の戸は閉められる状態ではなく、第一いままで便所にいた二人が外に出られなかった。

仲代は体をこじらせてその二人の間に入り、「仕方がないよ、やれよ。おれがこうしているから」と女子学生にいった。「こうしている」というのは扉の代りに立ちはだかっているという意味だったが、女子学生は黙ってうなずいた。

戸の閉まらぬ便所で女子学生がしゃがんだのを仲代は背中で感じた。その感じが何かひどい激しさで下宿の近くの外食券食堂で働いていた光枝さんとよばれるその食堂の女のことにつながっていった。

「はい甲券ね」というその女の声が、新婚二週間で夫に召集が来たという噂のせいかひどく肉感的なものに聞え、むろんその女と特別な交渉のあろうはずはなかったが、仲代は一度、その噂によって夢精したことさえあったのである。つい昨夜、その外食券食堂は、小学校の貯水槽《そう》の中にいた仲代の目の前で彼の下宿と共に、まるでボール紙でも燃やすようにひどく黄色い炎をあげて崩れおちてしまったのだが。……

「ありがとう」女子学生は仲代の後でいった。「ちょっと元には戻れないですね」仲代はふり返った。仲代の横に立っていた女はくずれるようにして再び便所の横に坐り、男がまたものもいわずトランクの横を占拠した。

「かえれんよ、こんど停った時窓から入ろう」女子学生を押出すような恰好になった仲代の足下で、さっき「どうするんだ」と怒鳴った男が「おい、どっちかに動け、座席があるくせにぜいたくだな、便所にまで来て」といった。座席があるのに便所に来てはなぜいけないのか、という思いをおしつぶして、ひどくその言葉が切実にひびき、「すみません、停ったらすぐホームに出ますから」と彼は詫びた。

ちょっとでも身動きすると体の均衡を失うような、そんな姿勢のまま、女子学生は仲代の顔のすぐ下で「ありがとう。私、芹沢治子《せりざわはるこ》というんです」といった。

「こんど停ったらおりましょう。走っていって窓をあけてくれるように頼めばいい」仲代はいった。

「ホームの反対側なら」芹沢治子はいった。

「ホームの反対側でも、あなただけはじめ窓から押込んで僕は後でやります」彼はいった。

「こんどは姫路ですか」彼女はいった。

「そうでしょう」仲代はいった。

「神崎大橋で私、どうして気づかなかったのかしら、本当に……」芹沢治子はいった。彼女は便所のことを彼に感謝しているのであった。

「いいよ」彼はいった。

レールの接目《つぎめ》を通過する車輪の音の間隔が次第に長くなり、それから急にガタガタと揺れた。

「おります」と仲代は体をずらした。「痛っ」足下の男が仲代のズボンを引張り、「姫路ですよ、お父ちゃん」と便所の中の女がひどく疲れはてた声をだした。

2

誰がどこからきいたのか岡山駅を過ぎた頃から、広島駅に着いたら車輛変更のために全部降りなければならないということが、しきりにあちこちでいいふらされはじめた。一応佐世保行となってはいたが、列車そのものが臨時仕立であり、その上、途中でめちゃくちゃにダイヤが乱れてしまったので、その時はかなり深刻なもの（この上、降されたら次の汽車にいつ乗れるかわからんという不安）として忽ち乗客の間に伝播《でんぱ》した。すでに一時間程前から明るくなっていて、ややひんやりした早朝の太陽が漸《ようや》く芹沢治子の坐っている座席の窓から斜めにさしこみはじめ、彼女と代ってかがみこんでいる仲代庫男の首筋を疲れきったような光線で照らしていた。

「かわりましょうか、きついでしょう」芹沢治子は、中途半端な姿勢のままうとうとしている仲代にいった。「いいえ、まだいい」と仲代はこたえたが、その時顔を上げた彼の右肘が、歯ぐきの女の脚に弾《はず》みのついた強さで当り、「うう」と女が眠りこけたまま声をあげた。

「あの時落ちていたらどうなったかしらん」芹沢治子はひどく地方のアクセントのついた言葉で（便所に一緒に行った時以来、彼女はそうなっていた）仲代に声をかけ、そしてもう一度「かわりましょう」といった。彼女は数時間前、姫路駅でのことを彼にいっているのである。その時、便所から出てホームと反対側に降りたった二人は、自分たちの座席の窓をガンガン叩いたがなかなか開けて貰えなかったのだ。やっとの思いで仲代は便所に行った自分たちだということをわからせ、まず肩車のような恰好で彼女を窓の中に押込んだのだが、いざ仲代が窓につかまった瞬間、列車が動きはじめたのであった。懸命に差し出す芹沢治子の腕を支えにしてなんとか体をよじのぼらせることはできたのだが……。なぜあの時、この座席の男たちは手を貸さなかったのだろう、まかりまちがえば振り落されたかもしれないのに、という思いが再び、不安定な眠りから醒《さ》めかけようとする仲代庫男の頭の中に湧いた。

「かわりましょう、二時間位眠ったかしら、大分楽になったわ」芹沢治子はいった。「いや、僕もさっきから眠っていたんです。広島から先まだどうなるかわからんから、そのままにしていて下さい」仲代はいった。

「どこかなあ、どこやろか」大きくアクビをしながらワイシャツ二枚の男が身をのけぞらせ、「昨日の晩はちょっとばかり急行になったが、また一つ一つ停っていくのはかなわんね」と九州弁の男がいった。「あーあ」端の男が伸び上り、その前の女が「広島でみんなおりるんですよ、あんたは眠っとったからわからんでしょうけど」とぶすっとした声でいった。

「この汽車は九州まで行くんじゃないのか」端の男がきき返し、返事をまたずに「あーあ、腹が減ったなあ、昨日岡崎でたべたきりだからなあ」とつづけた。

「あんたはまだいいですよ、ちゃんと実のあるものを食べたんだから。私ぁあんた……」浜松で若い兵曹から乾《かん》パンを貰ってたべた女がいった。九州弁の男もワイシャツ二枚の男も黙っていた。彼等は昨日も車中で二度ほど新聞紙を開いて食べたが、明らかにあと二食分位は携帯していたからである。仲代の胃袋がふいにぐっぐっと鳴った。

彼は網棚に上げているカバン（荷物といえばそれだけだった）の中に、焼けだされた日の早朝（つまり昨日、この汽車に乗る前に）町会から貰った乾パン一袋半と外食券十数枚を持っていたが、とにかく広島まで我慢してみようと思った。彼は小さい声で「外食券があるから、もし広島で時間をくうなら、ごはんたべましょう」と芹沢治子にいった。芹沢治子は何もいわず笑った。その笑いが、承諾したのか、あなたの貴重な外食券を貰うのは悪いと断ったのか不明で、仲代は「大丈夫ですよ、君は何も食べるものはないんだろう」とくり返した。その仲代の言葉にこたえず、彼にとっては不意と思われる調子で芹沢治子はいった。

「あなた、学校はどこですの。焼けだされて動員なんかどうなさるの」

「動員ですか……」仲代は、とにかく考える間合いをとるというふうにこたえた。

「動員は目黒の無線工場に行っていたんですが、その工場も焼けてしまったんですよ、この前の空襲で。だから何にもすることがなかったんです」彼は学校のことをどうしようか、どうしようかと考えていた。彼の体の中に絶えずまるでカミソリの刃のように渦巻いている屈辱とあの事件。

「学校は国学院大学と電気の専門学校に通っています」私立校というだけで彼はその名前を口にすることが苦痛であった。選ばれた自分を証明するためにはどうしてももう一つの学校のことをいわねばならない。だがその学校に通っていたことを告げれば、当然あれが問題になる。しかし……

「七高に行っていたんですが、やめて東京にでたんです」と、彼はついにいった。

「まあ、七高に。だけどどうしてやめたんですか」明らかに芹沢治子は反応を示した。

「ええ、事情があってね」彼はいいよどんだ。

芹沢治子はそれっきり、そのことには触れなかったが、彼女が触れぬことで、仲代はよけい「もしかしたら嘘だと思っているかもしれないな、普通高等学校に行っていた奴が、やめるはずがないからな」と思った。彼の体のどこかを鋭い錐《きり》のようなものが走ったが、彼は息を呑むようにしてそれに耐えた。嘘と思われても、その事件には触れることができなかったのである。「かわりましょうか」芹沢治子はまたいった。その声が一層、仲代の屈辱感を耐えがたくしたが、彼は「いいです」とただそれだけ低い声でいった。

彼の内部に黒い刃物のようにつきささって離れぬあの放校事件。原因と結果は判明していた。だが流れとしてどうしても捉えることのできぬあの事件。しかもその事件の内側にはもう一つ腐ったザボンのような堕落したものが匍《は》いずりまわっている。……

――昭和十六年末、記録的な年少さで専検（専門学校入試資格試験）に合格すると、彼は翌年七高理科イ類に入学、年少の気負いから来る熱心さで、直《ただ》ちに土曜会とよばれる読書研究会に加入した。当初明治以降の日本近代文学と作家を系統的に研究していた土曜会が、突如鹿児島高農学生をまじえた右翼的なものに変貌《へんぼう》したのは、昭和十八年の春、桜井秀雄という二十二歳になる文科ロ類の上級生が加わってきてからであった。

彼はどこか体の具合が悪いらしく兵役は免れていたが、抜群の読書量を誇っていて、すでに鹿児島高農学生を主体に組織していたグループをひきつれて、土曜会になだれこむと、忽ち会全体を掌握し、圧迫したのである。

彼の思想は影山正治と橘《たちばな》孝三郎であり、そのくいちがう面を整然と独特の論法で統一していたが、果然土曜会はその方向に右旋回した。桜井秀雄の理論と存在を嫌って、脱会者が二、三でたが、彼はその脱会者たちを異常なほど執拗に攻撃して曖昧な立場の者を動けなくしてしまっていた。

そうした或る日、(雨上りのジリジリした、たしか近く夏休みの勤労動員に入るという日であった)土曜会は珍らしく中村正徳の小説『七月十八日』と『改造』四月号に掲載されたイタリヤの評論家ジオヴァニ・アンサルドの『スターリングラード』を研究テーマとしてとりあげた。珍らしくというのはこの三カ月余、小説は殆どとり上げられなかったからであった。小説『七月十八日』については仲代庫男自身が強く主張し、彼には日頃意外な寛大さを示す桜井秀雄によって採用され、桜井秀雄が提案した『スターリングラード』と共に仲代庫男が報告することになったのである。

石井博という高農学生の下宿で行われた研究会で、仲代庫男は「それではいまからはじめます」と口を切った。十二、三人の学生が一様に坐り直し、「ところでこの『七月十八日』という小説について調べているうちにちょうどいい資料がみつかったのです。この前、満州にいる父から送って来た『芸文』という雑誌ですが、その中に徳田馨《かおる》という人の書いたものがあって……」といって仲代庫男はその康徳《こうとく》十年(昭和十八年)六月、新京《しんきょう》西七馬路《まろ》一四芸文社発行の雑誌『芸文』をとりだした。

「ずるかぞ、タネ本があったんだな」誰かがいった。

「いや、この頃みつけたんだ。むしろこの本に書いてあることを討論した方がよいと思って……分析がしっかりしているんだ」仲代はいった。

「満州の雑誌か」と呟いて、桜井秀雄がちょっとその雑誌に触れ、仲代は「読んでみるよ」といった。

「……私は最近、仏印進駐《ふついんしんちゅう》の軍事行動を描いた中村正徳の『七月十八日』を読んで深い感銘をうけた。そしてこの作品のなかに、かかる歴史の声を聞き得たとおもう。この作家の冷静な自己克服は、戦争の厳しい法の中にある一つの全き歴史の声とは言えないまでも、すくなくともある一つのよりきびしい道徳の声をつきとめ得ていると思われる。たとえば、焦熱地獄みたいな○○国境附近で、熱と行軍に苦しむ兵隊達が、ほとんど無意識となって叫ぶ次のような声のなかに、われわれは根抵において正視すべき一つの戦争の声を聞かないであろうか。

『わしら、三年、氷のコの字も口にしやしません。兵隊だって人間ですけん暑けりゃ氷も喰《く》いたい』『内地じゃ統制じゃ統制じゃと、なかには不服げに言うとるもんが居ると聞いとりますが、――その人間などは、百六十度の炎熱に曝《さら》されて一本のアイスケーキをさえ手に入れることが出来んじゃろうか。その苦痛を避ける、まぎらわすなんてことは出来んじゃろうか』『必要の最少限でも手に入れることが出来、それでどうかこうかこと足りゃアそれでええとわしは思うとります。切符制度が何です、げんにわしらは、今度のこの何箇月かかるか知れん作戦に出るんでも、○○を発つとき兵隊一人につきマッチ一箱ずつ貰ったきりです。驟雨《しゅうう》にあえば睾丸《きんたま》まで濡れるし、で無《の》うても汗で服はしぼるようになります。そのマッチをどれほど大事にしまいこんで行軍しとるんかと言うんです。またなきものとしとるかと言うんです。……兵隊は困苦欠乏の一手引受人にしてしもうて、口先だけで感謝感激いうたりして、そのじつ腹ん中じゃ彼等はかれら、私等は私らというような気持をもっとるんじゃないかと思えるものが相当あるように思われます。別にわしらなにも感謝感激して貰いたいと冀《こいねご》うてはおりゃしませんが』

これらの言葉は、実に『生を地上に享《う》けて以来のいまだ嘗《かつ》て体験せぬ肉体の苦痛や酷烈なる精神の修練に曝されている兵隊』が『わすれたとみえてそのじつ胸のどこかに潜んでいたような激しい感情』に胸をゆすり立てられて叫ぶ声である。それは人間の声であって同時に人間以上のものの声であり、現実の底より迸《ほとばし》り出る歴史の声である。ここに今日の絶対現在の深淵《しんえん》の一つがつきとめられているのだ。歴史の現在的瞬間に於ける道徳の呻吟《しんぎん》がここにあると思われる」

仲代が雑誌を伏せると同時に「ふむ」と誰かがいった。

「歴史の現在的瞬間に於ける道徳の呻吟というのはどういうことかね、わかるような気もするが」別の男がいった。

「それは皇軍の仏印進駐という偉大な歴史の転期に当って、その決定的な意義を銃後が見失ってしまっているということだろう。兵隊の体験がそれを訴えているわけだ」仲代はこたえた。

「そうかね」質問した男はいった。

「要するにこの小説は仏印進駐の意義を大東亜共栄圏の確立という大きな歴史的なものの一環として捉えるには欠けているが、その部分の一翼として、戦線と国民生活の断層——それがここでは道徳の呻吟としてでてくるんだが——を鋭く指摘しているということじゃないか」仲代はその男の方をみて、「もちろん、『七月十八日』は、現実のかかる急所を、全体的につらぬくもの即《すなわ》ち仏印進駐という行動の全体的意義や性質に対する、全幅的な省察《しょうさつ》という意味での、より高く普遍的な道徳性を探求し得てはいない。しかしすくなくとも、そのような行動の根柢におけるいくつかの急所をつきとめることによって、われわれを包摂する歴史的現実の一つの危機、一つの道徳的危機を指摘し得ているということはたしかだと思う。……というのはそういうことをいっているんじゃないか」とつづけた。

「かなり具体的に兵隊の気持がでているな」別の男がいった。

「徳田馨という人はどういう人かな、きいたこともないが」桜井秀雄はいった。そして珍らしくその小説に彼は何の註釈も加えなかった。

あっけないほど、テーマは次の「独逸《ドイツ》の枢軸機関誌『ベルリン・ローマ・東京』はその最近号に於《おい》て『スターリングラードの意義』と題する著名なイタリヤ評論家ジオヴァニ・アンサルド氏（Giovanni Ansardo）の次の論説を掲載した」と前書きのある『スターリングラード』に移った。仲代庫男は読みはじめた。

「……スターリングラードの戦闘こそは、嘗て絶対に到達されなかった強烈さを以《もっ》て、この戦争の持つ全意義を万人の眼に明示したものである。ヴォルガ下流の陰鬱《いんうつ》なる色彩なき家々の塊《かたまり》、スターリングラードの名は数多《あまた》の英雄的戦士の果敢な行為に依り、燦《さん》として輝いたのである。戦争の禍福《かふく》は苛酷なそして峻厳《しゅんげん》な正確さの中にその深い動機を提示するのである」……「目下の重大性は断乎《だんこ》として真実の情勢を有るがままの姿に於て見る事を要求するものであるから、われわれは真実を語らねばならない。——対ソ開戦後一ヵ年半を過ぎたる現在に於て、ヨーロッパの大陸の極く僅《わず》かの人々のみが、東方に於ける出来事の意義を精確に把握していたに過ぎなかったのである。しかるにヒ総統は事実一九四一年六月二十二日のドイツ国民に対する布告以来、数多の機会に於て、ソ連に蓄積されている莫大な数量の軍需品に関して盛んに示唆を与えている。ヒ総統が進撃命令を発するに到った所以《ゆえん》は、ヨーロッパを今後永遠にボルシェヴィズム脅威の重圧から解放せんが為であることを屢々《しばしば》声明したのであった。また枢軸側の宣伝は、殆ど毎日といっても宜《よ》い位、結局ソ連のミリタリズムはボルシェヴィストの群民をば凡《あら》ゆる近代的技術と全力を尽しつつヨーロッパ撃滅の為めに動員するものであると云う事実を指摘して各国民の理解に務めたのである。更にまた、対ソ戦は全ヨーロッパ防衛の為めには止むなき必然であることも幾度となく強調し来《きた》ったのである。しかるに中央ヨーロッパ、西ヨーロッパの数多の国民達、多くの文化的ヨーロッパ人共は、こうした枢軸の啓蒙に耳をかすことなく、依然として真の事態を認識し得なかったのである」……「事実、スターリングラードの奪回は、ソ連が今やボルシェヴィズムに駆立てられ組織化されて、ヨーロッパ侵寇《しんこう》を開始した事の明確極《きわま》る証左である。スターリングラードの奪回は、ボルシェヴィズムが過去二十年を通じて行い来りかつ極度の規律と、しかも沈黙と秘密の窺い知り得ざるヴェールの蔭で継続し来った戦争準備というものを感ぜしめたのである。スターリングラードの圧伏は、心ある人々が既に今から三四年前、西部の戦争をばボルシェヴィズムの全欧支配の為め利用せんとするスターリンの計画に就て語った事が如何に総て驚くべき程真実であったかを世人に認識せしめたのである」

……「この瞬間に於て、そして最近に於て、数百万否数千万のヨーロッパ人の頭の中では、一つの変化が徐々に行われ始めたのである。これまで非常に自信を持っていた正直な市民達は総て、彼等の安全は、ドイツの擲弾《てきだん》兵達が奥アジアから攻寄せて来る人間の熔岩を喰止《くいと》めんとして英雄的に反撃に出でつつあるかの単調極る草原地帯の彼方《かなた》に於て発生するところのものに依存するものである事に気付き始めたのである。……」

「結局どういうことかな、僕がよくわからんのかもしれんが、そのアンサルドはヨーロッパの文明を防衛するためにドイツはスターリングラードで死闘している、ということを強調しているのかな」鹿児島高農学生である石井博はいった。

「そうなると矛盾してくるね、イギリスもフランスも含めてソ連と戦えと主張しているわけか」別の高農学生がいった。

「単にドイツ対ソ連の戦争ではなく、ドイツは全ヨーロッパを共産主義から防衛するためにスターリングラードで死闘しているのだといっているんだろう。戦争の意義を明確化しているんだと思うね」仲代庫男はいった。

「ソ連を軽くみるな、ということだな、簡単にいえば」と誰かがいい、そこでちょっと一座に笑いがおきた。

「要するに米国や英国は、自分たちが何を目的にして戦っているかよくわからないんだ。それをこの評論は衝《つ》いているのだと思うね。ドイツはウクライナ平原とコーカサスの油田だけが目的で、ソ連に進撃を開始したんだと思っているんだね。敵側は、ドイツの戦争目的を自分たちと同じ目的だと考えているわけだ。ドイツがソ連に侵入した目的はそういうことではない、もっと本質的なもの、新しい秩序だといってもよいが、スターリングラードもその目的のために闘われたのだといっているんだね」七高学生がいった。

「スターリングラードを奪回されたということとそれとどう結びつけるんだ」別の七高学生がいった。

「そいけんさ」さっきの男が地方のアクセントでくり返した。

「スターリングラードを奪回されたことは大きいんだ。この評論は単にドイツに対してだけでないソ連の脅威を訴えているわけだな」

「考えにゃならんね」別の男がいい、「ドイツが本当にやられたのか、信じられんね」とその隣の男がいった。

「スターリングラードでは何人位戦死したのかな」

「新聞にはたしか二十万殲滅《せんめつ》だとか二十箇師団とか書いてあったが」

「そこにも書いてあるが」桜井秀雄は姿勢を改めてきりだし、「ボルシェヴィズムの侵入を、米英はドイツを叩く足場に利用しようとしているんだ。米国金権主義はあらゆる手段を自分たちの身の保全のために利用するからね。ドイツはまずヨーロッパ文明を滅亡させようとするボルシェヴィズムを攻撃し、ついでヨーロッパ文明そのものを粛正しようとはかっていた。その両面作戦がスターリングラードで一応挫折したわけだ。そのことは率直に認めなければならん。しかしそのドイツの死闘を嘲笑する米英側にも、その嘲笑自体の中に危機が内在している、とアンサルドはいっているのだ。日本の戦争目的とドイツの戦争目的とは明らかに質的な違いがあるが、その落差がこういう苦悩としてでてくるんだね、おれはそう思う。……」と一気にいった。

「戦争目的の落差ねえ」高農学生がいった。

「そこんところだなあ、そこを考えなければこの評論は理解できないよ。いま桜井がいったところを徹底的に分析することが必要だなあ」七高生が桜井秀雄に媚《こ》びるようにいった。

研究会はその後、ドイツの戦争目的と日本の戦争目的との本質的な相違をめぐって、殆ど桜井秀雄の独講の形ですすめられたが、事件はそれから数日経って、同じ研究会員である三浦吾郎という七高学生の口を通じてひきおこされたのである。

三浦吾郎によると、『スターリングラード』の前に、仲代庫男によって簡単に報告された『芸文』の徳田馨の書いた『七月十八日』評が問題だというのだ。三浦吾郎がかつて土曜会にいた脱会者の一人である大友彰彦《あきひこ》に会ったとき、大友が「お前たち、この間、岩上順一という左翼の書いた反戦評論をテーマにとりあげたそうだな」といったというのであった。

もっと具体的にいうと、最初から土曜会の指導的メンバーであり、いまは病気で休学している全納保を脱会者・大友彰彦が訪ねたとき、全納保は「この前土曜会の奴が一人来たが、あいつら馬鹿な解釈ばかりしているんだな。中村正徳の『七月十八日』を批評して『現実のかかる急所を、全体的につらぬくもの即ち仏印進駐という行動の全体的意義や性質に対する、全幅的な省察という意味での、より高く普遍的な道徳性を探求し得てはいない』と書いてあるのを、ただ単に歴史的なものを全体として捉えることのできない作品構成上の欠陥としてだけしかみなかったらしいね。これは君、反戦評論だよ。兵隊の苦しみは書き得ていても、侵略戦争の本質的な意味を捉えていないということを遠まわしにいっているんだ」といったというのである。

全納保はそれから岩上順一の評論集『新文学の想念』と『芸文』六月号を大友の前につき出し、これを読んでみろといった。

大友がその本と雑誌を手に取ると、全納は「この雑誌は奴らが研究会に使用したものだ。おれは別のルートで手に入れたがね。まあ読んでみろ」とくり返してその頁を指摘した。

大友が読むと、表題になっている徳田馨の『新世代の倫理——文学と道徳について——』はそっくり、岩上順一の評論集『新文学の想念』に掲載されていた。「岩上順一のことは君も知っているだろう。札つきの左翼評論家だ」と全納が大友にいったと、三浦吾郎は語ったのである。

「じゃ徳田馨が岩上順一だと知らずに、それを研究会でやったというのだな」石井博がいい、「僕の責任だなあ」と仲代庫男は顔をうなだれた。

「お前の責任じゃないよ」桜井秀雄はいった。そして、「要するに全納はおれたちの土曜会を誹謗《ひぼう》したんだな、奴の目的はわかっているさ」と続けた。

「僕が悪かったんです」仲代はいった。

「お前はいいよ、岩上順一だと知らなかったのは迂闊《うかつ》だったが、彼はいまはっきり転向しているんだからな。まあそれはいいとして、全納をそのままにはしておけんな」桜井はいった。

「僕が全納と会ってきます」仲代はいった。

「いいよ、お前は」桜井はいった。

そしてその夜、仲代庫男は全納保を襲撃したのである。襲撃というより、はじめ「左翼にかぶれたような報告をしたのではない」とはっきりわからせるために、全納の家（外科病院だった）を訪れたのだが、「お前だけが持っているんじゃないぞ」というふうに『芸文』六月号をひらひらさせて、「これはひどい評論ですよ、たくみにカモフラージュしてあるのがわからなかったのですかねえ、いや、君が悪いといっているわけじゃないですがね」といったとき、思わず相手の胸ぐらを摑んだのであった。その拍子に仲代自身がびっくりするほどゆっくりした動作で全納は後に倒れ、「うっ」と呻いたままうつぶせになってしまったのだ。口元を押さえた両手がみるみるうちに血まみれになり、慌てて家人を呼んだ仲代を、母親は邪険に追いだした。数日経って全納保が結核で死んだということを、退学処分と引換《ひきかえ》に仲代庫男はきいたのである。警察沙汰にしない代りに、仲代の退学を家族は要求したというのであった。

「もうすぐ広島よ」芹沢治子はいった。「あ」と仲代庫男はびっくりしたようにこたえた。「腐った関係」と仲代は思った。「えっ」けげんな顔をして芹沢治子が彼の暗い眼をみた。「ええ」と仲代はまた曖昧な返事をした。その夜（全納保が倒れた夜）、仲代庫男は桜井秀雄の下宿を訪ねて一部始終を話したが、桜井は「そうか、あいつは元々結核三期だ、心配はいらんよ」といい「それにしてもお前一人でよく行ったな。まあ今夜は泊れ」とひどく機嫌よく振舞った。しかしそれから数時間後、議論に疲れた仲代庫男は、桜井秀雄の異様に力をこめた腕によってある行為を強いられ、一挙に呪われた関係に陥ったのである。翌朝仲代は満足そうに眠っている桜井秀雄の顔を眺め、半ば呆然としながら酔ったように立上った。彼が学務部長から「どうするかね」とたずねられたとき、「退学します」と直ちにこたえたのは全納保の死と同時に、その瞬間桜井秀雄の細い灰色の顔がくろぐろと下半身をつき上げたからである。

「広島に着いたごたるね」九州弁の男がいった。「あーあ」顎紐《あごひも》のない戦闘帽をかぶった男と端の男が同時にいった。その男の着込んでいるワイシャツ二枚の袖口がねっとりと汚れていて、それが沼のように匂ってくるのを仲代はどこか遠いところで考えていた。

列車は広島駅のホームにすべりこみ、「おりるんでしょうかねえ」「車輌交換というたかて、まだ車掌何もいうてきよらへん」「どうせおりるんなら早い方がいいがなあ、また並ぶんならなあ」という声が口々に上った。だが車内の乗客はそのまま身動きもせず、十人位の男が、「どっちみち体がようもてんわ」といってホームに降りた。その時、戦闘帽をかぶった少年の駅員がホームから窓を覗くようにして「三輛連結しまーす、通路の方はお移り下さーい、この列車は下関止りになりまーす」と口早にいいながら駈《か》けていった。

「おい三輛空《から》の車をつなぐらしいぜ」通路の男たちが一斉に立上った。「どうせ坐れんのだろう」「坐れなくてもこの車よりはましでっしゃろ、いこいこ」

「少しは楽になりそうよ、私は通路に坐るから仲代さん、かわりましょう」芹沢治子はいったが、仲代は「ええ」と生返事をした。彼はあの事件のことをずっと考え続けていたのである。その時、彼女の坐っている窓口に、一人の若い学生のような将校がちょっとためらうような眼つきをして顔をさしだした。曹長《そうちょう》の襟章《えりしょう》についた座金《ざがね》がなぜかひどく白っぽくブリキのように薄っぺらな感じで光っていた。

「失礼ですがこの手紙をどこかポストに投込んで頂きたいのですが」その見習士官は口早にいって白い角封筒をポケットから出した。

「はあ、ええ」と咄嗟のことにとまどって芹沢治子はこたえ、その白い角封筒を受取った。

「じゃあお願いします。今からすぐ出撃するものですから」その見習士官はいった。将校服の上から兵隊のように革帯をしめて軍刀を吊ったその青年は駈足で列車の後部車輛の方に整列している一群の将校のところに去っていった。角封筒の宛名は「長崎市片淵町《かたぶち》×番地、杉六郎様」と書かれ、差出人は「広島駅にて、杉精一郎」とあった。芹沢治子は「長崎だわ」と呟き、「ひどく顔色の悪い見習士官だった」と思った。

仲代庫男はあの事件がおきてから三カ月後、やはり北満州黒河《こつか》で何をしているのか不明な父から送ってきた『芸文』九月号に掲載された謝罪文について考えていた。その謝罪文には次のように書かれていたのである。

「本紙六月号第一六三頁所載『新世代の倫理』（徳田馨）につき右全文は岩上順一著『新文学の想念』第一八四頁より第二〇〇頁にいたる『道徳の序章』前二行を除きこれと全く同一なること判明、徳田馨に対しては直ちに断固たる反省を追及すると同時に、貴重なる紙面をかかる不徳行為と編集部の失態に因《よ》って汚し、読者並びに岩上順一氏に対し非常な御迷惑をかけたことをここに慎んで深く陳謝いたし、その責任を明らかにするとともに今後決してかくの如き手違いを生ぜざるように厳に戒《いま》しむる次第であります（編集部）」

3

三輛増結した列車は意外に早く広島駅を出発し、座席と座席の間で身を屈していた仲代庫男がやっと通路に新聞紙を敷いて坐れる程度に車内はやや楽になったが、「もうじきよ、もうじきだからね、我慢するのよ」とひもじがって泣く四歳位の子供をなだめる母親の声をきっかけにして、不意に何か切りとられたような冷い沈黙が、乗客の一人一人の上におおいかぶさっていた。

「大人だってひもじいもんねえ」端の女が自分が飢えていることを誇張するような声で語尾をひっぱった。

「腹が減ったなあ、全然食べないからなあ」その前の男がいった。「あんたはまだいいですよ、とにかく昨日たべることはたべたんだから」端の四十女が何時間か前、岡山駅を過ぎたところでいった同じ言葉をくり返した。

だが誰もその話の中へ入っていこうとせず、九州弁の男は自分の携帯している弁当を防禦《ぼうぎょ》するように顎をひいて「この汽車下関までだというが、下関から先はどうなるとやろかね、下関に晩着いてそれから先の汽車はどうなるとやろか」と誰にともなくいった。

「下関には夕方までには着きますよ、晩にはならんでしょう」ワイシャツ二枚の男がその言葉をうけた。

「夕方までに着くとよかですがね」顎をひいた男はいった。

「あーあ、腹が減ったねえ」端の女は二人の男の会話の魂胆を見抜いたようにわざとらしく声をあげ、その時またさっきの子供が「お豆、お豆」といって泣きだした。

「豆といったって、昨日汽車の中でたべてしまったし、ね、坊や田舎のおじいさんとこに行ったらなんでもあるのよ、ね、坊やもうすぐよ」母親は子供をなだめたが、子供はよけい泣きつづけた。

「かわりましょう」仲代庫男と視線の会った芹沢治子はいった。

「いいよ、かわりたい時はいうから、後でねむくなったときかわってもらうから」仲代庫男はこたえた。彼は広島駅を出発した直後から何とかして鞄の中の乾パンをたべたいと思っていたが、もし取り出して芹沢治子にたべさせる以上、何も食物を持っていない三人掛の端の男と女にもわけてやらねばならず、そうすると一人当いくらにもならないと考えて、生唾《なまつば》ばかりのんで我慢していたのである。

いま子供が泣きだしたことで逆に「下関に着くまではたべられない」と気持の落着いた仲代が、なんとなく再び芹沢治子の方をみたとき、通路に腰を下している彼の右側の座席にいた若い兵曹が「ほら坊や、これをたべなさい」といって乾パンを一つかみ、泣いている子供の方に差しだした。通路がふさがっているので、その一つかみの乾パンは、座席の人々の手から手に移されて三つ目後方に坐っている痩せた母親の手に渡されたが、何度も頭を下げる母親に集中していた車内中の視線がもとに戻った瞬間、仲代の腰のあたりに足をつきだしていた端の女が
「海軍さん」とその若い兵曹に低い声をかけた。

「えっ」びくっとした表情を走らせて国防色の服を着た兵曹は女の方をむいた。

「海軍さん、少しでもよろしいですが乾パンをわけてもらえないですか」女はいった。

若い兵曹はしばらく返事をしなかった。

みこみがあるものとみて女はまた「いくらでも結構ですが、売っていただけないですか」とつづけた。

若い兵曹は顔を上げ女の方をみないでいった。「自分は売るような食糧は持っておりません。この乾パンは今日と明日までの分のものですから」

雑談のときとはまるで語調のちがう声でそういってしまってからみるみる兵曹の顔はまっかになった。断わられた女は一瞬勝手のちがったような表情を唇のあたりに浮かべたが、しばらくして「海軍さんはいいですね、子供にまでやれるように配給が多くて」と呟いた。「なにをいいやがる。お前も浜松ではこの兵曹からもらったくせに」と思って仲代は女をにらみつけた。若い兵曹はそれっきり女の方をみむきもせず、その皮肉にも何もこたえなかった。

広島からどういう時間割になったのか列車はあまり小さい駅には停らなくなり、芹沢治子の後に坐っている赤襷をかけた男がふたたび「間に合いますやろかなあ」とまるで汽車がスピードを出しすぎるのをとがめるようにもとれる口調で呟きはじめた。

「かわりましょう」と、窮屈そうに腰をずらした仲代をみて芹沢治子は立上った。「じゃ一時間眠るかな」仲代は考えていた兵曹と乾パンのことをうちきって交替しようとしたとき、彼女の隣りに坐っていた九州弁の男が「おれは便所に行くからかえってくるまでここに坐っといてよかよ、そのかわりかえりは窓を叩くから、そん時ねえちゃん窓から入れてくれ」といいだし、網棚にのせていた新聞包みをとると自分の方から先にでた。結局芹沢治子と並んで仲代は坐ることになったが、「はいごめんよ、ごめんよ」といいながら新聞包みを頭にあげた恰好で仲代に座席を貸した男が去ると、すぐ端の女が「便所なもんですか、あの人は弁当たべにいったんですよ」と嘲笑《あざわら》った。

「あんたは運がいいなあ、門司までなら、下関についたらすぐかえれるからねえ」ワイシャツ二枚の男が、窓際に坐っている女が目を覚したのをみて話しかけ、「そう、門司まで連絡船でねえ」とあまり熱心でなくそのずっと歯ぐきばかりいじっている女はこたえた。

「仲代さんはどこ、長崎ですか」芹沢治子は「下関まで我慢して下さい。下関で何かたべられるから」といいだそうとした仲代の声を奪うように弾みのついた声で話しはじめた。

「佐世保です。ばあさんと妹が佐世保にいるんです。小さい頃はずっと佐世保港外の炭鉱の島にいたんですが」仲代はこたえた。

「お父さんたちは」

「父は北満の黒河にいます。母は小さい時死にました」ふっと実際のこと（彼と妹をおいてとびだしてしまった母親のこと）を説明したいという衝動にかられたが、仲代はいつもいうこたえをいった。

「そう」となぜかひどく気の毒そうな眼で仲代をみ、それからすぐ彼女は「私の家はね、長崎の浦上《うらがみ》にあるんよ。医大の横の丘、父は三菱造船所、兄は長崎医専の学生、弟は瓊浦《けいほ》中学」とつづけた。そしていってしまってから「ふふふ、なんだかこんないい方、おかしいね」と笑った。

「長崎医専か……、医大の看護婦養成所には炭鉱の小学校のときの同級生が二人か三人いるけど……」

「養成所」と芹沢治子は小さく区切るようにいった。それから彼の方をむいて、どうにでもとれる口調で「仲代さん、あなた右翼？」ときいた。

「右翼、……いやそうじゃないけど」とっさに質問の意味の判断がつきかねて仲代はこたえた。

「そう、そうならいいけど、養成所で思いだしたんだけど、今年の正月、そこの見習看護婦と医専の学生が心中したんよ、医専の学生に召集令状がきてね」彼女はもっとも興味ある話題を語るような眼つきをした。

「医専は入営延期なのに、どうして召集がきたのかな」仲代はいった。

「年とってたんでしょう、きっと。それで病院で解剖したのよ、そしたら生徒の方、看護婦さんの方ね、その人は妊娠していて……大変な騒ぎだった。うちの兄なんかは右翼なもんだから猛烈に憤慨してね、とうとう長崎では葬式させなかったんよ……」

「ふーん」仲代はいった。「妊娠していて」とさりげなくいうのを、「やっぱり薬専の学生だからかな」と思い、また「右翼という言葉を簡単に使うな」と考えながら、「それで」と彼は彼女の言葉の先を促した。

「それから医専の学生は看護婦と話をしてもビンタよ、ほんとに上級生が打《ぶ》つんよ……」

そのとき、「へえ、医専の学生さんが看護婦をどうしてなぐるのですかね」と歯ぐきの女が半分ねぼけた声で、それでも強引に二人の話の中に割りこんできた。

「ふふ」彼女は笑った。歯ぐきの女に対してでもなく、なぜかひどく不機嫌な気持になりながら「なんでもないですよ」と仲代はやや固い声でいった。「こんどの召集は沖縄決戦に出撃するんだといっていますね」という全然今まで気づかなかった新しい声が彼らの後方で起り、「そういうことですやろなあ、沖縄はやっぱり決戦場ですからねえ」と赤襷をかけた男が情ないような相槌を打った。そしてすぐ自分でもその情けない声に気づいたのか、「沖縄はばりばりやっていますなあ。出血特攻作戦で敵もきりきり舞いですやろ」と彼にとっては最大級と思われる声をだした。

「沖縄はほんとうにどうなるんでしょうかね」「大丈夫でしょう。私の甥で海軍の航空士官をしているものがいますが、二三日前手紙がきて、沖縄は天機《てんき》だといってきましたからね」赤襷の男の座席から別の声がつづいたが、仲代は直感的にその男に甥の海軍航空士官なんかいないと感じた。

「天気がよければ特攻機が飛べますからね」赤襷の男は間の抜けたうけこたえをした。

「あなた、天気じゃありませんよ、天機、つまり天の与えたチャンスだと、いやこれは私としたことが英語を使って失礼、つまり天の与えた機会というわけですなあ」

「はあ、機会ねえ」赤襷の男は曖昧な返事をした。

「沖縄か……」仲代庫男は急にめりこむように眠くなった瞼《まぶた》の底で、正確な速度で驀進《ばくしん》していくレールの音をききながら思った。……午前試験飛行、土浦上空は快晴。母と兄に最後の手紙を書き終えて同期で同じ高農出身の市田少尉が持ってきた島崎藤村の絶筆『東方の門』を読む。絶筆という重さからか、前に読んでいた『夜明け前』の主要人物だったからか、青山半蔵が自分のことのように思えてくる。なぜかは不明である。この小説を読み終えると同時に七高を去った仲代庫男のことを思う。——こんな破いた日記を手紙の代用にすることを許してくれ。時間がないのだ。すぐ整備に立会わねばならぬ。それがすむと出撃。おれのスターリングラードだ。もう少し時間があるので書く。たった二度か三度目かの最後の手紙がこういうものになった。土曜会のことは最後まで忘れないよ。あの時間だけが僕の真実の青春だった。では征《ゆ》く。行先は沖縄だろう。桜井秀雄によろしく。「沖縄か、破いた日記を手紙の代用にしてか」もうろうとした意識の中で、彼は土曜会のメンバーで鹿児島高農の学生だった林威彦《たけひこ》からつい一週間程前東京の下宿に送り届けられてきた手紙のことを思いだしていたのである。また必ずしも親友というのではなかった林威彦がなぜ『東方の門』を読んでおれのことを考え、日記を破いてまで送ってよこしたかと思い、沖縄と青山半蔵という文字が鮮明に彼の内部に揺れ動く。青山半蔵が自分のことのように思えてくる。わかるわかると仲代は思った。彼はすでに昭和十八年七月号の『中央公論』に掲載された『東方の門』（絶筆）は読んでいたが、林威彦の手紙を読むとすぐまたそれを机の前にひろげたのである。わかるわかるともう一度彼はだんだん深くなっていく疲れた眠りの底で思った。

……「青山半蔵等には中世の否定ということがあった。もとよりこの国の中世期における武門幕府の開設に伴い王権の陵夷《りょうい》は争いがたい事実であって、尊皇《そんのう》の念に厚い平田派の学者達が北条足利《あしかが》二氏の専横《せんおう》を許しがたいものとしたのは、当然のことであった。歴史をひもといて、後鳥羽《ごとば》院の御事蹟《じせき》なぞをしのび、あの遠島に赴《おもむ》かせたもう前後の御詠草を拝するにつけても、涙なしにはその御生涯を想像し奉ることも出来なかった半蔵等である。庄屋風情ながらに大義名分を重んずることにかけては人後に落ちなかったのもまた多感な彼等である。日本民族の純粋な時代を儒仏《じゅぶつ》の教《おしえ》の未だ渡来しない以前に置いた国学者等が、ひどく降《くだ》った世の姿として中世を考えるようになって行ったのも、これまた自然の帰結であった。

実際、明治も十年あたりまでは、封建の世を去ること遠くなく、全国に徴兵制度を布《し》いた新政府の方針も容易には民間に徹しがたく、殊《こと》にこの新制度は古武士の遺風を存する人達にはよろこばれなかった頃で、各地には暴徒の蜂起《ほうき》するもの絶えなかったほどの世の中であった。不幸な西南戦争は、反って国論統一を導く結果とはなったが、まだそれでも藩閥偏重を非難する声の高かったことは世人の記憶にもある。幾多の欠陥の社会に伏在すればこそ、天賦人権の新説も頭を持ち上げ、欧羅巴《ヨーロッパ》の人の中に生れた自由の理も喧伝《けんでん》せられ、民約論の類まで紹介せられて、福沢諭吉、板垣退助、植木枝盛《えもり》、馬場辰猪《たつい》、中江篤介《とくすけ》等の人達が思い思いに、あるいは文明の急務を説き、あるいは民権の思想を鼓吹し、あるいは国会開設の必要を唱うるに至りもした。真智なしには権利の説の是非も定めがたく、海の東西にある諸理想の区別をも見定めがたかった。こんな近代が待ちに待った予想とはおよそ縁遠いもので、古代青春の日は遂に再び帰り来《きた》らないとしたら、先師篤胤《あつたね》を杖《つえ》と頼み、古史の真実を燈火にかかえ、それを高く掲ぐることによって暗い行路を照らそうとした平田門人等に残されたものは、古い神社への一筋道の外《ほか》になかったであろう。

半蔵等も艱《くるし》い時を歩いたもの。古代の神が大和《やまと》民族に告げ置き給うことを力に、僅かに精神の激しい動揺を支えようとしたのは、その晩年に近い飛騨水無《ひだみなし》神社宮司《ぐうじ》時代であったろう。あの木曾の古い伝説に伝わる園原の帚木《ははきぎ》のように、半蔵等の求める目標は行っても行っても遠くなるばかり。でも、その信念は堅かった。そして一旦こうと思い定めたおのれらの道はそれを改めることも変えることも出来なかったのが殊にあの正直で一本気な半蔵であった」

勤皇か佐幕か曖昧不明で戦争と直接関係のないこの文章のどこが出撃前の林の胸をうったのか、しかし、わかるわかると仲代は思った。では征く。行先は沖縄だろう。桜井秀雄によろしく。桜井秀雄か、仲代が愕然とした時、耳もとで「着きましたよ、下関ですよ」という芹沢治子の声がした。

「えっ、下関に着いたって。僕は眠っていたんですか」仲代は眼をこすった。

「ぐっすり五時間」伸び上るようにして通路から仲代の肩を叩いていた芹沢治子は明るい声でいった。いつの間にまた交替したのか彼の横に坐っている九州弁の男が「よう寝とんなさったなあ」といい、「あ、あれからそこにずっと坐っていたんですか」と仲代はすまなそうに芹沢治子の方をむいた。「五時間も眠っていたんですか、なにか三十分位夢をみていたような気がしたけど」

「疲れていたんですね」芹沢治子はいった。

「桜井秀雄か、奴は東京帝大にきているという話だったが」覚めがけにみた夢か実際の意識かわからぬものに、はっきり自分で結着をつけるように彼は思った。

「この汽車はやっぱり下関止りで、あとは汽車でなく連絡船に乗って門司港までいくようにさっき小郡《おごおり》で車掌がホームからそういっていました。夜十一時発の長崎行が一本、それだけですって」彼女は説明するように仲代にいった。

「やっぱり下関は夜になりましたわね」「岩国で大分停車したから」という声があちこちで起り、「スレスレになりますなあ、十一時の門司港発に乗ると、大村入隊はスレスレになりますなあ、間にあわんかもしれんなあ」と赤襷をかけた男は眼をしょぼしょぼさせていった。

4

四列縦隊の中頃にいた仲代庫男と芹沢治子が下関駅のプラットホームから関門連絡船の着く待合所に到着したとき、黒一色の海峡を斜めにつっきってサイレンの音が響き、「警戒警報」というメガホンの声がいまきた駅の方角で上った。

「空襲よ、父ちゃん待避しなくちゃ」「しっかりつかまってなさい」「防空壕《ぼうくうごう》はどこにあるんだ」

「どうする父ちゃん」「防空壕はどこだ」すでに殆どの人々が東京、関西方面で罹災《りさい》しているだけに、その実際の体験と恐怖からくる声が口々におこり、誰かがまた「列をくずすなっ」と高く叫んだ。その時、「皆さんにおしらせします。警戒警報の間はそのままでこの待合所に待機していて下さい。もう一度いいます。警戒警報の間はそのままここで待機していて下さい」といつもそう告げることになっているような声が岸壁の出札口の方からきこえてきたが、そのメガホンはよけい待合所の人々を混乱に陥れることになった。

「警戒警報の間ここにいて、空襲警報になったらどこに逃げるんだ」「待避するとこなんかないわよ。前は海だわよ」「おい無責任じゃないか、防空壕も教えないで」「そうだ防空壕を教えろ」「父ちゃんここ離れた方がいいかもしれないよ」

「いまのうちにこれ食べとこう。空襲になったらまた食べられんことになるからね」仲代はズックの鞄から乾パンをだして半分入った袋をそのまま芹沢治子に渡し、もう一つの袋を破って、中から一つかみとり出してそれをまた彼女の分に加えた。

「ありがとう」素直に受取って、「でもどうしますか」というふうに芹沢治子は仲代の顔をみた。

「防空壕はこの待合所を出たすぐのところと駅の前にあります。しかしそう沢山は収容できませんから、できればこのままこの待合所で待機していて下さい」メガホンの声がまた上った。

「いく?」ものもいわず下関駅の防空壕に向って後退しはじめた待合所の人々に押されながら、芹沢治子はいった。

「あとで別の防空壕をみつけて入ろう、こんなんじゃとても」仲代は彼女の腕をひっぱった。待避する人々を一たん便所の横の曲り角《かど》で避け、一番後から町の防空壕を探しにでかけようとした仲代に、芹沢治子が、「ほらみなさい、あの人たちは何かしら、なぜここに残るのかしらね」といって指さした。みるとガランとなった待合所の中央の椅子に十二、三人の人々がまるで縛りつけられているような恰好で坐っていた。「どうしたのかな」と呟いてその中央の人々に近よっていった仲代は「あなたたちは待避しないんですか」と声をかけた。

「班長さんがここにおれといった」暗い待合所の中で集団の一番右端に椅子にもかけずにつっ立っている男の声が強いアクセントで揺れた。

「朝鮮の人ね」仲代の後で彼女は小さい声でいった。

「ここは危険かもしれないですよ、照明弾が落ちると一ぺんに何もかもまるみえだから」仲代はいった。

「危いけどね、班長さんがそういったからね」同じ声がいった。

「班長さんは」仲代はきいた。

「班長さんはいないよ。さっきでていった」影がこたえた。

「いない？」仲代はいった。

「いないよ」男は明らかに朝鮮人とわかる発音でいった。

「班長だけ待避したのね」芹沢治子はいった。男は何ともこたえなかった。

「皆朝鮮から来られたんですか」仲代はきいた。

「北の方だからね、あまりニホン語しらないよ。空襲がきたら逃げられるとよいね」朝鮮人にしても下手すぎるいい方で立っている男はこたえた。夜の目にもよれよれだとわかる薄い菜っ葉服を着た他の朝鮮人たちが仲代の方をみて朝鮮語で何かしきりに喋りはじめた。

「どこにいくんですか」仲代はいった。

「行きましょう」芹沢治子は彼を促した。その時さっきの男とちがう椅子に坐っている朝鮮人が、びっくりする声で仲代にこたえた。

「テンノーヘイカノタメ、タンコーユク」

そのまるで幼稚園の子供が暗誦《あんしょう》するような「テンノーヘイカノタメ」という日本語をどううけとめるべきか、仲代がとっさのことに迷っていると、シュッシュッというサイレンの鳴る前の音が頭上にきこえ、そのサイレンが実際に鳴りだす前に、「警戒警報解除、警戒警報解除」という声が遠くで上った。つづいて頭上のサイレンがうなりはじめ、「面白いわね、さっきは鳴らずにここの待合所のサイレンは解除のときだけ鳴るのかしらんね」と芹沢治子ははしゃいだ声をだした。「さあ、皆が帰ってこないうち、一番先頭のところに……」

十分位経って、ふたたび待合所の中が人々でいっぱいになったとき、いつのまにきたのか岸壁に迷彩をした連絡船が音もなく横づけになった。

「二列で改札しますから押さないように、順にならんで乗って下さい」係員がいい、仲代庫男と芹沢治子は最初にとびだした。

「二階甲板の方がいいのよ、仲代さん。船が沈没したとき一番助かる率が多いからね」彼女は船のタラップをかけのぼっていった。

「何考えているんですか」上甲板のベンチに腰をおろすとすぐ芹沢治子がきき、彼は「うん、いや」と生返事をした。彼はさっきからずっと「テンノーヘイカノタメ」といった朝鮮人の言葉を反芻していたのである。

恐らく他の日本語はろくろく覚えぬままに、北部朝鮮から日本内地に向けて出発する時、その言葉だけ無理に暗誦させられたのであろう。仲代は何故かその「テンノー」という片言がひどく実際の天皇陛下を侮辱したもののように感じた。そしてその侮辱感は朝鮮勤労者をおき去りにしたまま自分だけ防空壕に待避した班長（多分日本人であろう）の卑怯なふるまいにそのまま結びついているように思われたのであった。「朝鮮人も日本人じゃないか」と仲代庫男は思った。「テンノーヘイカノタメ」という言葉だけをおぼえさせて、その言葉の意味の重さに責任も持たず、自分だけ卑怯に待避したのだと彼は考えた。佐世保港外の海底炭鉱に彼は昭和十二年から昭和十七年春まで（その間一年ほど大阪の工場で働いていた期間をのぞいて）いたが、その小学校五年から高等一年を終え、そして炭札夫、坑内道具方で働くようになるまで、彼の友達の半数は朝鮮人だったのだ。

「乾パンたべますよ。仲代さんもたべたら」彼女は急に黙りこんでしまった仲代を不審そうにみた。

「ええ」彼はこたえた。炭札夫をしていた時分、中途昇坑してきた朝鮮人が労務係員によっていやというほどゴムベルトで背中をなぐりつけられるのを毎日みていた。その血痕のついた繰《くり》込場《こみば》の情景が急に生々しく彼の中によみがえりはじめたのである。

連絡船がボウーという汽笛を鳴らし、その白い蒸気が暗い海面に綿のように流れていった。対岸の門司港には明りひとつみえず、ふと背後で仲代が考えていることと重なるような朝鮮語がきこえた。

彼がふりかえるとさっきの北部朝鮮からきたという一行が仲代と反対側の手摺《てすり》のところによりかかって珍らしそうに海の方を眺めていた。その時何か慌てた待合所係員の声がしてザッザッザッという革靴の音が駈け足で連絡船の方に近づいてきた。

「陸軍の将校よ」芹沢治子はいった。ボール紙の電灯の下で薄ぼんやりとまるく浮き出された改札口を通って次々に若い学生のような将校が連絡船に乗り移ってきた。

「広島で同じ汽車に乗った見習士官よ、きっと、この人たち」芹沢治子はいった。

「ふーん」仲代は自分の考えを中断させてその方をみた。将校服の上から革帯をしめた約二十名ほどの見習士官たちはまっすぐタラップを駈け上って仲代たちのいる甲板にきた。乗客たちがざわざわと腰をあげてその見習士官たちの入る場所を作り、引率者らしい大尉が「恐縮です」と挨拶した。

「やっぱりそうよ、広島で逢った人たちだわ。手紙をたのんだ人がいるから……胸に翼をつけているから航空将校ね、いまは飛行将校というのかしらんけど……」音もなく動きはじめた連絡船の上甲板の二燭光《しょっこう》に照らされた見習士官たちの顔をさぐるようにみて芹沢治子はいった。

「そうですか」仲代庫男は曖昧な返事をした。さっき中断された海底炭鉱でのことがふたたび執拗に彼をとらえはじめたのである。ちょうどいま彼の前方に黒々と横たわっている関門海峡のように海底炭鉱の切羽《きりは》も暗くもの悲しかった。先に行くに従って天井が低くなる暗い坑道は百米《メートル》も先から坑夫たちの垂れた糞便《ふんべん》の饐《す》えた匂いがガスの匂いにまじって鼻をついてくるが、時々その匂いがひどくニンニク臭くなるときがある。朝鮮人坑夫の誰かが新しい糞をたれたのだ。そのニンニクの匂いがぷんぷんする坑道で、彼と一緒に掘進《くっしん》の払いにダイナマイトを運んでいた道具方の同僚の高山善烈《ぜんれつ》（小学校の時の高善烈が太平洋戦争勃発《ぼっぱつ》直前に山の字を一つつけ加えていた）がある日彼にいった。「坑内でニンニクの糞の匂いがするとおれはいつも自分のことを考えるんだ。これだからバカにされるんだという気もするし、ニンニクはおれたちの食いものだからバカにされんでもよい、というような気もする。しかしなぜ日本人は朝鮮人をバカにするのかね、朝鮮人もほんとの日本人じゃないのかね」

さっき離れた下関の岸壁の方で橙色《だいだいいろ》の光りが二三度明滅し、不思議に話し声の途絶えた海峡をばしゃっぱしゃっと波をきって連絡船が進んでいき、仲代は理由なく、何かその暗い海峡が祖国の運命に耐えているような気がした。

「仲代さんはたべないんですか」芹沢治子は声をかけた。

「ええ、あんまり腹が減って忘れていた」隣りに坐っている彼女の方をふりむいて仲代は笑い、乾パンの袋に手をつっこんだ。

「海峡というと何か悲しいような気がする」芹沢治子はいった。

「ええ、僕もいまちょうどそう考えていたところだった」仲代はいった。

「昨夜の空襲が夢のような気がするね」誰かがいった。見習士官たちは一人も口をきかず、「ひどかったからなあ、でももう頑張るより仕様がないね」と誰かが相槌をうった。「何もかもなくなったけんねえ」「命だけたすかればいいよ」引率者の大尉が「煙草のみたいものはのめ」と将校に対してでなく兵隊に命令するように、しかし低い声でいった。

「佐世保にかえって仲代さんはどうされるんですか」芹沢治子はきいた。

「どうって」

「私は長崎で、一時医大にでも勤めていようと思うけど。自分の勉強にもなるから」

「僕はまた東京に戻ることになるけど、佐世保にかえってもとにかくどこかにもぐりこみますよ、どこかで働きます」

「どうせもう勉強は落着いてできないでしょうからね。仲代さんは兵隊は」

「ええ、今年の二月、一年短縮の徴兵検査はうけたんですけどね、いまのところ入営延期になっているけど、もうどうなるかわかりませんよ」

見習士官たちの喫う煙草の火がひどく現実離れしたようにちらちらと赤く点滅し、芹沢治子はまたその方をむいて「あの人たち特攻隊かも……」といいかけたとき、下関と門司港の両岸からけたたましくサイレンが鳴り響いた。「空襲警報だっ」と誰かが叫んだ。つづいて連絡船の汽笛が長く断続して鳴り、大尉が「煙草消せ」といった。「さっき解除になったばかりだのにね」芹沢治子はいった。

「空襲警報だから、きたんだな」誰かがわかりきったことを呟いたが、それがひどく皆の気持を代弁するようにきこえた。「船はどうするのかな」「停るのかな」「かえって安全かもしれん」

「いやねらわれると危いよ」

女の子が突然おびえたように泣きだし、「整列」と大尉が命令した。

「空襲警報です。皆さんその場を動かないで下さい。上甲板の人は絶対に自分勝手な行動をして下におりないこと。船のバランスがとれなくなるとかえって危険ですから。船は進路を変えて待避します」その船員の声と同時に門司港の背後の山からダーンと耳を圧して最初の高射砲がうちだされた。

「きたぞ」「きたきた」と口々に声が上り「大丈夫かしらん」と芹沢治子は仲代庫男をみた。

ダーン、ダーン、ダーンとつづいて高射砲の弾丸が炸裂し、その合間を縫って鈍い爆音がきこえてきた。

「きたぞ、あれだ」と誰かが爆音のする方向を指さし、下関側の砲はまだ沈黙していたが、門司側から間断なく上空に打ち上げられる弾丸が交錯した。高射砲の音にびっくりしたのか、手摺の下にうずくまってものもいわず曳光弾《えいこうだん》を見守っていた朝鮮人たちが、高射砲の音が一時途切れると同時に「哀号《アイゴー》」という悲鳴を口々にあげはじめた。

「お前たちは朝鮮人か、誰だ、責任者は」大尉はいった。

「は、私ですが」国民服にゲートルを巻いた男が近づいてくる爆音を気にしながら前に出た。

「なんだこれは」大尉は朝鮮人の方をみて顎をしゃくった。門司港の街にボッとまるで玩具《おもちゃ》のような火が上り、みるみるうちにそれが水平にひろがった。連絡船は全速で西方に待避しているらしく、上甲板がひどく揺れはじめた。

「は、北朝鮮から徴発した鮮人でして、筑豊の炭鉱に送る途中ですが」大尉から質問された男はこたえた。

「騒ぐなっ」大尉がそのこたえを無視するように朝鮮人たちに向って怒鳴った。その時、照明弾がちょうど連絡船の真上に落され真昼のように明るくなった上甲板で「わっ、くるぞ」と子供の耳をふさいでいた男が叫んだ。

「哀号」「哀号」というおびえた声が上り、日本人乗客が二三人頭をかかえこんでタラップの方にいき下の船室に下りようとした。「待て」と大尉はいった。見習士官たちは沈黙したまま苛だたしそうな眼で上空をみつめていた。二発目の照明弾が後方に落され対岸の門司港が焼夷《しょうい》弾《だん》のためではなく、自分から火をつけたようにぱっぱっと燃えはじめ、敵機の爆音がまた急に高くなった。

その爆音が遠ざかり、ほっとしたものが上甲板いっぱいに流れたとき、突然ザーッという音が空から降ってきて連絡船の後方に霙《みぞれ》のような波しぶきをあげた。

「焼夷弾だ、この船はねらわれとるぞ」後の船室で誰かがおびえた声をあげた。

「下の船室にいこう」「上甲板は危いぞ」という声があちこちに起り、朝鮮人たちが両手を頭に組み合せて高い悲鳴をあげた。

「よし、子供づれの客は下に待避せよ」大尉は叫び、十人位の乗客がタラップに殺到した。つづいて見習士官たちの方をむいた大尉が「抜け刀」と命令したのである。

仲代庫男は眼をみはった。見習士官たちがものもいわずに一斉に吊っていた軍刀を抜いて肩にかまえそれが消えかかった照明弾に反射して鉛のような光を放った。

「騒ぐな鮮人」大尉は見習士官たちの抜いた軍刀を背に自分はそのまま刀身を抜かずに前にすすんだ。さっきと種類のちがう低い朝鮮人の呻《うめ》きがまた「哀号」という恐怖の渦の中でおこった。

「騒ぐのは許さんぞ、そのままじっとしておれ」大尉は朝鮮人の方をみていった。大尉の端正な顔とその背後に整然と抜刀して立つ見習士官たちの姿が一瞬異様なものに思え、それがまたいいようのない侮辱感として仲代庫男の胸を襲った。旋回する爆音の下で彼は身体中にべっとりへばりつくような恐怖を感じていたが、それよりもなお抜刀して朝鮮人の集団に対峙《たいじ》する見習士官たちに衝撃をうけたのである。

はるか後方に落下した照明弾が流れるように連絡船を追い、朝鮮人の一人が「アッアッ」と歯をむきだしてタラップの方に行こうとした。大尉はつっと進んで軍刀を抜き、その朝鮮人につきだして「動くな」と威嚇《いかく》した。

「テンノーヘイカノタメ、哀号」朝鮮人が悲鳴をあげた。「何をいうかっ」と大尉が叫び、さっきの責任者が「いいえ、それだけしか日本語ができないのでして。あやまっとるのです。どうか私に免じて」と頭を下げた。

「わっ、ずうっと燃えよるねえ」

「しかし大阪の方がひどかったねえ」

すでに対馬《つしま》海峡の方向に去った爆音に安心したのか門司港側の高射砲は時折思いだしたように曳光弾を射上《うちあ》げていたが、乗客たちは口々に喋りだし、自分の軍刀を鞘《さや》に収めた大尉は正確な動作で回れ右して「納刀」を命じた。

「すごいわねえ」芹沢治子はいった。仲代は何もこたえなかった。

「私に手紙をたのんだ人ひどく青い顔して軍刀を抜いていたわ」彼女は自分の昂奮《こうふん》を押さえかねた。

「ひどいな」仲代はいった。

「えっ」彼女はききかえした。

「ひどいよ、何も軍刀抜くことないじゃないか」顔をそむけて仲代はいった。

「でも混乱を統制しようとして……」芹沢治子はいった。

「何も混乱なんかないじゃないか」仲代はいった。

「でも……」

「陛下を侮辱しとるよ」

「テンノー……ノタメといったことが」

「ちがうよ」仲代はいった。

「特攻隊だから決死なのよ」彼女はいった。

「ちがうよ」仲代は泣きそうな顔でいった。彼は高善烈のことと林威彦のことを同時に思い浮かべた。日本人と同じ扱いをうけようとしてその後佐世保夜間中学から陸軍特別乙種幹候生を志願した高善烈と、恐らく今頃は沖縄の海につっこんでいるかもしれない特攻隊員林威彦の胸とが、いま見習士官たちが抜き放った軍刀によってぐさりと抉《えぐ》られたような気がしたのである。

「時間がないのだ。すぐ整備に立会わねばならぬ。それがすむと出撃……」という林威彦の手紙と「ニンニクの糞の匂いがするといつもおれは自分のことを考えるんだ」といった高善烈の言葉が重なってその特攻隊見習飛行将校の軍刀にぐさりとつきさされるような気がしたのである。「テンノーヘイカノタメ」という、さっき責任者の日本人班長がいった「それだけしかしらぬ日本語」がひどく尊皇を侮辱したものとして見習士官たちの軍刀の尖先《きっさき》で光る。彼等も特攻隊員であり、朝鮮人も同じ日本人ではないかという思いが何度も彼の胸の中に迫ってくる。

どういうふうにこの侮辱感を払うべきなのか、どういうふうにこの「抜け刀」という行動を考えるべきなのか、悲鳴をあげたのは朝鮮人だけではなかったのに、大尉は同じ日本同胞に向ってなぜ軍刀をつきつけたのか。見習士官たちが林威彦と同じ年輩の翼の徽章《きしょう》を胸につけた青年たちであるだけに、仲代庫男は何かとりかえしのつかぬことをしでかし、とりかえしのつかぬものをみてしまったような気がした。

「仲代さん、どうされたの」芹沢治子は心配そうに彼をみた。

「あの士官たちはやっぱり学生かな」仲代はその言葉に直接こたえなかった。

「学生よきっと。将校服がまだ板についてないもん」芹沢治子はいった。

「そうかな、学生かな」仲代はいった。

「そうだと思うけど、どうして」彼女はきいた。

「やっぱり特攻隊かな」仲代はいった。

「さっきのことを考えてるの」彼女はいった。

「わからんね」仲代はいった。

「何が」彼女はいった。

「手紙をたのんだりするのに、どうして軍刀抜いたのかわからん」仲代はいった。本当はそのことを考えていたのではなかったが、自分の考えをまとめることができずにそうこたえたのである。

「あの人たち、必死なのよ。明日死ぬかもわからん人だから」

「明日死ぬかもわからんとだからさ、よけいわからんごとなるんだ」

「………」

「門司港発の汽車はもう今夜はないかもしれんね」「空襲でやられたからわからんね」という声が仲代のすぐ側で起った。汽車の中できなれた赤襷の男の声のように思えたので仲代はふり返ったが、全然ちがう五十すぎの男であった。

仲代はその場所を離れて見習士官たちのいるところに近づいていった。さっきの固い沈黙は消え、屈託のない笑い声が上っていた。

「どちらにいかれるのですか」仲代は少しかけ離れて海を眺めている見習士官にきいた。「はあ」と、その見習士官は仲代の方に顔をむけ、ちょっとためらうように「熊本の飛行場にいきます。近く出撃します」といった。

「特攻隊ですか」なぜかそうきかずにはおれない気がして仲代はきいた。

「そうです」見習士官は明確にこたえた。

「学生ですか」仲代はまたいった。ちょっとけげんな顔をして「そうです。自分は多賀高工でした」と青年はいった。

「がんばって下さい」仲代はいった。「なぜ軍刀を抜いたのですか」とよっぽど口にでかかったのだが、かろうじてそれをおさえた。この青年たちではない、大尉が命令したのだと彼は思った。しかしその命令にこの青年は何もひっかからなかったのかと考え、その思いにもまた仲代は懸命に耐えたのである。

「がんばって下さい」もう一度繰返して仲代はまた芹沢治子のいる場所に戻った。

「何を話したんですか」彼女はいった。

「やっぱり特攻隊ですぐ出撃するんだそうです」彼はこたえた。「そう、じゃあの手紙の人もね」と彼女はいった。「着くぞぉ」と誰かがいい、日本人班長が「静かにしろ、一番後からおりるんだ」と、そう騒いでもいない朝鮮人たちに向って気張った声をあげた。

火はでていなかったが、ぶすぶすと焦げた煙の漂う岸壁に連絡船がつき、二三人の男が「おっ、無事だったたか」という声をあげて走りよってきた。

「汽車は大丈夫ですかあ」誰かがその男にきいた。「わからんわからん、汽車どころの騒ぎじゃなかぞぉ」とその男は叫んだ。「八幡《やはた》は大丈夫じゃろか」「わからん」「戸畑は」「わからん、どこもかしこも目茶苦茶にやられたからのぉ」と岸壁の男がこたえた。

「小倉《こくら》は」「うちは若松じゃが」「わからんよ」「門司はどことどこがやられたんだ」同じ質問を次々に繰返して人々が連絡船から降り、一番最後に見習士官の群れと朝鮮人の集団が桟橋に移った。桟橋を足早に行く乗客たちに背をむけて見習士官たちが整列し、その前を「並んでいけ、並ぶんだ」と叱咤《しった》する声にひきずられて朝鮮人の集団がよろよろと通り過ぎていった。その行列の横に沿って歩きながら、仲代庫男はこの朝鮮人たちの年齢はいくつ位だろうかと思った。三十歳位のようにも思え、また五十歳位のようにも思えたが、何かひどくつかみどころのない顔と足どりであった。

「仲代さん」芹沢治子がよびとめ、彼はふり返った。一緒だと思っていたのにどうしたのか彼女はずっとおくれていた。

「駅にいくんですか」彼女はきいた。

「ええ、とにかくいってみましょう」仲代はふり返った。身動きもせずに生白い煙のおおう桟橋に残った特攻隊員たちの姿が関門海峡の波にとけこむようにみえ、さっきの朝鮮人たちがたった一つ覚えている日本語のために彼等は征《ゆ》くのだと思った。そしてその考えが仲代自身ひどく不敬なものに思えたのである。

5

あーあ、鳥も通わぬ五分隊、ドンドン、鬼も泣きだす五分隊、ドンドン、女郎殺しの五分隊、ドンドン、新兵殺しの五分隊、ドンドン、という天井を踏み鳴らす足音と声が急にひどくなり、薄暗い台所の板の間でだんご汁をよそっていた津川ムラが「ああ、また」といった眼で息子の津川工治をみた。守るも攻めるもくーろがねの、浮かべる城ぞたのみーなる、あーあ、鳥も通わぬ五分隊、ドンドン、鬼も泣きだす五分隊、ドンドン、新兵殺しの五分隊、ドンドン、脱走兵殺しの五分隊、あーあ、という繰返される足音がだんだん早くなり、津川工治はものもいわず母親のさしだしただんご汁の丼《どんぶり》と箸《はし》を手に持つと、便所の横から二階につづく階段を上っていった。

「兄さんどうした。また具合が悪くなったのか、ほらだご汁持ってきたぞ」津川工治は病人の子供をあやすような声でいった。

「うう、だご汁か」薄い茶色の丹前《たんぜん》をきた津川陸一は唇を動かしてだらりとした両手を前にさしだした。

「そうか、これを待っていたんだな」津川工治はそういいながらこぼさぬようにゆっくりとだんご汁の丼を陸一の坐っている前の畳においた。ずるずるという音をたてて陸一は一気に箸も使わぬようなシグサでそのだんご汁をすすった。

「もう一杯か、兄さん」工治はきいた。陸一は空になった丼をみてうなずいた。

「もう一杯だ、母さん」階段を下りた工治は台所につづいた板の間に蹲るようにして拳《こぶし》を額にあてている母親のムラにいった。

「あれはお前がかえる前、さっきちゃんとだご汁は二杯もたべたとよ」ムラはぼんやりした顔をあげた。

「仕方のなかよ」工治はいって丼をだした。それからまたさっきの半分ほど量の入っただんご汁を持って二階に上った。

「ほら兄さん、これで終りよ、わかったね、これでおしまいだからね」工治は念をおすようにいって直接その丼を陸一に渡した。

「うん、腹が減るからなあ」意外に素直にそう返事して陸一はまただんご汁を咽喉をずるずると鳴らしてすすりこんだ。

「うまかったね」工治はいった。

「うふっ」空の丼をゆっくりと下におろして陸一は笑った。

「下にいくよ」工治は空の丼を手に立上った。

「ああ、学校にいくとか」ひどく努力したような声をだして陸一はいった。

「学校は今夜はいかんよ。いっても教員もこないし、自習ばかりだけん何にもならん」とこたえて工治は階段を下りた。その工治の言葉をゆっくり反芻するように陸一はうなずき、それから雨戸を閉めた部屋の片隅《かたすみ》にごろりと横になった。

「母さんはどうしてたべんとね」工治は手持ぶさたそうに彼のたべる口元をみているムラにいった。

「うん、珠子《たまこ》がかえってきてたべるかもしれんから」ムラはいった。

「姉さんはたべてくるよ」工治の声はすこし切口上《きりこうじょう》になった。

「うん、そうかもしれんけど」弱い声でムラは返事をし、それからまたその返事を別のことにすりかえた。「今夜もお前学校休む、こんなに戦争がひどうなると先生もきなさらんとやろ」

「教員は何人かくることはきとるけど、みんな昼間の動員疲れだけんね、少しも授業に熱が入らん。この前も、昼間の学生はみんな動員で働いとるとにお前たち夜間生は勉強ができてええなあといいよった」工治は母親のすりかえた話題にわざと自分から乗った。

「夜間中学生でも、みんな昼間は働いとるとやろうが」ムラは明らかにほっとした声になった。

「夜間中学生は新聞配給所とか、自分の家で加勢とかそんなのが多いからね。昼間のやつはみんな動員で工廠《こうしょう》にいっとるから……」

「どこで働いとっても同じじゃろうにね」

「みんな自分だけが働いとると思うとるからね」工治が丼をおいた。その丼をだまってムラはとった。「いいよ」と工治はいった。「もう一杯位あるよ、母さんはまた後でなんでもたべるから」その丼にまたムラは八分目以上にだんご汁をすくいあげた。

「今日の昼、また市役所からきてね」しばらくだんご汁の丼をみつめてためらい結局手にとってしまった工治の方をみて、ムラはずうーっと別のところで思っていたことを切りだした。

「兄さんのこと」工治はどきっとしたような返事をした。彼もまたさっきから陸一のことを考えていたのである。

「うん、どうするかって催促にみえられたんだけど……」

「どうするかって、どう」

「何とか法というのがあって、このままにしてはおけんといわれたんだけどね」

「何とか法って、なに……」

「うん、なんか空襲があったりしたとき、このままじゃ困るじゃろうなんていわれたんだけど、このままじゃ配給もだんだん少くなって、年寄よりももっとひどいことになるからって……」要領をえぬいい方でムラは説明した。

「だからどうしろっていうんだ。病院かなんかにいれてくれるっていうと」工治は二杯目の丼をおいた。

「いや病院はいまどこもいっぱいだし、それにそんな病院はだんだん少くなっているから申請してもとてもだめだろうといいよらした」

「それじゃどうもできんじゃないか。疎開するとこだってどこもないし」

「どうしたらよいかねえ、あんなことで病気になっとらんなら、まだなんとか海軍の方で面倒みてもらうことができるかもしらんとにねえ」板の間の食膳《しよくぜん》を片づけながらムラはもう何べんもいい古してきたことを力のない声でいった。

「何も兄さんが悪かったんじゃないよ、母さん」その話題の中に落ちこもうとする母親の痛んだ心をひきあげるような調子で工治はいった。その時、玄関の戸のあく音がして、「ただいま」という珠子の声がきこえた。

「おかえり、早かったね、今日は」ムラはそれにこたえた。

「母さん、ちょっと」珠子が玄関のたたきに立ったまま声をかけた。

「誰かきているらしかよ、母さん」つき通しになった玄関の方と母親の方を交互にみて工治は低い声でいった。

「ふーん、誰かねえ」ぎくっとした心を手を拭《ふ》く動作でおしかくして、ムラは玄関の上り口にいって手をついた。

「いつもお世話になっている沢野さんよ」「いつも仕事場でお世話になってね、一度お礼をいいたいと思っておつれしたんよ」という珠子の声がたてつづけに上り、工治はなんだかその声が母親のムラよりも自分にむかっていわれているように感じた。「どうも、いつも珠子がお世話になりまして」とムラの声がして「いやあ、私の方こそ一度ごあいさつして……」という意外に若い男の声がきこえた。意外にというのは、いつものように珠子が週末に泊ってきた朝、駅前で工治とふとした偶然で出会った彼女のつれの男が、その時ひどく年老いたように彼にはみえていたからである。

ただ一つそれだけで生活を支えているというふうな恰好でシンガーミシンのおいてある玄関から入ったすぐの六畳間に男を通して、ムラは四畳半と板の間に通ずる背後の襖《ふすま》を閉めた。「沢野といいます、どうぞよろしく」という男の声がその閉った襖のむこうからきこえ、工治はそのいやに公明正大といった男の言葉をききながら、ふっと「あのミシンだけは大切にしてくれよ珠子、どんなことがあっても、手放さんでくれ」といって出征していった、いまは亡き義兄の小郡《おごおり》信雄のことを思い浮かべた。洋服仕立の下請《したうけ》をしていた父親の懇望によって、昭和十五年秋に職人の小郡信雄は入婿《いりむこ》の形で珠子と一緒になり、同時に津川の家業を助けたのだが、その結婚生活もわずか半年にみたず、彼は召集をうけたのであった。「珠子、あのミシンをおれと思って大切にしてくれ」と隣室からきこえてくる義兄の声を、工治はいま兄の陸一の寝ている部屋にいてきいていたのである。

とその時、閉じた襖があいて「いいですよ、どうぞどうぞ」という男の作ったような声がきこえ、「どうもこんな珍らしいものを」と礼を残してムラは腰をかがめてでてきた。

「工治、二階にいって兄さんに下におりてくるようにいって」ミシンのある部屋にとどかぬようなむっつりした声でいうと、ムラは手に持っていた紙包みを下においた。

「どうして」工治はわかっていることをきき返した。

「珠子の部屋にお客さんを通すから、陸一にそういってね」

「どうして、いまのままでいいじゃないか、姉さんの部屋に通しても別に邪魔にならんじゃないか」工治はいった。「兄さんが声をたてたりすると悪いからね」その声がひどく切実なものにひびいて、彼は返事をせぬままに階段を上った。珠子が義兄の信雄と結婚式をあげた晩、彼はまだ高等小学校の二年だったが、「工治は今日から下に寝なさい」と母親からいわれたことを何となく思いだして、彼は「兄さん、下にいこう、お客さんがきたからね」と暗い四畳半の部屋に蹲っている陸一に声をかけた。

「お客さんか、そうか誰がきたんか」陸一は糸でたぐられるような姿勢で起上った。

「姉さんのお客さんだ、下にいこう」工治はいった。

「工治はおれの話をきいてくれるんだなあ」陸一はいった。

「ああきくよ、何でもきくから、ほら危いよ」工治は陸一の腕をとって階段を先におりた。

「珠子のお客さんというのはムコさんがかえってきたのか」下の板の間におりたところで陸一はいった。

「ムコさんじゃないよ、別の人だよ兄さん」低い声で工治は陸一の声を制した。ミシンのある部屋の襖をあけたムラが「じゃ珠子、二階に上ってもらったら、いまお茶わかしていますから」と娘にともなく男の客に対してともなく曖昧にいった。

「じゃ沢野さん、私の部屋に」珠子は立上った。そして板の間を通るとき、その男の背中で、「弟です」と工治の方をちょっとしゃくるような眼でみた。男が「どうも」と挨拶し、工治は黙って頭を下げた。

「ムコさんじゃないのか」珠子たちの足音が階段から消えるとすぐ陸一は少しきんきんした声でいった。

「あの人はお客さんよ、陸一」今度はムラが陸一をなだめるようにいった。

「それじゃあの男は誰か、工治」陸一は同じことを繰返した。

「お客さんといっとるじゃろうが兄さん」工治はいった。「電灯つけにゃ。忘れとった、向うの部屋にいこう」ムラが先に立ってミシンのある部屋の防空被《おお》いのついた電灯のスイッチをひねった。

「珠子はムコさんがいるのに、どうしてあの男と一緒になるんか、あの男も奥さんがおるとじゃろうが」陸一はだんだん昂奮した。

「珠子のムコさんは戦死したんじゃろうが、陸一」「兄さん、海軍の話をしよう」ムラと工治はいった。

「おかしいね、珠子はムコさんがいるとにね」陸一は繰返した。彼は自分の過去の何かに関連したことを思い浮かべる時だけ、いやに部分的にはっきりした記憶をよみがえらせ、その連関する過去の部分の如何によって、時にはひどく狂暴になったり、泣いたりするのであった。

「兄さん、夕張《ゆうばり》の話をしよう」陸一の記憶を別なものに転化させようと必死になって工治はいった。

「う、夕張か、夕張は速かったなあ」陸一は記憶をひるがえした。

「夕張は二等巡洋艦だな」工治は相槌を打った。

「二等巡洋艦でも一等巡洋艦と同じ装備をして、速度も同じ位でたんだからなあ夕張は。……兄さんが乗った時ちょうど大演習があったんだが、あの時は甲板にでると吹き飛ばされてしまう位だった、蒸したジャガ芋が大きなアルミニュームの皿一ぱいでて、それをたべながら八糎《インチ》砲を打ったんだ、おれは砲術科だったからなあ、大友副長が……」

津川工治はいつもと同じ語調と筋書で、かつて自分の乗組んでいた二等巡洋艦夕張の話をしはじめる兄陸一の話をきいていくうち、逆にさっき懸命に制した陸一の別の記憶の部分を自分の記憶に思い合せていった。津川陸一は昭和十三年現役兵として佐世保海兵団に入団したのだが、その後横須賀の砲術学校に廻され、昭和十五年には早くも水兵長に任命されて二等巡洋艦夕張に乗組んだのである。昭和十六年初め、二等兵曹に進級すると同時に、兄陸一の強《た》っての望みで横須賀砲術学校時代知合ったという飲食店の娘岡本美代子をつれてきて佐世保に世帯を持ったが、その夏、いま工治もはっきりおぼえているあの呪うような事件が発生したのである。

「大友副長が特におれをよんでほめられたことがある……」全然表情の変らぬ顔で、防空被いのついた電灯に時々眩《まぶ》しそうにちらちらと眼をやって、陸一の声は棒をよむようにつづいていく。昭和十六年夏、昼間は家業を手伝い、夜間中学に通いはじめてからすぐのことであった。

津川陸一は「脱走容疑」の理由で逮捕されたのである。事実は脱走でもなんでもなく、夕張が佐世保軍港に二十四時間碇泊《ていはく》するために入港したその夜、彼は公務外出を命ぜられ、帰途二カ月ぶりの対面にあふれるような気持で妻美代子の住む汐見《しおみ》町の自宅に寄ったのだが「おーい、一時間外出、一時間外出」と最初から別れる時の辛《つら》さを防禦《ぼうぎょ》するように玄関をあけて、彼がそこにみたのはすでにかくしようもない妻ともう一人の男の姿であり、声であった。津川陸一は公務外出のため腰に吊っていた帯剣のバンドをはずし、いきなり鞘《さや》ごと横なぐりに男と妻を乱打したが、その悲鳴に驚いた隣家の人の通報によって彼は警官に取押さえられ、警察からさらに海軍に通報されたとき、すでに津川陸一の帰艦時間は二時間以上おくれていたのである。事件の性質上、顔面に瀕死の裂傷をうけた男と妻のことはそのまま表だった事件にはならなかったが、公務外出中自宅に寄ったことと、二時間以上帰艦時間におくれたことが脱走容疑となって、彼は夕張退去を命ぜられ、そのまま佐世保海兵団の徴罰分隊として知られている第五分隊に降等転属させられた。

「お茶もっていくよ工治」いわないでもよいことを気がねするようにいってムラは盆を持って二階に上った。

「ムコさんにお茶もっていくんか、母さん」陸一はぷっつりと夕張の話を打切った。

「そうじゃないよ、ムコさんじゃないよ、兄さん」工治は慌てていった。

「ふーんムコさんじゃないのか……」陸一はそれっきり黙りこんで眼をぱちぱちと動かした。そのなんともいいようのない悲しげな陸一の表情をみているうち、工治はさっき「珠子はムコさんがいるのに、どうしてあの男と一緒になるんか、あの男も奥さんがおるとじゃろうが」といった陸一の言葉をふいに荒々しく思い浮かべた。陸一の妻美代子と通じていた男にも妻子がいたのだ。その男は町会の文化部長をしていた女学校の教師で、事件後、表沙汰《おもてざた》にはならなかったが近所の眼にいたたまれなくなり、美代子が横須賀にかえるのと前後して、どこか妻子をつれて朝鮮の方に渡ったという噂が流れていた。いま二階にきている沢野という男もきっと妻子もちなのだ、という思いが陸一のさっきの言葉に重なるように工治の胸を流れ、彼はまたどうしようもないほどの苛だちを感じはじめた。義兄の信雄さんは戦死した、しかし沢野という男は妻子持ちだという考えがだんだんどうしようもない気持になって、眼の前にいる兄陸一の頸《くび》と顎のあたりにつながっていく。陸一が海兵団の便所で頸を吊ったのは第五分隊に転属させられてから一カ月ばかり後であった。彼はその頸吊りによって一挙に廃人になったのである。いや頸吊りによって廃人になったのではなく、頸吊りに失敗し、それを中途で発見された後、「第五分隊の名誉を傷つけようとした脱走兵」という理由で、めったうちのリンチを、それまでネズミをうかがうような眼つきをしていた古年次兵たちからうけ、気絶したまま正常な意識を分裂させてしまったのである。大東亜戦争が勃発してから数週間後、彼は、「不急治療者」として海軍病院から退院するとすぐ除隊になったのだが、家にかえっても口をきかず、それを苦にしながらふとした流感で父親の与一は死んだ。それから丸四年と数カ月……。

「工治、さっきそうめんをもらったんだけど炊《た》こうか」二階からおりてきたムラは工治の気持をときほぐすようにいった。

「そうめんか、たべるぞ」陸一はうれしそうな声をあげた。

「おれはたべんよ」工治は返事をした。

「あの人はね、珠子の働いとる軍需部の部長付の人らしいよ」ムラはいった。

「……………」

「姉さん大分よくしてもらっているらしいよ」

「部長付がようこんなあばら家にくるなあ」工治はムラの声に反撥した。

「………」

「そうめんくれ、母さん」陸一は甘えた声をだした。

「ああ、炊いてやるよ、陸一」ムラはいった。

「おれはたべんぞ」工治はいった。父が死んだ後、彼も肋膜《ろくまく》になって一年半近く学校を休んだのだが、その一年半の間、彼の枕もとで姉の珠子は「元気をだしなさいよ工ちゃん、信雄さんがかえってきたら、どんなにしてもこの家はもりかえせるからね」といっていたのである。

「市役所の方にはどういうふうにいっておくかねえ」その質問が本意ではなく、ただ工治の機《き》嫌《げん》をとるようにムラは呟いたが工治は黙っていた。

「市役所の人はまたくるといっとったけどねえ」

「何で」工治は返事をした。

「そうめん炊いてくれ」陸一はまた催促した。

「炊くよ陸一」ムラはいった。

「市役所が何といってもどうにもならんじゃろうが、病院にも入れんし、疎開もできんなら」工治はいった。二階からそれまでとぎれとぎれにきこえてきていた話し声がぴったり止んだ。そのぴったり止んだ二階の物音を吸いよせるような口調で工治はさらに「どうもできんなあ」とつづけた。その時、横の玄関の戸があいて、「津川君いますか」という声がかかった。

「おっ鹿島か、上れ」と返事をして工治は玄関にでた。「よっ、珍らしい、仲代も一緒か、かえってきたんか」

「うん焼けだされてね、今かえってきた」といって仲代庫男はふふふと笑った。それにつられて鹿島明彦がふふふと笑い、それから「今夜また例のところにつきあわんか、わけ前は出すぞ、仲代もくるならはじめてだから珍らしかぞ」といった。

6

福石刑務所の長いコンクリート塀の横を崎辺道路の方に折れ曲り、だらだらした坂道を上りつめて、そこからまるで腐った牛乳のように白くどろりと横たわっている明りのない夜の軍港のみえる地点にきたとき、仲代庫男が「津川は昼間新聞配給所に働いとるんか」とふいにたずね、津川工治は「え、なに」とききかえした。彼はさっき鹿島明彦と三人で家をでたときからずっと仲代庫男の話す東京空襲の模様をきいていたのだが、その話の切れ間にふっと、恐らく今頃は沢野という軍需部部長付の男が持ってきたそうめんをくっているにちがいない兄、陸一のことを考えていたのである。

「新聞配給所にでているのか」仲代庫男はまだ津川と会う前、鹿島からきいたことをくり返した。

「うん、海軍橋の配給所にでとる……」津川工治はこたえた。

「月給五十五円也だ」横から鹿島明彦が口をはさんだ。

「こいつはかせいどるよ」ちょっと鹿島の方をみて津川工治は顎をしゃくった。

「鹿島は何しとるんだ、さっきからきいとるが笑ってばかりいてちっともわからん」仲代庫男は津川にきいた。

「いうなよ、もうじきだから」鹿島明彦はいった。

「こいつはね」津川工治はいった。

「いうなっていうのに」鹿島明彦が制した。

「こいつは闇煙草を売っとるんだ」津川工治はその声をかまいつけぬようにいった。

「ふふふ」鹿島明彦は何か言葉をのみこむような笑い方をした。

「闇煙草？……」仲代庫男は不思議そうにきいた。

「よもぎを干してきざんで、そいつを配給の煙草をばらばらにほぐしたのにまぜて……十本の煙草が百本になる、なあ、鹿島」津川工治が鹿島をからかった。

「よもぎだけじゃないぞ、まだいろいろなものまぜとるぞ、専売特許だ」鹿島明彦はいった。

「嘘つけ、よもぎだけじゃないか、それとも柿の葉か」津川工治はいった。

「それをどこに売るんだ」仲代庫男はいった。

「徴用工員宿舎に持っていくんだ、もうすぐそこだ」津川工治はいった。

「大丈夫か」仲代庫男はいった。

「何が」鹿島明彦はきいた。

「いや、みつかったりなんかするとうるさいんじゃないか」仲代庫男はいった。

「大丈夫さ、むこうは大歓迎なんだ、口笛さえ吹けばいいんだ」鹿島明彦はちょっと不敵な表情をした。

「口笛はその先の女子徴用工員宿舎で吹くのとちがうんか」津川工治はいった。

「馬鹿いえ」鹿島明彦はいった。

「こいつは女子挺身隊員《ていしんたいいん》をひっかけとるんだ」津川工治はいった。

「嘘ぞ、むこうが声をかけてきたんじゃないか」鹿島明彦はいった。

「同じことじゃないか」津川工治はいった。彼はまたどこかで姉珠子と沢野という男のことを思ったが、言葉だけがその思いと反対にひどく浮わついたものになってでた。

「熊本からきている女子挺身隊員で大アツアツだ、なあ」と彼はつづけた。

「ふーん、そうか」仲代庫男は感心したような声をだした。

「大アツアツは嘘だが、女子の徴用工員はひどかぞ」鹿島明彦はいった。

「挺身隊がきとるのか」仲代庫男はきいた。

「うん、同じようなもんだが、徴用工員も挺身隊員もきとるぞ、熊本とか鹿児島からきとる
……」鹿島明彦はこたえた。

「鹿児島からもきとるのか」仲代庫男はいった。

「鹿児島といえば、仲代は惜しかことしたねえ」津川工治はいった。

「いや」仲代庫男は言葉を濁した。

「そいでまた東京にかえるんか」しばらくして津川工治は案じるようにきいた。

「うん、少し模様みてから……」仲代庫男はいった。

「戻るな、戻るな、どうせ勉強はできんじゃろうが、動員で働く位なら空襲で死ぬより佐世保におった方がましたい」鹿島明彦はいった。

「だまっとるわけにもいかんから、どこかで働こうかと思うとる」仲代庫男はちょっとその鹿島の言葉に反撥するようにいった。

「どうせ兵隊にいくまでじゃないか、のんびりくらしとけよ」鹿島明彦はまるでその仲代の反撥に気づかなかった。

「戦争しとるのに、のんきなことばかりいうけんねえ、こいつは本当は川棚《かわたな》の航空廠にいかなあならんとにね、ごまかしてから遊んどるとだからねえ」津川工治はいった。

「遊んどりぁせんよ、ちゃんと軍需部にでよるやろが」鹿島明彦はいった。

「遊んどるのと同じことさ、倉庫の事務なら」津川工治はいった。

「津川は、入営は」仲代庫男は津川の方をみた。

「うん、まだこんよ」津川工治は急にさっきからの言葉の調子を削るようにこたえた。

「第二乙はまだ当分いかんよ」鹿島明彦が断定した。

「いくさ、第二乙までは現役だけんね」津川工治はいった。

「鹿島は丙種《へい》だったたな」仲代庫男はいった。

「うん、おれは入営せんよ」鹿島明彦はあっさりとこたえた。彼等は今年の二月、十九歳に引下げられた徴兵検査を、本籍地が佐世保市であるところから三人揃って佐世保公会堂で受けていたのである。彼等は小学校の一年から五年までずっと同級で親友だった。その後仲代庫男と祖母、妹は佐世保港外の海底炭鉱にいる親類をたよって渡ったのだが、昭和十七年春、彼が炭鉱の籍を離れて進学するようになってから、彼の祖母と妹はともに元の佐世保市にかえり、彼はまた彼等と会う機会が多くなっていたのである。その時、鹿島明彦は視力室の所で検査の順番から外され、暗室につれていかれて精密な診察をうけたが、結局強度の右眼弱視ということで丙種になった。仲代庫男は近視で第一乙種、津川工治は肋膜既往症《ろくまく》と肺浸潤《はいしんじゅん》で第二乙種と、しかしともに「現役入営に適する体力」として合格したが、仲代庫男は理科系の入営延期で、少くとも十月までは猶予されるはずであった。

「こいつは要領がいいからな」津川工治は仲代の方をみて笑った。

「軍医なんて、新米の馬鹿ばかりだから、みえん、みえんというたらそれでいいんだ」鹿島明彦はこともなげにいった。

「そいでも精密検査を受けたとやろうが」津川工治はむしろ鹿島に代って弁解するような口調でいった。

「精密検査なんて、暗室だけたい、何も特別の装置があるわけじゃなし、みえるかというからみえませんといえばそれで終りさ」

「鹿島は嘘ばかりつくけんねえ」津川工治はまた気弱そうに笑ったが、仲代庫男は黙っていた。

鹿島も津川も仲代も何か妙に言葉の接穂《つぎほ》を失ったような黙りこくった時間がしばらくつづき、

生白い軍港の対岸に何か赤い信号灯のようなものがぱっぱっと明滅した。仲代庫男はついさっき「おれは入営せんよ」ときわめてあっさりと鹿島がこたえた言葉をきっかけにして、昨夜関門海峡でみた見習士官たちのひきつった顔と朝鮮人に向って抜き放たれた軍刀を抉りとられるような気持で思いだしていたのだ。昨夜あれからたった二時間程駅に坐ったきりで思いもかけず順調に門司港駅を出発した早岐《はいき》廻り長崎行の列車に、彼と芹沢治子は乗込んで席をとることができたのだが、仲代庫男は一晩中ずっとそのことばかりをくりかえし考えつめていたのである。窓際の硝子（珍らしく列車の硝子がひやりとするほど冷たくはまっていた）の感触にぴったり頬を濡らすようにしてものもいわなくなった彼の表情をみて、まるでそうなったことが自分の罪ででもあるかのように、芹沢治子はしきりに彼の心に触れるような言葉をえらんで話しかけてきたが、悪いな、悪いなと思いながら彼はその彼女の気を配った言葉についに乗っていくことができなかったのである。

「きたぞ、あの宿舎だ」鹿島明彦は、切り開いた丘にもたれかかるような恰好で三棟《むね》建っている黒い二階建の宿舎を指さした。

「あれか」仲代庫男はぼんやりといった。

「おれが先にいくから、津川はいつものところで舎監の部屋を監視しといてくれ、様子が変だったらいつもの通りの口笛をたのむ、仲代も津川にきいてたのむよ」といいおいて、鹿島明彦はふくらんだ作業衣の両ポケットを押さえて足を早めた。

「どうするんだ」先に立っていく鹿島の背中を眼で追うようにして仲代庫男はいった。

「あのポケットの様子じゃ今夜は十個位しか持たんのだろう、一個一円か一円五十銭で売るんだ、元値は配給の煙草の一個か二個だからいくらもかからんからね」と津川工治はいい、それからまた「もう慣れているから口笛吹いただけで徴用工員が買うんだ、舎監にははじめから煙草やる時はいいんだが、今夜は数が少ないからワイロはなし、それでおれが舎監の部屋を見張るというわけだ」と説明した。

「ほんとに干したよもぎをまぜているのか」仲代庫男はいった。

「よもぎも柿の葉も饅頭《まんじゅう》の葉もなんでもまぜてあるさ、皆そうしてのんどるからねえ、ただ鹿島は作り方がうまいんだ。あいつは自分で専売特許といっているが、なんか配給の煙草の外に煙草の匂いのするものをまぜるんだな、みておれ、すぐ売切れてしまうから」津川工治はいった。

泥に丸太を並べた坂道を上りつめた所に一番左端の宿舎の入口があった。その横手の塀《へい》のところで津川工治は立止り、「あれが舎監の部屋だ、あいつが窓から顔をだすか、廊下をバタバタしはじめるとうるさいんだ」と二階中央の部屋の方をみながら低い声でいった。

「鹿島は?」仲代庫男はきいた。

「あいつはむこうの便所のところで売っているよ、今日は数が少ないからすぐすむよ」津川工治はこたえた。

「ずっと前からか」

「ああ、鹿島は去年の暮からやっていたらしいが、おれがくるようになったのは今年になってからだ、これで五度位かな、あいつはまだ煙草の外にいろいろなことをやっとるよ」

「いろいろなことって、何を」

「石鹼を売ったり、佐賀から油を買ってきたり……」

「よくそんな暇があるな、毎日出勤しとるんだろう」

「そこがあいつのちがうところでね、なんとかかんとかしてうまくやっているらしいよ」

「そんなことしていていいのかな」まだ就寝時間でもないのに、変にひっそりして話し声もきこえぬ宿舎の窓をうかがうようにして、仲代庫男はいった。

「何を……」津川工治はききかえした。

「いや、自分がたべたり使ったりするのに闇するのなら仕方がないけど、売ったりするのはどうかと思ってね」ちょっと考えこむように仲代庫男はいった。

「同じさ、どうせ誰でもやってるもん」津川工治はいった。

「うん」仲代庫男は曖昧な返事をした。

「鹿島は生活力があるからな」津川工治はいった。

「生活力か」仲代庫男はいった。

「鹿島をみているとおもしろいよ、おれにもわからんところがあるけどね、何かあいつは妙な力をもっているから……」津川工治はいった。その時どこかで変にまのびした単調な曲がきこえ、彼はまた言葉を変えるように「誰かハーモニカを吹いとるねえ」といい足した。

「鹿島は工業をでてからすぐ軍需部に入ったんか」仲代庫男はきいた。

「うん、しばらくぶらぶらして工専かどこか受けるといっとったけどね、……なんとなく軍需部にでるようになったんだ」津川工治はこたえた。

「お前の姉さんも軍需部だろう」

「うん、鹿島がいきよるところと場所はちがうけどね……」姉のことには触れたくないように津川工治は口ごもった。

「鹿島のおやじさんはやっぱり工廠か」

「うん、それでもあそこは弟妹《きょうだい》が多いからねえ」

「兄さんが一人おったろう」

「うん、あの人は工廠から台湾かどこかにやられとるよ」それからまた「おれは病気でおくれとるけど、いけたら学校にいきたかねえ」と、前の言葉と全然つながらぬことを津川工治はいった。

「いま学校いったってつまらんよ」仲代庫男は津川を慰めた。

「そいでも仲代はよかよ」津川工治はいった。

「何が、何もようないさ」仲代庫男はいった。

「七高のことは運が悪かったけど、とにかく学校にいって勉強できるんだからいいよ」津川工治はくり返した。

「前はよかったさ、しかしいまはめちゃくちゃになった……」仲代庫男はいった。

「めちゃくちゃでもよかさ、おれも学校にいきたかねえ、工業専門学校でも経専でもどっちでもかまわんけどねえ」津川工治はいった。

「いこうと思えばいくらでもいけるさ、しかしいまはいってもいかんでも同じだよ」

「兄貴があゝいうふうだから……どうにもできんからね」津川工治は中途で言葉を切った。

「兄さん、やっぱりまだ悪いのか」仲代庫男はいった。

「うん、この前市役所からきてね、どこかにやれというんだ、配給がもらえなくなるかもわからんらしいよ」

「どうして」

「精神病は何にも戦争に役立たんからね、病院にいけというが、どこにもいれてはもらえないんだ、疎開もできないしね」

「困るねえ」仲代庫男はいった。

「困るよ、それにあの病気はたくさんたべるからねえ」津川工治はいった。その時、二人が予期していた反対側の、さっき彼等が坂道を上ってきた方から鹿島明彦が不意にあらわれ、「いこうか」といった。

「終ったのか」津川工治はきいた。

「ああ、終った」といって、鹿島明彦は「ほら」とポケットから石鹸を二個とりだし、仲代と津川に一個ずつ渡した。

「何だこれは」というふうに仲代は鹿島の顔と渡された石鹼を交互にみた。

「一つずつやるよ、煙草二個と石鹼一個と替えたんだ、むこうの食堂の奴、配給の石鹼をしこたまくすねとってね、全部煙草と替えてきた。一個まけろといったら、気前よくだしたよ、結局この方が得だけんね、まだ四個あるよ」といって鹿島明彦はポケットを押さえた。

「それをまた女子挺身隊員宿舎か」津川工治はいった。

「いや、これは佐賀の田舎に持っていく、この前たのまれとるけんね」鹿島明彦はいった。三人は宿舎の坂を下りてふたたび軍港のみえる本道に立った。

「どうする」というような眼で津川工治は鹿島をみた。

「おれはちょっといってくるけどね、一緒にきてもよかぞ」といって鹿島明彦は表情を少し動かした。

「どこに」仲代庫男はきいた。

「この先にある女子の宿舎にいくんだ、さっきいったろう、そこに鹿島の彼女がおってね」津川工治がかわってこたえた。

「商売にいくんじゃないけど、すぐすむよ、石鹼を一個渡してくればいいんだ」鹿島明彦はてれたように笑った。

「いこう」津川工治はいった。

「うん、鹿島にじゃまでなかったら」仲代庫男はいった。

「いいよ、なあ鹿島」津川工治はいった。

「ひどかぞ、あそこは、仲代はびっくりするかもしれんね」鹿島明彦はいった。

「いってって、何が」仲代庫男はきいた。

「いけばわかる、すぐそこだ」鹿島明彦はいった。

たしかにものの五分と歩かぬ地点に、ぽっかり切り開かれた林がみえ、紙のような塀《へい》をめぐらした平べったい宿舎が黒い天幕に似た月影をおとしていた。黒い天幕に近づいていくうち、仲代庫男は「どうもおかしな気がするね」といった。宿舎だけでなく切り開かれた林のあちこちに奇妙に蹲っているものの気配を感じたからである。

「黙っとれ」低い声で鹿島明彦はその仲代の言葉を制し、それからまた「このへんにおれ、つれてくるから」といった。

「おい、つれてくるんか」津川工治が慌ててそういったがそれに返事もせず、鹿島は宿舎の裏手の方に去った。

「何だあれは」仲代庫男はおかしな気配を見廻すようにいった。

「逢引《あいびき》しとるんだ、さっきの徴用工員宿舎の奴もきとるし、普通の工員もきとる、ここの宿舎はジョロ挺身隊だからな」津川工治はささやいた。

「ジョロ挺身隊……」息をのむように仲代庫男はきき返した。

「そういうアダ名がついとるんだ、外の女子工員の宿舎は監視がきびしかけんねえ」津川工治はいった。

「鹿島は……」鹿島もこんなことをしているのか、という調子をこめて仲代庫男はいった。

「鹿島は内村という二つ上の女の子と仲ようなっとるんだ、おれはこの前、一度しか会ったことがないけどね」

「ふーん」仲代庫男はいった。彼はさっきから何かひどく収拾のつかぬ考えに襲われはじめて、何とかその考えのつじつまを合せよう合せようとしていたのである。

「ここの挺身隊はね、女学校をでた奴が多いんだ、みんな二十より上の奴ばかりだというとったよ」津川工治はいった。そのあとで彼はふたたび姉珠子と沢野の関係をちらと念頭に浮かべたが、その重い考えにくらべて、自分の言葉だけが何か彼の体のある部分から二つにも三つにも分れてぺらぺらとでていくような感じであった。

仲代庫男はまた息のつまった声で短く「うん」と返事をした。彼は自分の胸の中の疼《うず》くような混乱を、今日、夜明前の早岐駅で別れ際に芹沢治子がいった言葉を反芻することで統一し、切り抜けようとしていた。彼女はその時、「じゃこれでお別れね、手紙をだしますから、仲代さんも下さい、がんばってね……」と固い表情をして窓から手を振ったのである。

その時、「きたぞ」と津川工治が仲代の肘《ひじ》をつつき、「もう一人きとる、二人だ」と眼を光らせるような声でいった。それから「津川」という鹿島明彦の声が仲代のつい耳元できこえ、「おいここだ」と津川工治が返事をして木の陰からでていった。

「おっ、ここか、この人が内村葉子さんだ、この人はええと……」鹿島明彦はいった。

「木室《きむろ》というんです」言葉につまった鹿島を笑いもせず、まじめな調子でその女は自分の名前をつげた。

「木室益江さんよ、同じ学校だったとよ」内村葉子はいった。

「もう一人つれてくるとよかったとだがね、ちょうどいなかったんだ」鹿島明彦はいった。

「もう一人つれてくる、なんて失礼ね」内村葉子が鹿島をにらんだ。

「これは仲代、東京の学校にいっとる、こっちは津川、おれの相棒」鹿島明彦はいった。

「あっちにいきましょうか、あっちの畑のところに話のできるところがあるとよ」内村葉子は鹿島明彦と一緒に先に立って歩きだした。木室益江がだまってその後につづき、そのまた後から津川工治と仲代庫男が、何か内村葉子の声に退路を断たれたような気持で歩いていった。

林をぬけて荒地のまま放ってある畑の草むらに自分から先に腰をおろすとすぐ内村葉子は、

「うちたちは不良じゃないけんね、ここの宿舎にはそりぁ不良の人もおるけど、うちも木室さんも不良じゃなかよ、そう思うてつきおうてね、うちは鹿島さんをしっとったから信用してきたとよ」といった。

「おれたちも不良じゃないよ、なあ」鹿島明彦はその言葉におされて津川をみた。

「不良じゃないですよ」津川工治はいった。

「ただ話したかったとよ、うちたちは友達もいないから」内村葉子はいった。

「学校は熊本ですか」津川工治はいった。

「ええ」木室益江は返事をした。

「戦争がひどうなったから大変ですね」と津川工治はいった。その声をきいてくすくすと鹿島明彦が笑い、それからまた内村葉子が笑って全部が笑いだした。その笑いにほぐされた気持に乗って内村葉子は「東京の学校はどこですか」と仲代庫男にきいた。

「ええ……」仲代庫男は、ちょうど列車の中で最初芹沢治子からきかれた時と同じような曖昧な返事をした。

「仲代は秀才でね……」津川工治がその曖昧な言葉を助けた。

「津川」仲代庫男はその声のつづきを制した。

「東京は空襲がひどいんでしょう」木室益江はいった。

「ええ、ひどいですよ、みんなやられてしまってね、僕も今日、命からがら焼け出されてかえってきたんですよ」仲代庫男は話題が学校のことから離れたことにほっとして、その木室益江の問いにこたえた。

「東京に従兄弟《いとこ》がいるけど、医大の研究所にいるんだけどそれじゃもうだめね」ひどく浮々した声で内村葉子はいった。何か嘘くさいなと仲代庫男がその言葉の調子に抵抗を感じた時、津川工治が「この宿舎は全部同じ学校ですか」と甲高い声できいた。

「いいえ、どこからでもきとられますよ、大分も宮崎の方もおられるから」木室益江はこたえた。

「食事なんかはどうしとられるんですか」仲代庫男はいった。

「食事はみんなここの宿舎の食堂でたべるんよ」内村葉子はいった。

「足りないでしょう」仲代庫男はいった。

「とても、足りないなんていうもんじゃないわ、ねえ木室さん」内村葉子はいった。

「家ならまだ何とかなるが、宿舎ではなあ」津川工治がいい「こんど何かもってくるよ」鹿島明彦がそれに言葉を重ねた。

「外出できんのですか」また津川工治は木室益江の方をむいてたずねた。

「門限はあるけど外出は自由よ、それでも仕事からかえってくるとぐったりして、もうどこにもいく元気がなくなるから……」内村葉子がその言葉をひきとった。

「そういえばもうかえらないと」木室益江はいった。

その女学生のような顔と三つ組に編んだお下げの髪に目をやって、「まだ何も話しとらんじゃないですか」鹿島明彦はいった。

「でも……」と木室益江は口ごもった。

「かえろう」仲代庫男は立上った。

「かえるか」津川工治はいった。

「おれはちょっと内村さんと話があるから、下の道に待っとってくれ」鹿島明彦はそういって仲代と津川をみた。

「うん」津川工治はうなずき、「じゃさようなら」と木室益江に声をかけた。

「さよなら」木室益江はいった。

「ん」仲代庫男は畑と林との境にある小道を詮索するような足どりで歩きだした。

「何も話さんやったね」二人になってから津川工治は仲代にいった。

「ううん」仲代庫男はこたえた。

「木室というのはおとなしかったね」津川工治はいった。

「うん」仲代庫男は返事をした。

「鹿島は石鹼を渡してくるとやろ」

「そうやろね」

「今夜は誰も話しかけてこなかったが、普通ならいっぱい挺身隊の女たちが寄ってくるからね」

「そうかね」仲代庫男はいった。

「内村という女はちょっとおかしかごたるね、不良じゃないとかなんとかいうとったけど……」

「みんなきついからね」

「えっ」津川工治がききかえした。その時、ばさばさと草をわける足音がして、「おい、待っとれ」という鹿島明彦の声がかかった。

「何だ、もうきたのか」津川工治は後をふりむいた。

「うん」鹿島明彦はいった。

「待っとったとに」津川工治はいった。

「うん、もういいんだ、石鹼を渡してきた」鹿島明彦はいった。

「もう大分おそかぞ」津川工治はいって、崎辺道路に下りる石垣を仲代の後からとんだ。つづいてはずみをつけるように鹿島明彦がとび「接吻してきたぞ」といった。

「接吻したとか」津川工治が顫《ふる》えるような声をだし、「なに」と強い声で仲代庫男はききかえした。

第二章

1

駅前の教会の十字架が黒いクレパス画のように仲代庫男の眼の中で揺れ、彼はその思いを言葉にした。「あの教会は何か揺れとるごたるね」

「あの十字架は黒く塗ってあるんだ、カムフラアジしてあるから空の中に溶けこんだようにみえる。……」津川工治はこたえた。

「なんだかむしむしするね」仲代庫男は黒い尖塔《せんとう》からさらに眼を星のない夜空に転じていった。

「あの教会の窓は全部閉鎖されているんだ、牧師はずっとスパイ容疑でひっぱられとるよ」津川工治は前の話をつづけた。

「スパイって、何をしたんだ」

「いや、あそこの塔から軍港の写真をうつしたという噂が流れとるけどね、……ちょっと考えられん話だけど、やっぱりキリスト教だけんね、どっちみち戦争がひどうなればいろいろいわれるよ」

「佐世保もどんどん変っていくね」仲代庫男は言葉の調子を変えた。

「東京からかえってからどの位になる……」津川工治はいった。

「戸島炭鉱にいってからもう二週間になるからね、ちょうど一ヵ月位かな。それでも戸島にくらべたらまだ佐世保はのんびりしとるよ、映画なんか毎日やっとるもんね」仲代庫男はいった。

「この前手紙はもらったけど、青年学校で何教えとるんだ」

「いや青年学校じゃないんだ、まあ青年学校と同じだけどね、技能者養成所というんだ、月水金の午前中だから暇はあるけどね、それでも何やかやうるさいよ、他に坑務とか労務とかに勤めとらんで学校だけで教えとるのはおれ一人だからね、前働いてた時と空気も大分変っとるよ」

「前は坑夫で、いまは先生じゃ、何か具合の悪かやろね」

「いや、いまいるところは本坑だけん、そういうことはないけどね、割当の増炭目標が大きすぎて皆いらいらしとるんだ、ひどかよ」

「東京にはもうかえらんでよかとか」

「どこで働いてももう一緒だからね」仲代庫男はいった。その後の状況を学校宛に報告し、動員その他の処置について聞いたにもかかわらずまだ何の返事もこないことを彼はちらと思い浮かべたが、そのことにはふれずに「本土決戦になれば、もうどこにいても同じだから……」と同じことをくり返した。

「本土決戦になるやろうかね」津川工治はいった。

「なるさ、沖縄もやられたからね」佐世保駅前の広場にへばりつくようにして蹲っている人々をみながら仲代庫男はいった。

「明日の分の切符の行列やろ」津川工治はいった。

「いまからもう売るとやろか」

「十時に売りだす分やろ、二十枚位しか売らんとに大分並んどるね」

「まだ佐世保はよかよ、東京はひどかったからな」

「今夜の映画、あんまり面白うなかったね、はじめから筋がわかっとるもんね」津川工治はいった。

「なんかだらだらした撮し方だったな、育てた子がなぜ最初からあんなに不良なのか、さっぱりわからんからね」仲代庫男はいった。

「継母だから、ぐれたんだろう」津川工治はこたえた。

「継母だから最初からぐれているというのはおかしいよ、実際の母親は別にきちんと病気で死んどるんだからね、赤ん坊の時からあの少年を育てたんだろう、本当の母親じゃないって叔父さんからきくのもおかしいよ」仲代庫男はいった。

「継母だから海兵受験がだめになると悩むところもなんだかおかしかね……あとで本当の愛情がわかって、海兵でなく予科練を受けることを決心した、というのもなんか理屈にあわんからね……」津川工治は後の半分を口の中で呟いた。

「担任の教師の考え方も少し変だったな、愛は血よりも濃しなんていうセリフをけろっとして使っていたからね」仲代庫男はいった。

「とにかくおかしかよあの映画は、海兵に入るのになぜ継母だからだめなのか何も説明しとらんからね、本当にだめかだめでないかそのままにして、すうーっと予科練の受験の方にいってしまうんだからね」津川工治は前の言葉を高めるようにいった。

「そうだな、あれでいくとなにか海兵と予科練と対立するようになるね……みかたによるけど」

仲代庫男は津川の言葉をうけた。

「この前みたエノケンの三尺三吾平というのは面白かったけどね、刀の鞘《さや》の先に車をつけてね、なんということはないけどエノケンの生き方がぴりっとしとるんだ」津川工治はいった。

「津川はよう映画みとるね、なんとかいうドイツ映画もみたとかいつか話しとったろう」

「ああ、〈世界に告ぐ〉という映画だろう、ずっと前ね、あれはよかったな、米英の鬼畜行為をテーマにしたものだけど、どうせつくるならああいう迫力のある映画の方がよかね」

「東京じゃ空襲がひどくて映画どころじゃなかったよ。映画どころじゃない……」

「戸島炭鉱では映画はみられんのか」

「うん、土曜日ごとにやっとることはやっとるけどね、この前は高峰三枝子の〈純情二重奏〉というのをやったよ」

「〈純情二重奏〉か、よくいま頃あんな映画をやるね」津川工治はいった。そして自分のいったことを補足するように、「古い映画という意味じゃなくてね、なんか戦争にあまり関係のない映画だろう」とつづけた。

「うん、途中でぶつぶつフィルムが切れてね、それでも高峰三枝子が歌うとキャアキャア騒いでひどかったよ」仲代庫男はちょっと弁解じみた口調でいった。

「本当はああいうのが、いまはいいのかもしらんな……」津川工治はひとりごとのようにいった。

「なに」と仲代庫男はききかえした。

「いや、今日の映画のようなものより、まだその〈純情二重奏〉がましのような気がしたから……」津川工治はいい直した。

「話はちがうけど、兄さんどうした?」しばらくして、駅前から福石町の方につづく人通りのない舗道で、仲代庫男はふっと津川の方をむいた。

「うん、別に変りはないけど、何も考えんでたべるからね」津川工治はこたえた。

「入院の話はどうなった」

「あれから、なんにもいってこんよ、いってきてもどうにもならんけど……」

「ゆっくり時間をかけて治療するとよくなるのだろうけどね」

「この前、おふくろが親類からきいてきてね、本土決戦になったら精神病者はまっさきに射殺されるから、いまのうちになんとか手をうっといた方がといわれて、泣きだして困ったよ」津川工治は低い声で言葉を一つ一つ自分の中にひきこんだ。

「そんな馬鹿なことはないよ」仲代庫男はいった。それからまた「そんなことはできないよ」と自分の言葉を重ねた。

「おれもそう思うけどね、戦争がひどうなったらどんなことになるかわからんけんね」津川工治は体のどこかを閉じるような声でいった。

「いくらなんでもそう無茶なことにはならんよ、そんなことには絶対ならんよ」さっき駅前の教会の尖塔のみえる所で「どっちみち戦争がひどうなればいろいろいわれるよ」と津川工治がいったことを思いだして仲代庫男はいった。

「精神病者が一番でね、癩《らい》が二番、結核の三期が三番だというんだ」

「何が」

「いや、射殺される順番がね、おふくろは毎日そういっとるよ」津川工治はちょっと表情をくずして仲代の方をみた。

「いろいろデマをとばす奴がいるなあ」わざと明るい声を作って仲代庫男はいった。

「戸島には明日かえるんか」自分の方から気をかえるように津川工治はきいた。

「うん、本当は明日の二便でかえらんといかんとだがね……明後日の一便でかえってても無理すればなんとかなるよ」仲代庫男はこたえた。

「そうしたら。折角かえってきたとに、少し位さぼってもよかろう」

「うん、さぼるのはかまわんけど……」仲代庫男は曖昧な返事をした。急に別の、長崎の芹沢治子から佐世保の家にきていた手紙のことを考えたからである。手紙には、あれから後彼女も大阪の学校にかえらず、医大病院の薬局に勤めていること、もし暇ができたらぜひ一度長崎においで下さい、という意味のことがかいてあった。「もし、切符がうまく手に入れば明日日帰りできるな」という思いがどこかに走ったが、彼はその思いをまたおしつつんだ。

「本当に明後日かえれよ、おばあさんもよろこばれるぞ」津川工治はいった。

「うん」仲代庫男はいった。

「おばあさんも大変だろう、この前学校にいく時大和町《やまと》のところで会ったよ」津川工治はいった。

「うん、今日おれがかえるとすぐ、なんかごちそう作るというて買出しにいったけどね……」

仲代庫男はいった。

「そりぁ待っとられるよ」津川工治はいった。

「おそくなるからって、前の大家さんにいってきとるから……」仲代庫男はいった。

「明後日かえるなら、今日うちに泊るとよいけどね、そいでもおばあさんが待っとられるんじゃ仕方のなかね」津川工治はいった。

「少しなら話していってもよかよ」仲代庫男はいった。

「そうか、家によっていくか、久しぶりに将棋でもするか」

「将棋よりなにかレコードききたかね、お前の家、蓄音機あったろう」

「うん、ぼろぼろのね、よかレコードはなにもなかよ、義兄《あにき》が少し持っとったけど、よかレコードは慰問にだしたり、敵性の奴は町内からだせというてきたからね」

「なんでもいいんだ」

「古い流行歌なら何枚かあるよ」

「それでもいいよ」

「うどん粉が少しあるから、にくてんかなんかしてくおうか」

「いやなにもいらんよ」

「遠慮せんでもよかさ、この前毛布と替えてきたんだ、少し酢っぱいけどたべられるよ」それからまた「昔はよう一銭洋食たべたなあ、ほら光月町のあのポストのところでさ、ラムネの工場があったろうが」と津川工治はつづけた。

「一銭洋食か」仲代庫男はいった。

「もうとてもああいうふうにはならんね」津川工治はいった。

「そうね」仲代庫男はいった。

「醤油を刷毛《はけ》で塗ってうまかったね」津川工治は目を細めた。

「新聞紙についた醤油と削り節をべろべろなめてね」二人は笑った。

「にくてんといえば、この間鹿島が内村さんとうどん粉持ってうちにきてね……」その笑いの中から思いだしたように津川工治はいった。

「内村……？」仲代庫男は不審そうにきいた。

「ほら、いつか一緒にいったろうが、女子挺身隊宿舎の……」津川工治はいった。

「ああ、あの女の人か、鹿島はずっとまだつきあっとるんか」仲代庫男はいった。

「うん、この頃はうちにもあんまりこないようにしてつきあいよるらしかよ、この前急にうちにあの人をつれてきてね、三時間位いたけど、口のきき方まで大分変っとったからね」津川工治はいった。

「ふーん」仲代庫男は瞬間、いつか崎辺で「接吻してきたぞ」といった鹿島の言葉を思いうかべた。

「鹿島はやるけんねえ……」津川工治は感嘆とも批難ともつかぬような調子でいった。彼はあの時鹿島が内村葉子とだけでなく、木室益江を一緒につれてこなかったことが、なんとなく不満だったのだ。

「もう一人、あの時いたろう、ほらその内村という女の人と一緒にきたおとなしかった人さ……」ちょうどその津川の気持を仲代庫男はいいあてた。

「うん、わからん、あれから全然あわんけんね」ちょっと慌てて津川工治はこたえ、それからその自分の声にどぎまぎして「鹿島は何でもやるけんねえ、いまはコンサイスを買溜《かいだ》めしよるけん」と前の言葉を帳消しにするひびきでつづけた。

「コンサイス?」仲代庫男はびっくりしたような声をあげた。

「うん、英和辞典だけどね、それも煙草かなんかの巻紙にするというなら話はわかるけど、巻紙にせんでずっと溜めとくというからおかしかよ」

「溜めとく、どうして」仲代庫男がたたみ返してきいた。

「どうしてって、どうしてかわからんけど、いま本屋にあるのは英語の辞引ばかりだけんね、店にはでとらんけど、奥にはいっぱいどこの本屋にでもあると鹿島はいうとった。それを買溜めしてどこか東京あたりに送るとじゃないかね」

「東京？」

「うん、本当のところはどうかよくわからんけど、いつか鹿島からちょっときいたことがあるような気がするから……あいつのことだから、そうして持っておけば、いまに値がでるかもしれんと思うとるのかもしれん……」

「値がでる？」仲代庫男はまた咽喉のところでからむような声をあげ、「値がでるって英語の辞引がどうして」と同じことを繰返した。

「いや、あいつがそう思うとるかどうかわからんけど……とにかく買溜めしよることは本当だけんね」仲代の声におされるように津川工治はこたえ、さらにまたその言葉を「はっきりはわからんけどね、ひょっとするとそういうとっても案外煙草の巻紙にするのかもしれん、あいつはよく変ったことをいって人をおどかすから……」とおぎなった。

「鹿島は変っとるね」しばらくして仲代庫男はいった。「接吻してきたぞ」という言葉と、煙草の巻紙に使用する目的ではなくコンサイスを買溜めしているという二つのことがとっさにうまく彼の中で整理できなかったからである。

「入れよ……もしおふくろが兄貴のことを何やかやいうかもしれんけど適当にいうといてくれ

よ」いつのまにきたのかというふうに、自分の家の前で急に立止って津川工治は仲代をふり返った。

「東京に送るって？　……東京が空襲で焼けたから、外国語の学校にでもまわすのかな」仲代庫男は玄関で自分の思いつきに救われていった。

「えっ」津川工治はききかえし、それからすぐその意味がわかったらしく「東京に送るとかどうかはわからんよ、鹿島がはっきりそういうたわけじゃないからね、ただなんとなくそうきいたような気がしたから……」といった。

「うん」自分の考えていることと、別のところで仲代庫男は返事をした。

「母さん、仲代をつれてきたよ」津川工治は奥に声をかけた。

「なんか戸島炭鉱の学校につとめられとるとかききましたけど……」津川の母親のムラが姿をあらわした。

「はあ、さっき寄ったんですが、みえられなかったから……休みをもらってちょっと戻ってきたんです」仲代庫男はいった。

「そうですか、休みですね、そいじゃまたむこうに戻らるっとですね」津川ムラは二燭光の電灯の下で自分の額を浮出した。

「さっき仲代が寄ってね、一緒に映画みてきた」津川工治はムラの方をむき、つづけて「うどん粉があったろう、仲代ににくてんしてたべさせるから」といった。

「少ししか残っとらんよ、さっき陸一がまたいいだしてね」ムラはいった。

「いいよ、それよりレコードきかせてくれ」仲代庫男は津川工治をみた。

「少しでもよかさ、母さん火おこして」津川工治はいった。

「七輪にまだ少し火種は残っとるよ」ムラは立上った。

「おれがうどん粉を溶くから、母さんそれにいっぱい火をおこしてね」津川工治はいった。

「いいよ、もう、本当にかまわんで下さい」仲代庫男は津川と母親のムラの両方にむかっていったが、どちらも返事をせず台所の方に去り、「そーっとせんとまた陸一がおりてくるからね」というムラの声がぼそぼそと仲代庫男の耳に入った。

防空被《おお》いのついた二燭光の電灯が変にまばたくような光りを放ってまたもとの暗いしめっぽい隈《くま》を畳の上につくり、仲代庫男はふたたびさっき津川工治がいった鹿島明彦が買溜めしているというコンサイスの意味を考えはじめた。煙草の巻紙でなければ何にするのか、鹿島明彦はなんのために英語の辞引を買溜めしているのか、恐らく鹿島一人の考えではないかもしれぬが、とするとそういう人間はなんの目的でコンサイスを買集めているのか、沖縄まで玉砕しているというのに何のためのコンサイスか、そう考えながら彼はふと「上海《シャンハイ》に英語の辞典を送ると、代りにすごい万年筆を送ってくるそうだ」という話を思いだしたが、その話を誰がどこでしたのかと重ねて考えはじめた時、ムラが七輪を抱えてはいってきた。

「消炭しかないとですよ、むこうでしてもよかとですが……あれがおりますから」ムラはあれという言葉をちょっとためらうふうにいった。

「兄さん、大変ですね」中断した自分の考えをそのままの形でしまいこんで、仲代庫男はムラの言葉に応じた。

「仲代さん、アメリカが本土に上陸したら、ああいう病気のものは全部銃殺されるということですが、本当でしょうか」急に話の順序を一ぺんにとばしてムラは仲代の言葉にすがってきた。

「そんなことはないですよ、いくらなんでもそういうことは絶対ありません。誰がそういうことをいっているのですか」ついさっき津川工治にこたえたことをもう一度きっぱりと仲代庫男は断定した。

「うちの親類に定良というのがいましてね、先日久留米《くるめ》の予備の士官学校をでて休暇で戻ってきたとですが、それが……いえ私に直接じゃないですけど、自分のうちのものに陸一さんもいまのうちになんとかせんとアメリカが上陸してきたら軍に銃殺されることになるかもしれんというてね……」そのことだけをはじめからきいてもらいたかったような口調でムラはいった。

「そんなことはできないですよ、同じ日本人をそんなことやったらもうおしまいです、そんなことしたら何で戦争しとるのかわからんごとなるから……」仲代庫男は強調し、それからその自分の言葉の終りのところを前よりも少し低い声で「本当にそんなことしたら何で戦争しとるのかわからんですからね」と繰り返した。

「定良は小さい頃、よく可愛がったのにねえ……」ムラはいった。

「なんか疎開した方がいいといわれたのが、まちがって伝えられたんじゃないですか」仲代庫男はいった。

「それがね、よそからもいろいきいたんですよ、あんまり心配になったんで、ここの町内のしっとる人にたのんで、警察の方にでとられる人にききにいったとですが、そしたら、はっきりはわからんけど、もしアメリカが上陸してきたら刑務所にいる主義者は殺すことになるかもしらんなあ、そういう通達がでとったとかでとらんとかというて……それで病気の方はどうなりますかとききましたら、そりゃぁ主義者のごとはならんじゃろう、戦えるものは全部戦わにゃならんからというとられましたけど、陸一のあの病気は戦うこともできんですからねえ……」

ムラは言葉をつまらせた。

「そんな……」何か別のことを考えるようにいい、それから「主義者を殺すといったんですか」と仲代庫男はその考えを声にした。

「ええ、……そりゃぁ戦えるものは戦わにゃならんでしょうけど、足手まといになるものを殺さにゃならんとしたら年寄りも赤ん坊もみなそういうことになりますからねえ……」仲代に対しての返事ではなく自分にいいきかせるようにムラはつづけた。

「刑務所にいる主義者を殺すといったんですか、しかしここの刑務所にはそういう者はおらんでしょう……」仲代庫男は呟くようにいった。その声にムラがちょっと不審な目をあげた時、津川工治が丼《どんぶり》に溶いたうどん粉を持って入ってきた。

「できたぞ、ちょっと粉がゆるいかもしれんけど……母さん鍋持ってきて」

「主義者のことはわからんけど、あんな病気でも戦争に邪魔になるわけじゃないから……」ムラはいった。

「何をまた、いいよっとね、兄さんのことは心配せんでもよかよ、それより早う鍋持ってきて、ついでにけずり節と油も少し……」津川工治はムラの言葉を制し、それから仲代の方をむいて
「戸島炭鉱の配給はどうや、やっぱり佐世保と同じじゃろうかね」ときいた。

「島で買出しもできんからねえ、魚は時々くえるけどひどかよ」仲代庫男はこたえた。

「そいでも炭鉱は特配があるやろ」

「特配はあっても重労働だけんねえ、おれは会社の寮でくっとるけど、毎朝雑炊《ぞうすい》だから……」

ムラの持ってきた鍋の底を油でひたした新聞紙で拭きながら「そうかねえ」と津川工治はいった。

「肺病なんかも動けん人はどうなるとやろうか」と、またさっきのつづきをムラがきいた。

「もういいよ母さん、兄さんのことは心配いらんよ」津川工治は少し甲高い声をだした。

「そいでも……」ムラはいった。

「敵が上陸したら兄さんだけじゃないよ、誰も彼もおしまいになるんだからね、おなじことさ」

津川工治は自分の言葉を半分吐き捨てた。

「心配いらないですよ」仲代庫男は言葉をはさんだ。「刑務所にいる主義者は殺すことになるかもしらんなあ」と警察の人の言葉としてムラが話したそのことが、ふたたび鹿島明彦が買溜めしているというコンサイスをひきだし、彼の頭のどこかを圧迫していたが、彼はその混乱を

ふりはらった。そして「銃殺なんて、そんな馬鹿なことはしないですよ」といい足した。

「そんならいいですけどねえ……」ムラは口ごもった。

「母さん醤油持ってきといて」うどん粉の汁をジュッといわせて津川工治はいった。

「うまかごたるね」仲代庫男はいった。

「もう少しあるといいけどね……この前はたべたよ、鹿島が地下足袋と替えてきて、三人で五合位にくてんしてたべたけんね、げっというたよ」

「地下足袋か、珍らしかね」

「その地下足袋はまた釘と替えたとだからねえ、だんだんたどっていくと結局もとは鹿島特製の闇煙草になる……」津川工治は一人で少し笑った。

「鹿島はどういうふうに考えとるのかな」仲代庫男はいった。

「何を……」

「いや、戦争のことだけど、戦争のことをさ……」

「そりぁ同じやろ」

「…………」

「戦争のことは皆同じさ、しかしいろいろ考えとることがちがうからねえ」

「いや、その考えとることをきいとるんだけど」

「鹿島も同じやろ、結局死ぬか、生きるかさ」

「死ぬか、生きるか?」仲代庫男は問い正した。

「そうさ、戦争のことは死ぬか生きるか、そういうふうにしか考えられんさ、他になにも考えられんよ、去年位までいろいろ考えとったけどね、もうこうなったらなるようにしかならんからね、……うちの兄貴ぐらいなもんさ、なんやかんや考えたりいうたりするのは」急にたたみこむような口調になって津川工治はしゃべりはじめた。仲代庫男は黙っていた。

「何の本をよんでもそこにいくからねえ、何の本をよんでもなんか淋《さび》しかごとなって、しまいには結局死ぬか生きるかになる、仲代はそういうふうにはならんや」

ムラが醤油を持ってきてまた台所の方に去った。

「死ぬか生きるかという前にもう少し何か考えられんかねえ」仲代庫男はいった。

「考えてもどうにもならん」津川工治はいった。

「おかしかねえ、お前の方がおれよりなんか余裕のあるごとしとるけど……」

「焼けたぞ、醤油はそこにある」鍋のにくてんを津川工治は玉子返しですくい上げた。それから「余裕?」とききした。

「いや、余裕というとおかしかごとなるけど、お前の方がのびのびしとると思うとったのに急にせっぱづまったことをいいだすからねえ」仲代庫男はちょっと弁解した。

「たべろよ」津川工治はいった。

「うん」仲代庫男は皿を手に持った。

「みんな自分とちがうところでしか生きられんけんねえ」二枚目のにくてんを作りながら津川工治はいった。

「………」

「ちがうところというとなんだけど、何かわからんことの多うなったね」

「けずり節でよう味のついとる、うまかよ」仲代庫男はいった。

「ドイツがやられたけんねえ」津川工治はいった。

「やられたねえ」仲代庫男はいった。

「日本にはまだ五千機ばかり本土決戦にそなえてかくしてあるというけど、本当かね」津川工治はにくてんを裏返した。

「本当かもしれん」仲代庫男はどこか弱いひびきのする声でいった。

「五千機が事実ならどうして沖縄に千機ばかり廻さんやったとやろかね」津川工治はいった。

「いっぺんに叩くつもりやろ」

「そんならよかけどね」

「あたしがやるから」消炭の壺を持ってきたムラはいった。

「そんならたのむか、たべながら将棋でもするか」津川工治はいった。

「将棋よりレコードをききたかね」仲代庫男はいった。

「古いレコードしかなかよ、蓄音機持ってくるけど」津川工治はいった。

「こそっと上らんと陸一が目を覚ますとうるさいからね」ムラはいった。そして津川工治が二階にレコードを取りにいった後、二枚目のにくてんを皿に移して「さあ、たべなさい」と仲代にさしだした。

「僕はさっきたべたから」仲代庫男はいった。

「いいですよ、ほら冷えんうちにたべなさい、まだあと少しは焼けるから」ムラはすすめた。

「おばさんも苦労ですね」受取った皿を下においてて仲代庫男はいった。

「冷えんうちにたべなさい」またムラはうながし、それからその仲代の言葉にこたえて「苦労はお互いだからよかですけど、陸一のことだけが心配でねえ」といった。

「心配いりませんよ」

「精神病もいろいろあるそうですけど、気にくわんことさえいわんと陸一は一日中でもだまっておとなしく寝とるから、戦争の邪魔にはならんと思いますけどねえ」ムラははじめて精神病という言葉を使った。

「いまはいろいろ治療法があるからよくなりますよ、それに陸一さんのは遺伝というわけじゃないのですから」仲代庫男はいった。

「いまのままでも銃殺さえ免れたらよかとですけど」

「そんなこと絶対ないですよ」

「そう思いますか」

「そうですよ」

「戦争さえ終れば、たべものはまたでてくるでしょうからねえ、たべものさえあれば、陸一はおとなしいんですから」

「大丈夫ですよ」

「東京なんかじゃ、あの病気の人たちはどうされとるでしょうか、空襲の時なんか……やっぱり疎開されとるのですか」

「さあ……でも大丈夫じゃないですか、陸一さんは大丈夫ですよ」仲代庫男はこたえようがなく同じ言葉を繰返した。

「そういってもらうとよかとですけどねえ、主義者と癩と動けん肺病と、戦えんものは全部、銃殺なんていわれるとやっぱり心配しますけん……そいでも陸一は別に戦争の邪魔にはならんからね」

「大丈夫ですよ」どこか自分の中にようやく生まれはじめた、もしかしたらそうなるかもしれんという疑惑を仲代庫男は断切った。

2

「本当になにもレコードはなかよ、シャリアピンの〈蚤《のみ》の歌〉だけ供出しないでとっといたんだけどね、いくらみつけてもない」津川工治は二階から下げてきた古いポータブルの蓄音機を防空被《おお》いのついた電灯の真下におき、「姉さんがどこかに持っていったのかも知れん……」と呟いて母親の方をみた。

「珠子は持っていかんやろうけどね」ムラはひどく自信のない声で弁解した。

「何でもいいよ」仲代庫男はいった。

「何でも、といっても何にもない」津川工治は蓄音機と一緒に持ってきた四、五枚のレコードをためらうような手つきで仲代の前にさしだした。

「珠子、おそいね」新しく焼けたにくてんを皿にうつしてムラはいった。そのムラの言葉をきいてちらと津川工治が仲代の方をみたが、彼はわざとそれにきづかぬふりをして「これかけてくれ」と一番上のレコードを手にとった。

「何だ〈国境の町〉か、少し痛んどるけど」津川工治はいった。

「いいよ、かけてくれよ」仲代庫男はいった。

「仲代さん、これたべて下さい」ムラはにくてんの皿を仲代の前におしだした。

「いや、さっきから二つもたべとるから」仲代庫男は断った。

「たべろよ」蓄音機のハンドルをまわして津川工治はいった。

「いやもういい、お前たべろ」仲代庫男は笑ってにくてんの皿を津川の前においた。

「そうか、じゃたべるか」レコードの針を選《よ》りだしてから、また「母さん、もう二枚位焼けるやろ、一枚ずつ仲代とわけてたべたらよかよ」と津川工治はいった。

「おれはもうよかよ」仲代庫男はいった。

「もう二枚も焼けんから、残りを全部焼くよ、仲代さんあがって下さい」ムラはいった。

「いえ、もういいですよ、たべて下さい」仲代庫男はいった。ムラがだまって残りのうどん粉の汁をかすって鍋の中に入れた。橇《そり》の鈴さえさびしくひびく、雪の曠野《こうや》よ町の灯よ、という東海林太郎《しょうじ》の声が前奏をぬいて急調子に鳴りひびいた。

「はじめのところにひびが入っとるんだ」津川工治はいった。

「少し音が高かごたるね」ムラはいった。

「うん」津川工治はレコードの速度をゆるめた。一つ山越しゃ他国の星が、凍りつくよな国ざかい……故郷はなれてはるばる千里、なんで想いがとどこうぞ、遠きあの空つくづくながめ、男泣きする宵もある……さびた東海林太郎の歌とメロディが二燭光の電灯にぼんやりうつしだされた畳の目にしみこんでいくといったふうにつづき、「前にようはやったね」とまた津川工治はいった。明日に望みがないではないが、たのみすくないただ一人、赤い夕陽も身につまされて、泣くが無理かよ渡り鳥……という歌の文句をすくいあげるような気持できききながら「ようはやったね」と仲代庫男は相鎚をうった。

「ちょっとよかもんね」津川工治はいった。

「こういう歌、だんだんなくなってきたね」仲代庫男はいった。

「ほら〈愛染《あいぜん》かつら〉歌うて、松田先生から立たされたことのあったね」津川工治はいった。

「そうやったかね」仲代庫男はいった。

「何だ、忘れとるんか、一緒に立たされたくせに……」津川工治は歌い終ったレコードの針をあげた。その時、軍港の方角からボウボウボウという船の蒸気音がたてつづけに上り、つづいて海軍防備隊のサイレンがその蒸気音を圧《お》しつぶすような勢いで鳴りわたった。

「おかしかね、今頃」といって立上った津川工治が電灯を消した。

「空襲ね、警戒警報は鳴らんやったとにね」ムラは、焼きかけているにくてんをどうするかというふうに息子の方をみた。

「焼いてしもうたらよか、おれは二階にいってちょっと様子をみてくる」津川工治は七輪の火に照らされたそのムラの眼にこたえて二階にかけ上った。

「火を消しといた方がいいですよ、危いから」仲代庫男はいった。

「そうですね、そうしましょ」ムラは鍋ごとその七輪を台所の方に持っていき、その時「おーい、仲代きてみろ、燃えとるぞ」という津川工治の叫びがきこえた。

「どこだ、燃えとるのは」仲代庫男は二階に上った。

「ほら、みろみろ」津川工治は指さした。その指さした方向に赤い雲のような煙が上り、その下にさっき通ってきた駅前の教会の尖塔が影絵のように黒くくっきりと浮きだされていた。

「教会のむこうのとこだから、戸尾町かな」津川工治は昂《たか》ぶった声でいった。

「いや、もっと遠いだろう、峰の坂あたりかもしれん」仲代庫男はいった。

「危いぞこりゃ」津川工治はいった。

「爆音がきこえんとはおかしいね」仲代庫男は空を見上げた。その彼の顔を吹きとばすように、軍港の左手にある天神山の高射砲が射撃を開始し、同時に、B・29の爆音が頭上にきこえた。

「空襲か、工治」津川工治の兄、陸一がいやにはっきりした声をあげて起上った。

「うん兄さん、服着て、早う待避しないと」津川工治はうわずった声で陸一の方をふりむいた。

「下にいこうか」仲代庫男はいった。

「兄さん、ズボンはいとるのならそのままでよかよ、上衣《うわぎ》はおれが持っていくから」津川工治は陸一の手をひっぱった。何もいわず不思議に素直な動作で陸一は階段を下りた。

「どこがやられとるとね、火消したよ」防空頭巾をかかえたムラがいった。

「母さんは兄さんをつれてすぐ町内の横穴にいった方がいいよ、おれは後で荷物持っていくから」津川工治はいった。

「荷物って何だ」仲代庫男はきいた。

「うん、ボストンとあのミシンだけど」

「ミシンなんかとても持って逃げられんぞ、燃えだしたらどうにもならんけんね、それより機械だけ箱に入れて前の庭に埋めろ、大事なもんと一緒に、食糧もあるだけ持っていっといた方がいいぞ、水筒に水も入れて……」東京空襲の経験を役立てるような口調で仲代庫男はいった。

「間に合うかね」津川工治はいった。

「庭の防空壕に入れて、上から土をかぶせたらいいさ、加勢するよ」仲代庫男はいった。

「仲代さんも早くうちに戻りなさらんと」ムラはいった。

「ええ、うちは外れだから大丈夫だと思うけど、とにかくミシンだけ埋めて、すぐかえります」

仲代庫男は何かためらうような恰好で立っている津川工治をうながした。

「水筒やなんかはおれが持っていくからいいよ、母さん、ボストンだけ持って兄さんを早く横穴につれていって」初めての本格的な空襲に動揺した気持をそのまま声にあらわして津川工治はいった。

「ミシンを外して何かに入れてくれ、風呂敷かなんかで包んでもよかぞ、それからスコップみたいなのであればいいけど」仲代庫男はいった。

「前の田村さんの家にスコップがあるから借りてくる」といってムラがとびだした。

「燃えるかね」この辺も、という意味を含ませて津川工治がきき、それから「ミシンを外すから」といった。

「焼夷弾で包まれたら逃げられんごとなるけんね、街の周りから焼きはじめて、後で十文字に焼夷弾で切っていくんだから」仲代庫男はこたえた。

「ミシンを箱に入れて」陸一がだるい声をあげた。

「箱がなければ風呂敷でくるんでもよかぞ」台からミシンを外す津川工治に手をかしながら、また仲代庫男はいった。

「工治、空襲か」緊迫した空気を察したのか同じところを陸一はぐるぐるまわった。

「ああ空襲だ、兄さん、じっとしていうことをきかんといかんよ」津川工治はいった。その時ムラが駈け込んできた。

「スコップ借りてきたよ、もう近所の人はみんな防空壕に逃げようす」

「母さんは兄さんをつれて早く待避しなさい、ミシンを埋めてすぐいくから」津川工治はいった。

「よし、おれは庭を掘るぞ、ミシンをくるんだらすぐ持ってこい」仲代庫男はムラが借りてきたスコップをつかんで靴をはいた。

「仲代さんはかえりなさらんと」ムラはさっきと同じことをくり返した。

「ええ、ミシンを埋めたらすぐかえります。大丈夫ですよまだ」なるべく柔かいところをと、小葱《こねぎ》の植えてある庭の隅《すみ》を掘りおこしながら仲代庫男はこたえた。

「母さん、兄さんに靴はかせて、早《はよ》う横穴にいきなさい、おい、ミシン外したぞ、すぐ持っていくぞ」ムラと仲代の方を交互にみて津川工治は叫んだ。

「ボロ切れでもなんでもいいぞ」仲代庫男はいった。

「すみませんね、そいじゃ仲代さん、お願いします。すぐうちにかえって下さいよ」とムラは言葉をかけた。

「さあ、陸一一緒にいこう、何も恐ろしかことはなかよ」

「空襲警報か」陸一はまた玄関のところでぼんやりした声をあげた。

「珠子は大丈夫やろか、こんなときにかぎって泊ってきて」ムラはひとりごとのようにいい、その声にかぶせて津川工治が「母さん、早ういかんと」といった。

どこか遠くの方で青い火花が一条垂直に上り、それが消えると同時にゴウという響きが伝わってきた。つづいてスコップを動かす仲代庫男の背後で「ああやられたね、とうとうきよったね」というみしらぬ女の声が上った。

「ミシン持ってきたぞ」津川工治はシャツの上から風呂敷を巻いたミシンを縁側においた。

「大分やられとるごたるね」仲代庫男はいった。

「靴はいてくる」津川工治は玄関にまわった。

急にあたりがマッチをすったように明るくなって前の家の玄関にかかった大きな表札が「天理教支部」という文字を気持がわるいほどはっきりとうつしだし、「照明弾が流れてきよるう」という変におちついた声が近所の二階からきこえた。

「やられるやろか」津川工治は顫える歯をくいしばってズックをはいた。

「ほら、やるぞ」その津川をうながして仲代庫男は掘りおこした庭にミシンを運んだ。

「大丈夫やろか」ミシンの上に小葱畠の土をかぶせながらまた津川工治はいった。

「大丈夫さ、こうしておけば、土の中までは燃えんからね」ミシンの上にかけた土を足で踏みかためて仲代庫男はいった。

「いこうか」津川工治はいった。

「うん、おれは家にかえるよ、おれのところは大丈夫と思うけど、心配するからね、防空壕にいくときは水筒を忘れるなよ」

「途中大丈夫か」

「大丈夫さ、しっかりがんばっとけ、母さんたちとはなれるな」

「うん」

「そいじゃ、また明日」そういって仲代庫男はかけだした。

コンクリートの石段をとぶようにして降り、配給所の前を通って裏通りの道にでた。ドウドウという音をあげてきこえてくる焔《ほのお》の波と、鋭くたてつづけに射出《うちだ》される高射砲の音が耳を圧し、ヒューンヒューンという赤い連続する弾がまるで逆に真上から彼にむかっておそいかかるように炸裂した。

妙に静まりかえった黒い街の中を、仲代庫男は福石刑務所から大宮映画劇場の前を通りすぎ、海軍墓地にいく分れ道のある坂を左の方に下り、「何機かな」「射つねえ」という警防団員の声をききながら走っていたが、写真館近くで急にプツンと針金の切れた音がして、「おーい、危い、どこにいく、待避せんか」という声が上った。

つづいて、ザーッとふりそそぐ焼夷弾の音がきこえ、彼は前の自転車屋にとびこんでさっきの「待避せんか」という声が自分に向けられたものであることをしった。「なむあみだぶ、なむあみだぶ」不意に耳もとで男の濁った念仏が上り、彼はびっくりしてふりむいた。

「どうしたんです。どうして待避しないんですか、あなた一人ですか」と声をかけた仲代庫男に、「ああ待避はしないよ、店が焼けてしまうからね」という男のさっきの念仏からすれば意外に若い声がもどってきた。

「あなた一人ですか」仲代庫男は同じことをいった。

「ああ、孫は徴用にとられとるからね、ばあさんは死んだ」仲代のたずねた言葉の意味とは全然ちがうようにこたえて、空気ポンプを手に下げた年よりの男がぼんやりした足どりで出てきた。

「おじいさん、僕はいきますよ、一人ここにいても危いだけだから待避したほうがいいですよ」仲代庫男はいった。

「ひどかごとなったねえ」仲代の言葉にはこたえず、年よりの男は赤々と燃える遠い焔を首をさしだしてみた。

その年よりの男の声を半分後に、仲代庫男は「おじいさん、いくよ」という言葉を残して自転車屋をとびだした。その瞬間、前の二階の屋根からパチパチと花火のような火の粉が吹きだし、「ああ、やられた」という声が彼のとびだした店の方で上った。

「ああ燃える」「畜生」という声が何か細工でもするような形で火を吹く家々の附近から上り、「ここらがやられるようじゃ、うちも危いかもしれん」仲代庫男は考えた。急にもうもうとたちこめた紫色の煙をくぐって彼は走った。

「いっても駄目、いっても駄目」という声がすぐ間近に上り、その拍子に彼は何かにつまずいて前に倒れた。

なにか不思議に恐怖感はなく、はね上る火焔《かえん》とまきこむような音をたてはじめた煙の下で、東京の空襲はひどかったからなという気持がどこかにうかび、この街はあまり爆弾の音もしないで燃えはじめたなと彼は思った。立上った時、また意味のわからぬ叫び声と悲鳴がたてつづけに起り、その悲鳴にさからうようにして彼は走った。自分の神経がまるで現実の空襲の外側のところをまわっている感じで、足だけがぴくぴくと前にでた。

腐った地下足袋《じかたび》を焼くような匂いが狭い横穴防空壕いっぱいに充満し、陸一はしきりに首を動かして「タマコー、タマコー」とよんだ。元醤油工場の跡の砂岩をとびとびにくりぬいたその町内の横穴防空壕は、近く互いに坑道連結する工事に着手する計画が立っていたのだが、いまは一つの穴に三十人位つめるのが精いっぱいで、その一番左端の横穴の壁におしつけられるようにして工治は蹲っていた。

「兄さん」津川工治は陸一の声を制した。

「珠子、大丈夫やろかね」とムラがいい、「母さん」とまた津川工治はその声をおさえた。

「臭かね」誰かが声をあげ、「我慢する、口を開くと息がくるしくなるぞ」と入口にいる男がいった。

「ずっと燃えとりますか、床屋のところは燃えよりますか」その入口の男に奥の方から上ずっているのか落ちついているのかわからぬ声がかかった。

「危いな」男は呟いた。それからその呟きはさっきの質問に対するこたえとはちがうぞというふうに「ずっと燃えてこなければいいが、前の家が燃えだしたら、この横穴はもてんぞ」といい足した。

「大丈夫だろう」その隣の男がいった。ふるふるという風車のような音がきこえ、その音が途切れると、まるでその音の代りだというように煙がまいこんできた。

「家なんか、どうでもいいさ、こうしてみんな助かったんだから。助からん人もおるけんね」という女の声が津川工治のすぐ後で上り、その声で子供が泣きだした。

「そうだ、家なんかどうでもいい、戦争に勝てばいいんだ」自分をはげます強い声が奥の方で上り、「戦争に勝てば何もかもよくなる」とききおぼえのある「天理教のおばさん」の声がそれをひきとった。

「母さん、大垣《おおがき》さんもこの防空壕に入っとるよ」彼がムラにいいかけたとき、「ああこりゃ駄目だ、燃えだした」と入口の男がしぼるような声をだした。

つづいて「おーい、働ける男はみんな防空壕からでろ、前の家を守らないと防空壕が危いぞ」というメガホンの声が上った。

「皆でて火を消さないと防空壕が危いぞ」若い声がまたくり返した。

「男はでろ、火を消すんだ」入口の男がいった。

「敵機は去ったのか」「前の家なんか最初から強制立退《たちのき》させとけばよかったんだ」という声がボソボソと上って横穴が揺れはじめた。

「母さんいくから、兄さんをたのむよ」津川工治はでようとした。そのとき「おいでろ」という声が入口からかかった。

「いまでます」津川工治はこたえた。

「お前じゃない、その男だ」入口の男は陸一の方を指さした。

「あ、これは病気ですから」ムラはいった。

「病気です」津川工治はいった。

「なに、病気ぃ、病気でもでろ、別に寝込んどるわけじゃなかろう」男はいった。

「それが……」ムラは口ごもった。

「でろ、なんだ、青年のくせに、でて火を消せ、自分たちのことじゃないか、卑怯だぞ」容赦のない声を男はかけた。

男たちが防空壕からでていき、それを壁によけながら陸一の身を守るように「本当にでられないんです、なにもわからんのです、僕がでますから」と津川工治は叫んだ。

「なに、なにもわからん、そんなことがあるか、さっきもなにか話しとったじゃないか」入口の男は少し余裕のできた壕の中に入ってきて「おい、でろ」というふうに蹲っている陸一の背中のところに手をかけた。

「本当に駄目なんです、気がちがっているんですから」津川工治はいった。

「なに、きちがい」男は陸一の髪の毛を摑んでひっぱり上げようとした。

「やめて下さい」津川工治はその手を払った。そのとたん「ウウ」という呻き声をだして陸一が立上り横穴をとびだした。

「陸一っ」と叫んで、ムラが後を追った。

「待って、母さん、僕がいくよ」津川工治はその後からかけだし、「非国民だ」と、自分の処置の当否がわからぬままに思いもかけぬ方向に発展したのをみて、男は舌うちした。

「危い、どこにいく」「とめろっ」と口々に叫ぶ男たちの声を後にして、陸一は体を浮かすようにして火を吹いている板塀の方にかけていき、「待って、陸一」と叫ぶムラの声がとどくかとどかぬかという瞬間、落ちてきた焰に足をとられて転倒した。ものもいわず、とびこんだ津川工治が陸一を焼けた材木と塀の間からひきずりだし、つづいて警防団の服をきた男が「バカたれ」といいながらかけよってきて陸一を抱きおこした。

「危い、まだ敵機は去っとらんぞ」という声がどこか遠くの方からきこえ、警防団の男が「大丈夫だ、火傷しているだけだ、おれが肩を抱くから君は足を持て」と落ちついた声でいった。

「早く早く」誰かが声だけで加勢するように叫び、その叫びの間からきこえるムラの泣き声をうち砕くような轟音《ごうおん》が、その時港の方に上った。

大宮町の坂下から青竜橋の方に曲がるガードの下のところで、仲代庫男はその不気味な轟音を耳にして立止った。キナ臭い煙は漂うように日宇《ひう》駅の方向につづく線路に沿って流れていたが、やっと火焔から離れることができたという安堵感が、ふとその市街全体を重くゆさぶる爆音に足をとどめさせたのである。

「なにが爆発したとやろか」仲代庫男とすれちがいにあわただしくかけていく男が声をかけた。

「さあ、何か」仲代庫男はいった。

「あんた、街からこられたとね」男はきいた。

「ええ、逃げてきたんです、家が大和町ですから」仲代庫男はこたえた。

「そいじゃあんた、高天町はやられたかどうかわかりますか、大分やられとるごたるが」

「さあ、高天町がやられたかどうかしりませんが、駅の向うの方は相当火の手が上っていました」

「そいで、どのへんがやられとるんですか」

「さあ、僕はすぐとびだしてきたから、よくわからんけど……とにかくそこの大宮町の通りももう通れませんよ」

「高天町はやっぱりだめでしょうかね」男は同じことをくり返した。

「どいて、どいて」布団をリヤカーに積んだ背の高い男が、はあはあいいながら通りすぎた。

「私は大塔新田からこうしてかけてきたんですよ、そうですかやっぱり相当やられていますか」

さっきまでのあわただしい足どりと反対に、ねばりつくような声で男はいった。

「とにかく、いけるところまでいってみられたらどうですか、案外残っているかもわかりませんから」

「はあ、そうですね、よりによって今夜、まだうちには乳呑子《ちのみご》がいるもんですから、それが心配で……」自分の声におびえたようにまた急ぎ足で男が去った後、仲代庫男はガードをくぐり青竜橋を渡って川沿いに折れ、坂道を上っていった。

「あ、兄さんがかえってきたっ」家の前で無蓋壕《むがい》から防空頭巾をかぶった妹の佐枝子がとびだしてきた。

「かえったか、心配しとった」祖母のきくが佐枝子のとびだしたところで顔をだした。

「庫男さん、かえんなさってよかった、街の方は大分やられとりまっしょ」

佐世保にくる前、博多でずっと菓子屋をしていたという家主の中島十吉が声をかけた。

「あ、中島さんもおられたんですか、ええ大分やられていますよ、駅の向うはずっと火の手が上っていました。大宮町もやられていますよ」さっきガードの下で男にこたえたのと同じことを仲代庫男はいった。

「大宮町もですか、ここにいると音ばかりして全然わからんけど」

「ええ、福石の方から、ずっと逃げてきたんですが、走る方向にどんどん焼夷弾が落ちてきて……」

「危かったね」佐枝子がいった。

「心配しとったよ」きくがまた同じことをいって壕からでてきた。

「うん、津川のところによったもんだから」

「津川さんのところはどうなった、兄さん」佐枝子がきいた。

「うん、おれがいる間はまだよかったけど、そいでも、どうなったかわからん、ミシンを埋めていたんでおそくなったんだ」

「ミシンを、どうして」

「どうしてって、持って逃げられんし、焼けたらなお困るからね」

「高射砲の音はやんだごたるが、まだ空襲警報は解除にならんね」中島十吉はいった。

「あんた、大宮町の橋本さんのところにいってみないでよかですか」十吉の妻の定代がいった。

「大宮町のバスの停留所のところもやっぱり焼けとったですか」その言葉に返事をせず中島十吉は仲代にきいた。

「ええ、峠からこっちはずっと燃えていたようですよ、僕が通りすぎてから燃えはじめたんですけど」仲代庫男はこたえた。

「明日の朝でよかろう、まだ空襲警報も解除になっとらんし、燃えとるなら、今頃いってももう仕方がない」こんどは十吉が定代の方をむいた。

「どうにもならんねえ、またいっぺんに野菜は高うなるねえ」近郊の川棚町まで買出しにいって、野菜と魚の闇をして生計をたてている定代がひとりごとをいった。

「久米《くめ》さんのうちは、焼けんとよいけどねえ」女学校の級友の名前をいって佐枝子は心配そうに峠の彼方《むこう》にぼんやり赤く染った空をみた。

「橋本さんのところの見舞は明日の朝でよかろう」中島十吉はくりかえした。

「父さん、今からいかれるもんかね」十吉の息子の紀夫が、その父親の声に協調するようにいった。

「こうなったら日本もどうもならんねえ、ほんとに」中島十吉は愚痴を吐くような調子でいい、それから「庫男さん、本当にどう思いますか、どうなりますかねえ」と仲代の方に言葉の先をむけた。

「何がですか」仲代庫男はいった。

「何がって、こんどの戦争ですよ、わしら菓子屋を丁稚《でっち》の時から三十年もやってきて、いえ菓子屋のことなんかどうでもよかとですが、どうもこんなにミソもクソもないようにやられてしまってはねえ」

「…………」

「こいつがまだ中学一年だから、安心といえば安心ですけど……」といいかけて中島十吉はあわてて訂正した。「あ、こりぁ、庫男さんは学問をしていなさるからよかですけどね」

「学問なんて……」そんなもんじゃないですよという意味をこめて仲代庫男はこたえた。

「いや、庫男さんは専門学校にいっていなさるから、なんでもわかっとってですが、庫男さんは徴兵猶予ですやろう……」自分の息子はまだ中学一年だから兵隊にとられないから安心だと口を滑らせたことを取戻そうとして、中島十吉はしきりに前後のつじつまのあわぬことをいった。「入営延期ですけど、しかしもうすぐですよ」仲代庫男はこたえた。そのとき不意に「おれは入営せんよ」とこともなげにいい切った丙種の鹿島明彦の顔がうかびあがり、それがまた「あいつはコンサイスを買溜めしとる」と今夜津川工治からきいた声と重なって、彼はもう一度強く「もうすぐですよ」といい足した。

3

いやもうどこもかしこもやられとる、足の踏場もないほど死体がごろごろして、黒うなってただれとる、祇園《ぎおん》町も勝富町もまだぶすぶす燃え上っとりますばい、という中島十吉の声が、目を覚ました仲代庫男の頭の中にふりそそぐようにきこえてきた。「そんなに燃えとりますか、ふわあ、それじゃあどうにもならんですな、ふわあ、いやこりぁ考えんといかん」いちいちと び上るような声で中島十吉に相槌を打つ市の交通課に勤めている隣組の男の声が仲代庫男の耳に入った。

「起きたか、よう眠っとったな」きくが台所からいった。

「ああ、何時」仲代庫男はきいた。

「もう十時半になるぞ」きくはこたえた。

「十時半、そりぁいかん」仲代庫男ははね起きてズボンをはいた。

「町は大分やられとるそうばい、大家さんがさっきいわれとったが……」

「十時か、おそうなったな、津川の家燃えとらんとよかけど」顔を洗いに表の井戸端にでて、仲代庫男はまだ身ぶりを入れて話しこんでいる中島十吉に声をかけた。

「お早うございます、町の方にいってこられましたか」

「あ、お早う、もうメチャクチャにやられとりますよ」中島十吉は仲代の方をみた。

「全滅、全滅、何も残っとらんごと燃えとるそうですけん」隣組の男は自分がみてきたようにいった。

「福石の方も駄目ですか」仲代庫男はいった。

「福石の方は少し残っとるごたったですが、駅から先はもう駄目ですよ、歩くこともできん」

「そいじゃ私は、体の具合が悪くて、やっと一昨日欠勤届をうけつけてもろうたとですが、やっぱり交通課の方に顔をだしとかんと……」隣組の男は弁解するようにいい残して去った。

「港町の方も駄目ですか」鹿島の家のことを考えながら仲代庫男はいった。

「港町も栄町も、あの辺一帯はずっと海軍橋までやられとります。私は今朝早うでてね、知合いをずっとまわってみたとですが、それがあなた、全部焼けだされてどこにいるか見当もつかんとですから……」新しい話相手をみつけて中島十吉は仲代庫男の方に寄ってきた。

「そうですか」鹿島明彦の安否が急に現実感となって浮かび上り、「そんなにやられていますか」とまた仲代庫男はくり返した。

「港町に誰か親戚でもおんなさっとですか」中島十吉はきいた。

「友達の家があるんですが、うまく待避しとるといいですけど」仲代庫男はこたえた。

「大分怪我人や死人がでとりますよ、あそこ辺は前が川でっしょうが、逃げることもできんからね」

　その時「父ちゃん、坂井さんがみえとられますよ、橋本さんのところはやっぱり家作も全部焼けてしもうたそうですよ」という定代の声がかかり、「あ、坂井さんがみえられたか」と戻っていく中島十吉のせかせかした足どりにさえぎられて、鹿島は死ぬような奴じゃないと考えようとしたことが、なんとなく仲代庫男の中で宙ぶらりんになった。

「ばあちゃん、ジャガ芋が少しあったろう、あれを蒸してくれんね、鹿島んとこやられとるかもしれんからもっていってみる」家の中に戻った仲代庫男は宙ぶらりんになった考えに結着をつけた。

「ジャガ芋はよかけど……戸島には今日戻るとね」久しぶりに家に帰ってきたのだから、あまり外にでるなという気持をこめてきくはいった。

「戸島には明日の朝の便でかえるよ、今夜はもう一晩とまる」

「ああ、もう一晩とまるとね」きくはほっとした声をだし、その声からまた別の何かをひきだす感じでつづけた。

「いつになったらみんな一緒に住めるごとなるやろかねえ、お前の学校の間は仕方がなかけど、達雄からはもう大分手紙のこんし、空襲がひどうなってきたらやっぱり一つところにおらんと心配になるからねえ」

「父ちゃんからはこの前いくら送ってきた」

「この前は二百五十円、そいでもう三月《みつき》以上になるけんねえ、ぱったり手紙もこんごとなったし、手紙だけでも何かいうてくると安心するけど……この前大家さんは朝鮮との境の海にアメリカの潜水艦がおるから、満州からはもう郵便は送れんごとなるかもしれんというとってやったが」

「中島さんは変なことというね、手紙がもし駄目になっても電報があるから心配いらんよ」戸島炭鉱に勤務するとすぐ配給のクジに当ったスフの折衿《おりえり》の上衣を着ながら仲代庫男はいった。

「中島さんはいろいろいわすよ」きくは家主を批難するような口調でそれに応じた。「この前も、お宅の息子さんは満州で何をしとられるんですかといいよらした。さあようわからんというたら、毎月どの位金は送ってくるかと根掘り葉掘りきいてね」

「わからんわからんというとけばいい、ほんとにわからんのだから」仲代庫男はいった。

「ずっと前はよう金も送ってこんやったが、戦争がはじまってからは父ちゃんもきちんきちん送ってくるごとなったからね、何も人からいわれることはなかよ」達雄を父ちゃんというういい方に変えてきくはいった。

「おれが兵隊にいく前に一度帰ってくるといいけどね」

「お前が兵隊にいく時はかえってくるさ、そいでもやっぱり兵隊にとられるとね」

「兵隊にはいくさ、誰でもいっとる」きくの気持とは逆のことを仲代庫男はいった。

「ジャガ芋はどの位蒸そうか、昨日はちょうどふ（運）がようしてね、三貫目も買われたけん、佐枝子も今朝弁当に持っていった」きくはいった。


ひぃー、ひぃー、ひぃーと声をひきつらせる陸一の、何か四角なコテをあてたように火傷でただれている額に、ふうと口をつぼめて息を吹きかけながら、ああ痛かろ痛かろみておれんとムラはいった。

「ミシンはどうする母さん、このままにしとこうか」今朝方家に戻るとすぐ掘返したシャツと風呂敷でくるんだミシンの泥を払って津川工治はいった。

「すぐだして掃除しとかないと、サビがついてしまうよ」珠子が声をかけた。

「姉さんはそういうけどね、昨日の晩おらんからわからんよ、このミシン一つ埋めるのにどれだけばたばたしたか……また今夜でも空襲警報がでたら困るからね」肝心の時に不在で、朝かえったくせに勝手なことをいうなという調子をこめて津川工治はいった。

「戻るにも戻れんのだから仕方がないよ、あんな時戻っていたら焼け死んでしまう。だから朝早くまだ火が上っとる時に戻ってきたじゃないの。ただミシンはそんなに放っておけばすぐサビがついてしまうといっとるだけよ」今朝からもう幾度もくり返している言葉を珠子は前につけた。

「サビなんかつかんよ、家が焼けとったらこのミシンもどうなっとったかわからん」軍需部で残業して帳簿の整理をしていたなどとみえすいたことをいって、一体どこにいたんだ、とやはり朝から何度も考えていることをのみこんだまま津川工治は尖った声でいった。

「こんなひどか火傷に油だけつけとってよかもんかね、病院にいって何か薬をわけてもらえんじゃろうかね」ムラはいった。

「薬は私がもらってくるよ母さん、なんとかしてくるから」と珠子はいった。

「今日も仕事にいかんと悪かとね」ムラはきいた。

「うちは焼けとらんのだから、いってみないと……軍需部もどうなっとるかわからんし」

「軍需部は焼けとらんのだろう、姉さんは昨日の晩ずっといたならわかっとるじゃないか」

「ほかのところがやられとるかもしれんから、やっぱりいって様子をみてこないと」珠子は言葉の途中から急に抵抗を失くした。

「何か痛み止めの注射かなんかあるといいけどね」自分の皮肉を津川工治は少し後悔した。

「本当にそうしておくれ、なんとかたのんでみて薬を手に入れるようにしてね」ムラはいった。

「ええ、たのんでみる」珠子はこたえた。

津川工治の胸に「沢野といいます、どうぞよろしく」という声が急にきこえ、彼はその胸を閉ざすようにして、また先の尖った言葉をだした。「薬はいいけど、今晩は何時頃かえってくるとね」

その時、「焼けなくてよかったですね」といって仲代庫男が縁側に顔をだした。

「あ、仲代か、おかげで助かったよ」津川工治は立上った。

「陸一さん、どうかされたんですか」仲代庫男は呻き声の方をみていった。

「仲代さん、昨夜は本当に世話になって……」ムラは礼をいい、その言葉のつづきをひきとって津川工治は説明した。

「防空壕からとびだしてね、火傷したんだ」

珠子は黙って仲代庫男に頭を下げた。

「病院にはいったんですか」仲代庫男はいった。

「病院といってもあなた」ムラはいった。

「火傷位じゃどうにもならんやろいまは。油をつけとるから……」津川工治はいった。

「まだ普通の体ならよかですけどね」ムラはいった。

「そんなことは関係ないよ、いまは」津川工治はいった。

「まだよくみてないが、大分ひどかごたるね、鹿島のところも駄目らしかね」仲代庫男はいった。

「あ、そうか鹿島の家は駄目かもしれん」津川工治はいまはじめて思いついたようにいった。

「昨日、あれから仲代さんは何も怪我がなくてよかったですね」ムラはいった。

「ええ、大宮町のところでちょうど燃えはじめてね、それでもよかったですよ」仲代庫男はこたえた。

「大宮町もやられとるのか」津川工治はいった。

「ああ、べらっとやられとる、おれが通った時、ちょうど焼夷弾が落ちてきたんだ」

「仲代さんの家はそれでよかったんですね」ムラはいった。

「ええ、うちのへんは……」と返事をしながら、仲代庫男は新聞紙をかぶせたバケツを縁の上にあげた。「ジャガ芋蒸してきたんだけどよかったらたべませんか、もしかして焼けとったら困ると思って持ってきたんだけど」

「親切にね、そいでもうちはいらんから鹿島さんのところに持っていかれたら」ムラはいった。

「うん、鹿島のところに持っていけ、よろこぶぞ」バケツのジャガ芋を一つつまんで津川工治はいった。

「うん、鹿島のところにはいまからいくけんど、少しやるから皿持ってこい」

「うちはほんとにいりませんよ」ムラは手を振って制した。

「いいですよ、いっぱいあるから」

「それじゃ、少しもらうか。鹿島のとこにいくなら」そういいかけて津川工治は皿をとりに台所にいき、それをさしだした。

「鹿島のところにいくなら一緒にいこうか、どうなっているか心配だからね」

「うん一緒にいこう」

陸一がまた呻きだし、「そう痛がってもどうにもならんたい」とまるで自分の体をもむようにしてムラはいった。

「仲代と鹿島のところにいってくるよ母さん、どの位やられとるかみてくる」津川工治は仲代をうながした。

「暗うなったらまたどうなるかわからんからね、早うかえってきて」ムラが声をかけた。

「うん、新聞配給所にちょっと寄るかもしれんけど、姉さん、兄さんの薬はたのむよ、それから鎮痛剤でも睡眠薬でも何でもいいからあったらたのむよ。一晩中泣かれたらかなわんからね」

「ええ、たのんでみる」珠子は低い声で返事をした。

「仲代さん、どうも」ムラは皿にうけたジャガ芋のお礼をいった。

「仲代さんはもうずっとこちらにおられるんですか」珠子は挨拶をする代りのようにきいた。

「仲代は戸島炭鉱で先生しとる」投げだされたズックを足の先でそろえながら津川工治は顔をしかめた。

「明日また戸島に戻ります」仲代庫男はこたえた。

「わあこりぁひどい、ひょっとすると鹿島はやられとるかもしれんぞ」本通りが通行できないので魚市場の方から川岸沿いの道路を通って共済会病院の下まで迂回《うかい》してきた時、突然焦げ臭い匂いとともに眼いっぱいにとびこんできた港町一帯の焼あとに立ちすくんで津川工治は声をあげた。

「とにかく鹿島の家のあったところまでいってみよう」仲代庫男はいって歩きだした。

「あれは何だ」しばらくものもいわず、息をのむような眼であたりをみまわしていた津川工治がすぐ近くの川に下りる石段にぺったり坐りこんでいる女を指さした。

「何しているのかな」

「蒲団《ふとん》の綿をちぎって川に投げとるぞ、何か叫んどるがきこえん」津川工治はいった。

何か薬品を燃やしたような黄色い鼻をつく煙が二人の歩く背中の方から川岸にむけて地面を匍いながら流れていき、その煙の中から、髪の毛を一方に垂らした三十すぎの女の声がきこえてきた。

「何といっとるのかな」仲代庫男は呟いた。

「父ちゃん、父ちゃんといっとるが、あとのことはようわからん」津川工治はその呟きをうけた。

「焼けだされて何かわからんようになったんだ」いったん女に近づこうとした足を別の方にむけて仲代庫男はいった。

「キヨハルやるぞやるぞというとるから、あの蒲団の綿は配給の菓子のつもりかもしれん」津川工治はいった。

「父ちゃんかんにんして」といやにはっきりした声で女が叫んだ。

「行こう」仲代庫男はいった。

「気がちごうてしもうとる」昨夜火焔の中にとびこもうとした陸一のことを考えながら津川工治はいった。

その時急に煙の中からとびだしたというふうに黒い上衣をきた男が「おい、どこにいくんだ」と声をかけた。

「すぐそこに友達の家が……」

津川工治がいい終らぬうちに男はあっけにとられるような高い声で罵《のの》しりはじめた。

「常識で考えろ、常識で。こんなどこもかしこも焼けとるのに、友達がおるはずはないじゃないか。しかし行くなら行ってもいいぞ、誰もおるはずはないじゃないか、みんなやられとるんだ、みんなやられてしまったんだからな。みていろ、いま目につく死骸だけ収容したところだ。全部はまだ片づけとらんのだぞ。常識がない……」

「僕たちはただ……」といいかける津川の体をつついて仲代庫男は制した。

「少し考えてみないのか、いまこういう時に友達の家にいけるもんかどうか。誰もいけはしないぞ。その友達の家は何番地かしらんが、このへんは待避し損《そこな》って焼け死んだものもたくさんでているんだ。何人死んだのかもまだわからんのだぞ。おれの家もやられた。隣の柴田さんのところもやられた。みんなやられてしまったんだ……」

「あの病院の下の防空壕にいってみるか」男の罵りから逃れて仲代庫男は歩いてきた方向に引返した。

「防空壕にいっても誰もおるもんか、あの病院の防空壕に逃げようとして誰もかれもやられたんだ……」まといつく男の声が咳に変った。

「びっくりしたな」かけ足をやめて津川工治はいった。

「気が昂ぶっとるんだ、あの人の家も誰かやられたのかもしれん」

「誰も彼もきちがいのごとなっとるね」

「鹿島、助かっとればいいけど」ジャガ芋を入れたバケツを持ちかえて仲代庫男はいった。

「持とうか」津川工治はいった。

「いいよ」飴のような恰好でまだ黄色い煙をだしている何か得体のしれぬ物を避けて仲代庫男は頭をふった。

「鹿島はやられとらんよ。……それでもあそこは家族が多いからねえ」しばらくして思いだしたように津川工治はいった。

「学校に行け、学校に行けばわかる」さっきの女がいる近くでゲートルを両方とも足首にずらせた男が怒鳴り、年とった女が遠くからさかんにおじぎをしながら両手を耳にあてていた。

「ちえっ、学校にいけというのにわからんのかな」男は舌打ちをして、そのまままくるりとまわって蹲っている女に何かいった。

「なにかしらんけど、どっちか近寄っていけばよいのにね」と半分口の中で呟いて、津川工治は「学校にいけといっていましたよ」とぼんやり立っている女に声をかけた。

「あ、そうですか、学校というと、光園学校でしょうか、光園学校にいけばわかるとですね」すがりつくような、それでいてどこか鈍い感じのする声で女がいった。

「光園学校かどこかしらないけど、学校にいけばわかるとそういっていましたよ」津川工治はこたえた。

「そうですか、学校に待避してるんですね」女はいった。

「おききしますけど、港町百六十五番地の種田さんというのはしりませんか。野菜配給所の隣らしいですけど」横合から、どうして兵隊にいかないのかというような体格をした青年が間のぬけた声できいた。

「しりません、この辺のものじゃないから」理由なくむっとした気持になって仲代庫男はこたえた。

「そうですか、さっきからたずねとるんだけど、こんなに焼けてしまってはねえ」といって青年は去った。

年よりの女がまた何かいいかけたとき「おい、あそこから歩いてくるのは鹿島とちがうか」さっき二人が迂回《うかい》してきた川岸の道路を小走りにくる男を津川工治はみろというふうに指さした。

「おれは近眼だからよくわからんけど、何か持っとるじゃないか」

「鹿島だ、やられとらんぞ」津川工治はかけだして「おーい鹿島」とよんだ。

「あの人にもう一度きかれたらどうですか」女に言葉をかけて、仲代庫男はその後につづいた。

津川工治と仲代庫男が走りだすとすぐ鹿島は気づいて手をあげた。

「やられたかと思って心配したぞ」言葉がはっきりとどく距離になるとすぐ津川工治は大きな声でいった。

「ふふふ」鹿島明彦は白い歯をみせて笑った。

「うちの人たちは皆大丈夫か」津川工治はその笑い顔をみて安心したようにいった。

「みんな、そこの病院の横穴にいるよ、そうめったなことではやられんさ」鹿島明彦は、ひょっとしたら家も助かったのかと思いたくなるほど明るい声で応じた。

「荷物は持ちだせなかったろう」仲代庫男はいった。

「うん、急だったから荷物は駄目だった。おれのものだけ……」

「お前のものを何か持ちだしたのか、あきれたね」津川工治はいった。

「仲代は何をさげとるんだ」鹿島明彦は不審そうにバケツをみた。

「うん、ジャガ芋だ」仲代庫男はちょっと照れたようにこたえた。

「お前に食わそうと思って、折角仲代のおばあさんが買出してきたのを持ってきたんだぞ、ありがたく思え」津川工治はおどけた声をだした。

鹿島と会うと津川は急に変ったようになるなと思いながら「うちの人に持っていってくれ」と仲代庫男はそのバケツを前にだした。

「お前の持っとるのは何だ」津川工治は鹿島にきいた。

「これか」鹿島明彦は、風呂敷で作った袋をちょっと左右に振るしぐさをした。「小豆《あずき》だ。半分焼けとるけど、食えんことはないよ。半分やろうか」

「どうしたんだ」津川工治はいった。

「工廠の購買所が焼けとるやろうが。もう大分誰もが拾うた後だから何もなかったが、これだけ集めてきた」鹿島明彦はまたその袋を眺めすかすようにして眼の高さに持上げた。

「購買所の焼けあとから拾ってきたんか」津川工治はあきれた顔でその姿をみた。

「半分やるぞ、ぜんざいが焦げたと思って食えば食えるぞ」鹿島明彦はいった。

「どうする、荷物も何もなくてこれから」横穴壕にいく病院の坂を上りながら津川工治はきいた。

「どうもせんよ、しばらく掘立小屋を作ってでもくらすよ。……お前明日の昼都合つかんか、材木集めて、川の岸に小屋作るのに加勢してくれんか」逆に鹿島明彦は問い返した。

「うん、そりぁ加勢はするけど」そんなに簡単に考えることかというふうに津川工治はいった。

「仲代はかえってきとったんか」

改めて鹿島明彦はいった。

「うん、昨日きてね、明日の朝また戻らんといかん。空襲にあいにかえったようなもんだ」仲代庫男はこたえた。

「ほんとうにね」津川工治は笑った。

「お前の家は助かったのか」鹿島明彦が津川の方をふりむいた。

「今頃きくからね」津川工治はいった。

「お前に預っといてもらいたいものがあるとだけど、預っといてくれんか」鹿島明彦はいった。

「何を」津川工治はきいた。

「昨日命からがらそれだけ持って逃げたんだけど、もうこうなればおれのたった一つの財産だから……」鹿島明彦はいった。

「何よ、それだから……」津川工治はいった。

「うん、この前話したことがあったやろう、コンサイスの辞典だけど、おき場所もないから」

「コンサイス」仲代庫男はつまった声できき返した。

「ああ、仲代には話しとらんやったけど」鹿島明彦は何でもないといった調子でこたえ、それから「ジャガ芋全部もらっていいのか、よろこぶよ」とつづけて仲代からバケツを受取った。

　横穴に鹿島明彦が入るとすぐ母親がでてきて「仲代さん、津川さんもわざわざきてもろうて、こんなにしてもろうて……みんなやられてしまいまして……」と口ごもって眼をしばたたかせた。

「いいじゃないか母ちゃん、みんな助かったとだから、死んだ人もいっぱいおらすとよ」その後から鹿島明彦がでてきて、仲代庫男にバケツを渡した。「小豆を半分入れとるぞ」

「いらんよ、うちはいらん」仲代庫男は慌ててそのバケツを鹿島に戻そうとした。

　何だかおかしいぞというそぶりでそのバケツをおしつけ、「コンサイス、少し重いからおれが一緒にお前のとこまで持っていくよ」といってまた鹿島明彦は横穴に入った。

「持ちきれんほどあるとやろか、がっかりさせるね」後のがっかりという言葉を無意味につけ加えて津川工治は呟いた。

「本当にコンサイスを買溜めして、鹿島はどうするつもりかしらんが、わからんね」考えこむように仲代庫男はいった。

「コンサイスだけ持って逃げたというとったね」

「ようわからん」仲代庫男は重い声でくり返した。

その仲代の疑問を自分が代弁することで軽くするというふうに、鹿島が小さい竹の行李《こうり》を持出してくるとすぐ「一体どうするんだ、そんなにコンサイス買溜めして。その中に入っているもの全部か」と津川工治はきいた。

「これか」いったんその行李を持上げて「全部」だと鹿島明彦はいった。それから母親の方をふりむいた。「母ちゃん、津川のところにいくよ」

「どうするんだこれを」津川工治はその行李に半分手をかけて歩きだし、同じことをくり返した。

「どうして、この前、お前には話さなかったか。いま本屋には英語の辞引しか売っとらんからね。買っとくんだ」鹿島明彦はいった。

「それで何に使うんだ。煙草の巻紙じゃないとこの前はいうとったろう」津川工治は黙りこんだ仲代の気持をはかるような声でいった。

「少し川端で休もうか。おやじは家が焼けたというのに、今朝はもう工廠にいっとるんだからね。かなわんよ」鹿島明彦は津川の問いかける言葉をはずした。

「鹿島、本当にコンサイスを買溜めしてどうするんだ。昨日津川からきいた時もようわからんやったが、今頃そんな英語の辞引を集めて何をするのか、本当のことを教えろ」仲代庫男はいった。

「本当のことというても」改った仲代庫男の言葉の調子を鹿島明彦は受けとめた。

「本当は煙草の巻紙に売るのとちがうか」津川工治は軽い言葉をはさんだ。

「本屋に英語の辞引しかないからといってもようわからんからね。何で行李一杯も買溜めするんか……」仲代庫男は疑問をくり返した。

「わあ仲代からこんなふうにきちんときかれると困るね」鹿島明彦はいった。

「東京の学校かどこかに売るのか、何かそういうルートがあるのか」仲代庫男はたたみかけてきいた。コンサイスを上海に送ってシェーファ（万年筆）と替えるんだといった男はきっとあいつだな、桜井秀雄の横にいつも腰ギンチャクのようにへばりついていた鹿児島高農の三好だったな、と昨夜どうしても思い浮かばなかった名前がその時不意に彼の中に浮かんだ。

「わあ、むつかしかごとなったね」鹿島明彦は声をあげた。

「なにもそんなむつかしいこととちがうよ、なんとなく買っとけば儲《もう》かると、そんなふうに考えたんだ」

「どうして」仲代庫男はきいた。桜井さんみたいに読んどるとどうも討論はできんなあ、という高農学生のおべっかがまたきこえてくる。

「どうしてって、理屈はなかよ」

「第六感か、鹿島はいつも第六感で儲けるからなあ」津川工治はいった。

「理屈はないといっても、ようわからんよ。こういうときだからね。もしなんにもなくてただ商売だけだったら煙草の巻紙でも何でも売ったらどうかな」仲代庫男はいった。桜井さんはずるいよ、人はいろいろ批判するくせに自分はちゃんと原書でよんどるんだからな、敵性思想を批判するのに自分は敵性思想を原書でよむというのはどういうことかなあ、という三好の歯の浮くような言葉が遠くの方からきこえてくる。

「コンサイスは本屋で売っとるんだからね。いまは巻紙につかうから本屋もかくしとるけど、売っとるのを買うんだから別に不思議なことはなかよ。それを巻紙にしないで溜めとるだけのことがそんなにわからんかね」鹿島明彦はいった。

「この中にいくら入っとるんだ」津川工治はきいた。

「もし遊撃隊に使うとしたらどうだ」津川の問いにこたえず鹿島明彦は開き直った。

「なに」仲代庫男はきき返した。

「米軍が本土に上陸したとき、こっちで英語をしらなかったら困るやろうが。パルチザン戦になると英語をしゃべらんとどうにもならんぞ、キル、キルといってつっこむためにもこのコンサイスはいるぞ」

「パルチザン戦？」仲代庫男はぎくっとして鹿島の顔をみた。

「ふっふ、冗談さ、そういう理屈もあるということさ」鹿島明彦は言葉の調子を下げた。

「何だびっくりさせて」津川工治はいった。

「本当は理屈なんかなかよ、ただ買っとけば何となく使い道があるような気がしてね」明らかに表情の変った仲代をなだめるように鹿島明彦はいった。

「キル、キルか……」津川工治はいった。

「理屈はなかよ」鹿島明彦はいった。

「理屈はない、ただ、キルキル突っ込めえか」仲代の気持とかけはなれたところで津川工治は思いつきの言葉をならべた。

第三章

1

「暑いね」太い首筋を手拭《てぬぐい》でごしごしこすりながら、仲代庫男の隣に腰掛けている小野坑務係員はいった。

「暑いですね、雨が降りだすといいですけどね、これじゃ降るか降らんかわからんから……」仲代庫男はそれを受けた。

「いっちょう、ばあんばあんとやってくれんかね」小野係員はいった。

「何がですか」と仲代庫男はきいた。

「いや、戦局がさ。こう次々におしこまれたんじゃどうにもならんからね」

「ほんとにこうおしこまれたんじゃどうにもならん、飲むのも飲まれん」窓側に立って胸をはだけている岩松労務助手が合の手を打った。

「岩松君は酒の配給券さえあればそれでいいもんな」職員室の図書棚の本を無意味な手つきでさっきからさかんにだしたりいれたりしている庄野労務係員がいった。

「いやあ近頃はそれどころじゃないですよ。戦局の行方をじっと見守っとります」岩松助手はこたえて、笑い声がおこった。

「戦局の行方を見守っとるとはよかったね」庄野係員はいった。

「いくら岩松ノンキ軍曹でも、こうせっぱづまれば考えますよ」不自由な左の腕をわざとぐるぐるまわして岩松助手はいった。

「そのせっぱづまったというのがアテにならんのだから、配給券にせっぱづまっても、マツカリという手があるからな」庄野係員はいった。

「マツカリ、冗談じゃない。もう私の援蔣《えんしよう》ルートは原料不足で、にっちもさっちもいきませんよ」岩松助手は応じた。

「どうしてどうして、他の者がいくらいってもないが、ヤンバン（親方）の岩松さんがいくと、あの部落からはいくらでもでてくるんだから」庄野係員はそういう言葉のやりとりをするのがうれしくてたまらんというふうにやり返した。

「ふう、そんなに思われていたんじゃかなわんなあ、ほんとにそんなふうに思われているんですかねえ。ぬれぎぬですよ。ほんとに課長なんかにしられでもしたら、もうどうにもならんから……」言葉と反対にひどく浮々した口調で岩松助手はいった。

「岩松助手には、いくら労務課長でもどうにも手がつけられんからね。かんじんの援蔣ルートを握っとるんだから、どうにも手がつけられん」

「ふう、庄野さんからそんなにいわれたらもうかなわん、もう何でもいうて下さい、だまってききます」

「ほんとに一雨こないとどうにもならん、これでまた夜業ときているから」小野係員はまた手拭で首筋をふいた。

「連勤ですか」仲代庫男はきいた。

「仲代君はいいよ、この養成所だけ出とればいいのだからな。こっちはいまから出勤督励、日報かきとときとるんだから」岩松助手がその言葉をひきとった。

「日報、それからこれだろう」庄野係員が花札をめくる手つきをした。

「すぐ、ああだから。係員になれば誰にも気がねはいらんけど、万年助手じゃ札一枚めくるのもキョロキョロですよ」岩松助手はいった。

「岩松さんは午前中ここにでればいいけど、ずっと六時までここに坐って、それに特配は全然もらえないんだから辛いですよ」仲代庫男は岩松助手の方をみた。

「ところで、戦局苛烈《かれつ》のため、この養成所は解散するという話は本当ですか」仲代の言葉にこたえず、岩松助手ははだけたシャツをちょっと直して皆を見廻した。

「何もきいてないよ、そんな話」小野係員は太い首をまわしていった。

「何情報だ。それは……」庄野係員はいった。

「いやね、坑務の谷本君ですがね、副長が坑務主任にそういってたというんですよ。月水金二時間ずつの授業でも、本土決戦になるという時、無駄だから生徒を働かせた方がいいと……」

「戦争がひどうなればなるほど、技能を高める必要があるといいだして、高等科の新卒をここに集めたのは副長じゃないか」小野係員はいった。

「いやそれがね、裏話があるんですよ。最初青年学校が義務制になったでしょ。それで新卒を別に青年学校にやるより、会社でやった方がいいというんでこの学校ができたわけですよ。隔日二時間の授業で午後から働かせれば一週間に六時間のロスですみますからね。それがこんど、必要によっては青年学校教育を一時停止してもよいという内々の通達が軍からでたらしいんですよ。それでその六時間も増炭目標のためには惜しくなったという次第です。……」岩松助手は何かをのぞいているような眼つきで説明し、「しかしまだそうはっきりきまったというわけじゃないですよ」といい足した。

「ここやめても、それで出炭がいくらかふえるというわけでもないのにね」庄野係員はいった。

「僕はやめてもらってもいいな、ここと坑務とかけもちじゃやりきれん」小野係員はまた元の姿勢に戻った。

「かけもちはお互いですよ」庄野係員はいった。

「仲代君は困るな」岩松助手はいった。

「僕はいいですよ」仲代庫男はこたえた。

「仲代君はどうでもなるさ、しかし残念なような気もするな、折角授業になれたのにな」小野係員はいった。

「しかしまだ何にもいってきませんからね。解散ならもういってくるはずだが」岩松助手はいった。

「谷田さんが副長によばれたのはそのことじゃないかな」自分の椅子に戻りながら庄野係員は額に小皺《こじわ》をよせた。かけもちで辛いとはいっても、特別手当と自由に息抜きのできる口実をかねた「技能者養成所勤務」を失いたくなかったからである。

「へえ、谷田さんはそれででていってるんですか」自分のだした情報が具体的になったために逆に衝撃をうけた声で岩松助手はいった。

「労務課長から電話があって、副長がよんどるから一緒に話したいといってきたらしいよ、君の情報はしらなかったから、また時間割かなにか変るのかと思っていたがね……」

庄野係員がいい終らぬうちに、まるでその言葉がひきだしたというふうに、養成所責任者の谷田坑務技師が「ふう暑いね」といいながら職員室に入ってきた。

「ああ、おかえんなさい、外は暑いでしょう」小野係員はいった。

「蒸すね、風が全然ないんだから」半袖のシャツをズボンからだして谷田技師は団扇《うちわ》で風を入れた。

「タオル、しぼってきましょうか」仲代庫男はいった。

「いやいい、体を拭いてくるから」

「それが水がでんのですよ、水船が故障だとかで、さっき生徒を病院まで貰いにやって飲み水はタンクに入れてありますが、それで拭かれたらいいですよ。そうして下さい」小野係員はいった。

「わっ、水道も止っとるんですか。洗面器に一杯だけもらいますよ」といって谷田技師は職員室をでた。

「顔洗ってから話すんですな。やっぱりこりゃ解散ですよ」と谷田技師の後を見送って岩松助手がいった。

「そうかもしれん」庄野係員はいった。

「仲代君は佐世保空襲の時、むこうにいたんだね」小野係員が全然話題と別のことをきいた。

「ええ、ちょうど佐世保にかえっていました」仲代庫男はこたえた。

「新聞にはちょっとしかでとらなかったけどひどかったらしいな」

「ええ、ひどかったですよ」

「五百人も死んだというのは本当かね」

「さあ、何人かしりませんけど、それ位はあったんじゃないですか」

「ここもいずれやられるね、島だから逃げだすわけにもいかん」

「ここは防空壕が少いですね」

「坑内に逃げればよいと思っとるかもしれんが、そんなものじゃないな、仲代君」小野係員は仲代の同意を求めた。

「ええ、いっぺんにきますからね。逃げだす暇なんかないですよ」

「解散になると、どういうことになりますかね」岩松助手がいった。

「何が」庄野係員がきいた。

「いえ、配置のことやなんかですが、このままここをやめるだけで、労務の仕事はいまのままですむかということですが……」

「そりゃそうだろう、別に変らんさ、いままでが二倍かけもちだったんだから」

「ああ、ほっとなった。宮内君はどうしたかね」谷田技師が戻ってきて事務員の名をよんだ。

「宮内君はさっき注射うってもらいにいくといって出かけたままですが」小野係員はこたえた。

「色気づいとるから始末におえんな、暇さえあれば病院にいっとる」岩松助手は毒づいた。

「ちょっと話があるんだが、本当は職員会議を開いて全員に集ってもらった方がいいんだがね。それも大変だから」自分の席につかぬまま、谷田技師はいった。

そらきたというように岩松助手は庄野係員の方をちらとみた。

「むこうにいこうか」谷田技師は自分から隣の衝立《ついたて》でしきってある会議室の方に歩いていった。

「今日、労務課長も同席の上で、副長からいわれたんだがね……」皆が長いテーブルを前にして席につくとすぐ谷田技師ははなしはじめた。

「職員会議を開いた方がいいんだが、まあ他の職員にはあとで機会をみていうことにして」もう一度前おきして谷田技師は顎を少し前につきだした。「話が話だからここだけのことにしてもらいたいんだ。……この間二坑で徴用鮮人が首を吊ったことはしっとるね、そのことに関してなんだが……」

「宿舎の便所で首吊った、崔班秀《さいはんしゅう》のことでしょう」全然予期しない方向に展開しようとする話に、岩松助手は少しはしゃぐような声をだした。

「僕は……」仲代庫男はいった。

「仲代君はしらなかったんだね。……まあそれもあまりいってもらっては困るが、その崔という徴用鮮人のことだ。今年のはじめ船でつれてきたうちの一人だがね。これが十日ばかり前、首吊りをやったんだ。それはまあそれでいいんだが、徴用鮮人が騒いだので、一応形通りの葬式をやって火葬場にその死骸を運ぶ途中で、あることがおこったんだ。……」そこで谷田技師はためらうように言葉をきってつづけた。

「まあ、よかろう、これをいわなければ何もわからんからね。しかし固くとめられたことだからこれから先のことは、誰にもしゃべらんで下さいよ。……その何というか、その火葬場にいく途中でね。ボタ山の下から海にいくあのわかれ道のところで、朝鮮人たちもう少しがまんしろ、もうすぐだ、と書いた半紙が落ちていたというのだがね。……」

「半紙にかいてあったんですか」庄野係員はきいた。

「そうです。あ、そうだ、その、そんなことが鉛筆でかいてある半紙の上に一銭銅貨が四枚、四隅《よすみ》に石の代りのようにおいてあったというんだ」谷田技師はこたえた。

「へえ、今どきね。昔ならよくあったが、朝鮮人起ち上れとかいてあったんですか」岩松助手は感嘆したような声をあげた。

「起ち上れじゃないでしょう、がまんしろじゃないですか」小野係員はいった。

「朝鮮人たちがまんしろ、もうすぐだ、です」谷田技師は一言一言くぎった。

「へえ、だいそれたことをやったもんですなあ。その半紙が火葬場にいく道に落ちていたんですか」庄野係員はいった。

「話はそれだけじゃないんです、この後があるんです。これが問題なんですが……その火葬場には棺をかついでいった四人の鮮人、これはその徴用鮮人の仲間の者ですが、それと二坑の労務課の係が二人、六人でいったんですが、その話が……事件といってもよいですが、その事件のことがもう流れとるというんですな。一坑の朝鮮人たちまでしっとるというんです。私も今日初めて聞いたことですが……」

「ふーん」庄野係員は呻いた。

「もちろん、その四人の徴用鮮人は徹底的に調べあげたらしいです。二人の労務課の係も事情を聴取されてはっきりこたえています。二人がこの事件を報告したんですから問題ないとしてですね。ところがその徴用鮮人は日本語を全然よめんというのです。半紙には日本語でかいてあったんですからよけいおかしなことになったわけです」

「おかしかね、そりぁ」「誰が半紙にかいたのかね」岩松助手と小野係員が、同時にいった。

「誰かが別におるわけだ。半紙にその何とかかいた奴が自分でいいふらしているのかもしれん」

庄野係員は自分の推理を誇示した。

「そこでですね。そのことを重視して、警察にも協力してもらってですが、ずっと洗っていった……ききこみしたとかいうとったけど……それで、その怪しいと思われるリストにここの生徒の朴本準沢《ぼくもとじゅんたく》があがっているというわけです」

「朴本準沢」仲代庫男は口の中でいった。

「朴本というと、一坑の電機部ですね」庄野係員はいった。

「朴本準沢一人が怪しいとはっきりきまったわけじゃありません。話がまわりくどくなりましたが、もう少し様子を説明しますと、朴本準沢がその話をしているのを、積善寮の金田在順がきいたというんです。……」

「それで朴本はどういっているんですか」小野係員はきいた。

「いや、そこで皆さんにこうして話すわけですが、朴本準沢がその事件をしっていることはわかっている。しかしまだ労務課も警察も何にもそれには手をつけていない。つまりおよがせているというんです。よんで調べればそりぁ早いですが、そうしても朴本がまた誰からか人のいうのをきいたといえばそれまでですからね。……」

「私たちにどうしろと……」岩松助手はいった。

「朴本が養成所で誰かにしゃべっていないか。また逆に朴本にしゃべった奴はいないか。朝鮮人の生徒でどの位この事件のことをしっているか、それを調べてくれというんですがね」いわねばならぬことを全部いい終ったという口調で谷田技師はいった。

「むつかしいですね」小野係員はいった。

「それで何ですか、この養成所がそういう話の伝達場所にでもなっているといわれるんですか」

庄野係員はいった。

「いや、養成所にそういう責任、責任じゃないですが、なんというか、そういう場所になっているということじゃないんです。ただ朴本準沢がはっきりそのことをしっている一人だということはわかっている。それを調べるわけですね。朴本がどこでその話をきいたか、また誰にしゃべったか」谷田技師はいった。

「直接きくことはできんし、むつかしい」前と同じことを小野係員はくり返した。

「それにしても、いまどき、誰がやったかしらんがよくそういうことをしでかしましたね。朝鮮人がんばれ、ですか、よくそんなことを半紙にかいてね」庄野係員はいった。

「半紙の上に一銭銅貨を四枚おいていたというのはどういうわけでしょうかね」小野係員はいった。

「半紙が飛ばんようにでしょう。いや、飛ばんようになら石でもできるわけだけど……」谷田技師は自分で自分の言葉を否定した。

「それは目立つようにしたんでしょう……」岩松助手はいった。「その、朝鮮人がまんしろ、というのはわからんことはないが、もうすぐだ、というのはどういう意味でしょうかねえ」

「もうすぐだ、ということねえ」小野係員がその言葉に重ねた。

「それは、もうすぐすれば本土決戦になるということじゃないか」庄野係員はいった。

「本土決戦になるから起ち上れ、か」岩松助手は無責任な声でそれに同調した。

「仲代君はどう思う」谷田技師はきいた。

「えっ、もうすぐだということがですか」仲代庫男ははっとしたように顔をあげた。朝鮮人たちがまんしろ、もうすぐだ、と鉛筆でかかれた半紙のことから連想して、東京から焼けだされて帰郷する途中、関門海峡で会った、徴用朝鮮人の集団のことを思い浮かべていたからである。不思議なことにあの見習士官たちから軍刀をつきつけられて哀号《アイゴー》と叫んだ朝鮮人の事件に直面したとき、直ちにこの戸島炭鉱のことを考えたのだが、いまは逆にテンノーヘイカノタメ、タンコーユクといった徴用朝鮮人たちのたどたどしい日本語が生々しくきこえてくる。

「いや、この事件のことだ。朴本準沢のことは君もしっとるだろう」谷田技師はいった。

「ええ、朴本のことはしっていますけど……」何といってよいか、仲代庫男はこたえる言葉に迷った。

「仲代君は前に二坑で働いていたんだから……」どう受けとめてよいかわからぬままに岩松助手はいった。

「朴本というのは頭がいいんだろう」谷田技師が仲代の方をみてきいた。

「ええ、数学の成績はよい方です」仲代庫男は曖昧にこたえた。

「君の考えはどう思うかね。まさか朴本準沢がやったとは思わんが……」谷田技師はいった。

「朴本はやらんでしょう。あれはそんな生徒じゃないですから。もし朴本がその事件をしっているとしても、それは誰からかきいたんでしょう」仲代庫男は弁護するようにこたえた。

「しかしわからんよ」岩松助手はいった。「朴本がこの事件に一枚加わっとるかもしれん、あいつは教練の時、何か発表させてもろくろく口もきかんからな」

「親父はどこで働いとるんですか」庄野係員は誰にともなくきいた。

「親父は掘進夫だそうです。私はよくしらんけど、古い鮮人で、もう一人兄が運炭にでとるそうです」谷田技師はいった。

「あ、あの運炭の朴か、あれならしっとる。前に採炭にいて怪我した奴でしょう」庄野係員はいった。

「ああ、あれの弟ですか、朴本準沢というのは」岩松助手は声をあげた。

「あの親父なら、そう危い奴でもないけどねえ」庄野係員はいった。

「運炭の朴の方も、ありゃ薄ノロですよ、あいつの弟か」岩松助手はまた軽蔑した口調でくり返した。

「本人は頭がいいんでしょう。労務課長のところにある報告書にはそうかいてあったが」谷田技師はその岩松助手の声の調子を制した。

「私の学科もいいですね」採鉱学科を教えている小野係員はいった。

「頭がいいのが危いんだ」岩松助手は前の言葉をくるりとひるがえした。

「朴本はそんなことをやるはずがないと思いますね、まだ高等科をでたばかりでしょう。そんなこと考えていないと思います」仲代庫男はいった。

「どんなこと」庄野係員がきき返した。

「そんな、朝鮮人がどうのこうのということです」仲代庫男はこたえた。

「いや、朴本がやったとはいっていないのだから」谷田技師はいった。

「誰からかきいたんじゃないですかね。もし朴本がそんな話を誰かにしたということが事実なら、かえってその話をしたということで、事件には関係ないような気がするけど」仲代庫男はいった。

「なるほど」小野係員はいった。

「いや、だからさ、誰も朴本が半紙にかいたとはいっとらんよ。ただ君のいう通り朴本は誰からかそれをきいた。それをどういうルートできいたかが問題なんだ。朝鮮人というのは案外そういうところはぬけているから、どんな大《だい》それたこともわからんでしゃべるんだね。日本人に話す時はひどく警戒するが、朝鮮人同士でしゃべる時は相当ひどいことでも平気で話すんだから」岩松助手はいった。

「朝鮮人が朴本から話をきいたとかいわれとったですね」庄野係員が谷田技師の方をみた。

「ええ、積善寮の金田在順という男が、朴本からきいたといったんです」谷田技師はいった。

「しらんな、そんな男」庄野係員はいった。

「むつかしいですねえ」首筋から流れ落ちる汗をこすりながら小野係員はいった。

「朴本と一番仲のいい生徒は誰だろう」庄野係員はふっと思いついていった。

「さあ……」小野係員はいった。

「仲代君しらんかね」庄野係員はいった。

「さあ、よくしりませんけど、倉林とはいつも一緒にかえっているんじゃないですか」養成所に勤務するようになってからすぐ、倉林誠という生徒と二人で「夜、先生のところに遊びにいってもいいですか」と朴本準沢がいってきたことを思いだして、仲代庫男はこたえた。結局二人は一度も彼のいる寮にたずねてはこなかったが、その後、二、三度道で倉林と朴本と一緒に歩いているところをみていたからである。

「倉林か、なんだ日本人じゃないか」岩松助手はいった。

朝鮮同胞も日本人ですよ、と咽喉まででかかった言葉をおさえて仲代庫男は別のことをいった。

「僕も前に二坑で働いている時、小学校からずっとですが、朝鮮出身の友達が何人もいましたけど、彼等だけ別に変っているとも思えないし、親身になって話すと何でも話すけど、色眼鏡でみるとかえって反撥するんじゃないんですか。半紙の事件はしらないけど、いろいろ調べたりすると、かえって……」

「誰も色眼鏡でなんかみとらんよ、しかし現実に半紙に一銭銅貨をのせた事件は起っているんだからな。しかもそれを朴本がしっているというんだから調べるのは当然じゃないか」岩松助手はいった。

「しかし、朴本が怪しいときめてしまうのも……」仲代庫男はいった。

「怪しいか怪しくないか調査してみないとわからんじゃないか」岩松助手がたたみかけた。

「それはそうですけど……」といったまま、仲代庫男は後につづく言葉をのみこんだ。仲代にはやっぱり本当の気持はわからんよ、同じ日本人ならなぜ中途昇坑する朝鮮人ばかりひっぱたくんだ、なぜ日本人の坑夫も同じように叩かんのだ。それだからおれはだんだん塩鮭を弁当のお菜《かず》に持ってくるのがいやになったんだ、おれは塩鮭が一番好きだったけど、朝鮮人が毎日毎日眼の前でひっぱたかれてえびの宙返りするのをみていると、だんだん塩鮭をたべるのまで嫌になってくる。……という高善烈の声が急に半紙の上にのせられた一銭銅貨のように、重く彼の胸を圧迫したからである。

「まあ、そういう次第ですから、副長もいっておられるのでなんとか調べなければならんのですが、どういうふうにやるかはまた近いうちに具体的に相談することにして……」谷田技師は一応その会議を打切った。

「本土決戦でパルチザンでもやろうという時に、太《ふて》え奴等だ」岩松助手はいった。

「朝鮮人たち起ち上れ、か」庄野係員はいった。それからまたちょっとけげんな顔をした小野係員をみて、「朝鮮人たち、がまんしろ、もうすぐだ、というのは起ち上れというのと同じことですからね」といい足した。

谷田技師は席を立って「ふう」と熱い息を吐いた。

「それにしてもわからんなあ、一銭銅貨四枚は。何のマジナイかね」岩松助手がつづいて立上った。

「本土決戦でパルチザンをやろうという時に、太え奴らだ」といった岩松助手の言葉をそのまま自分の中にしまいこんで仲代庫男は席をはずした。キルキル突込めえかといった二週間前の津川工治の声がおどるようにそのしまいこんだ岩松助手の言葉の先にまといつき、つづいて、仲代はなんでもむつかしく考えてしまうくせがあるごたるね。本屋にあったから買う。なんでもあるものは利用しないともうこうなれば生きていけん。コンサイスを何と交換しようと、それでいいじゃないか、おれはいつかは役立つと思って溜めているんだ。何に役立つかはしらんよ、しかしそう考えて買っているんだ。キルキルは冗談だが、本土決戦になったらいちいちそんなむつかしいことというとったらまっ先に死んでしまうぞ、という鹿島明彦の根元の太い声がきこえてきた。鹿島明彦はその言葉を津川工治の家で別れる間際に彼にいったのである。

2

アッシュ、アッシュというふうにきこえる奇妙な叫び声をあげて、一番方を終えた坑夫たちの一団がかけぬけていき、その反対に固い足どりで繰込場に急ぐ二番方の坑夫たちの交錯する間を、朝鮮人たちがまんしろ、もうすぐだ、もうすぐだ、と考えながら仲代庫男は職員寮に戻る道を歩いていった。

「ほら、のけ、のけ、のけ、のけ」また空の弁当箱をガランガラン鳴らして坑夫たちが走っていく。坑内から昇ってきて、外の空気を吸うことが彼等はうれしくて仕方がないのだ。四年前、二坑の坑内道具方をしていた時、竪坑《たてこう》のゲージ（昇降機）が上りはじめると、一尺ずつ空気の味がちがっていたことをちらと思いだして、仲代庫男は寮の方に曲る長い石段をちょっとためらうような足どりで下りた。いつもはその石段の上から見渡すことのできる戸島海底炭鉱の全景と、水平線に傾く夕陽の光に、瞬間戦争のことから遠ざかった気持にひたるのだが、いま遠くにみえる二坑の煙突とゲージが、まるで今日の午後きいた事件の背景のように不気味にみえたからである。

首を吊った徴用朝鮮人の葬列の前に一銭銅貨をのせた半紙をひろげるという、それほどはっきりした事件はしらなかったが、彼が二坑にいた時分、朝鮮人たちがまんしろという程度の落書は無数にみうけられた。「××ヤンバンはワルイヤツダ」「××りょう（寮）のめしはすくない」「東三片払《ひがしさんがたはらい》（採炭場所）は水がでる」「腹が痛いといってもなぐられる」「ケガしてもたたかれる」「文句をいってもたたかれる」というみるからに朝鮮人がかいたとわかる落書が、坑内の暗い壁、独身寮の便所、病院の塀、ついには海岸見張の詰所にまでかかれていたのである。或は現実にみた者は少くとも、そういうことがあそこにかかれていたらしいと誰かがしょっちゅうしゃべっていた。高善烈も、崔川《さいかわ》春雄も、余本俊泉もしゃべっていた。……

「仲代さん、おかえり、手紙がきていますよ」仲代庫男が寮の玄関で靴をぬぐとすぐ児玉管理人が机の上の箱から封書をとりだして渡した。

「今日も水湯の方はないらしいですよ、さっきも中辺さんこぼしとったが、本当にこうずうっと潮湯ばかりじゃ体がべたべたしてきてねえ」

「ありがとう、おじさん」封筒の裏をかえした仲代庫男の眼に、七月一日芹沢治子とかいた細い字体がとびこんできた。

「食事はすぐいいですよ。できていますよ仲代さん」児玉管理人の声がつづいて薄暗い廊下をはねるようにとどいた。

「すぐいきます」二階の隅にある自分の部屋の板戸の前で仲代庫男は返事をした。

道路に面した硝子戸を開け放ち、窓に腰掛けて彼は封を切った。

「お手紙いただきました。佐世保もついに空襲をうけたんですね。被害がひどかったそうですけど、ご無事で何よりでした。私の方もずっと無事、といえば少しちがいますが、実はあれから（前に手紙をだしてから）ちょっと体の具合を悪くして、薬局の方は休んでいるのです。別に心配することもないのですが、疲労病とでもいうのでしょう。まるっきり食欲がなくなってしまったんです。誰もたべたくて仕方がない時に、ゼイタクな病気ですが、薬の方は職場から万全。なにもかもあるものは全部飲んでいます。……」

時に坑木置場の方から申し訳のように吹いてくる生ぬるい風に体をのりだして彼はよみすすめた。

「医専にいっている兄が、みせろみせろといって診断して、こりゃ危いぞなどといってからかったりおどしたりしますが、結局レントゲンをとらなければはっきりしたことはわからないようです。

そのレントゲンを明日とりにいくのですが、……折角手紙をかくのに病気の話は陰気くさくなるからやめましょう。レントゲンの結果がわかればまたおしらせします。心配はいらないと思います。

実のところ、仲代さんから手紙がきた時、びっくりしました。なぜびっくりしたのか、考えればおかしいことですが、最初私が手紙をかく時、なぜか返事はこないような気がしていたからです。戸島炭鉱の学校にでられていること、空襲と、お便りに書いてあることもびっくりすることばかりでした。もしかしたらまた東京に戻られたのではないかと考えていましたが、そちらの方にいかれたのですね。前におられたところと書いてありますが、仲代さんはどこにでもとびこんでいくのですね。……」

行間をあけて、文章の調子がそこから急に変化し、仲代庫男はシャツを脱いだ。

「(昨日のつづき) 考えてみればたった二度しか仲代さんに手紙をかかないのに、ずっと前から幾度もかいているような気がします。レントゲンの結果はあまりよくありません。絶対安静だなんておかしなようなものですね。仕事が休めていいぞなんて兄キがなぐさめはじめました。結核です。

ねているると、いろんなことを思います。学校のこと、空襲のこと、人間のこと、いろいろです。男は兵隊にいく、女はいかない、男は兵隊にいく、女はいかないと馬鹿なことをぶつぶつくり返したりしています。

仲代さんはいつ兵隊にいくのですか。

薬の本をよむのをやめて急に文学少女になりました。死人にものをいいかけるとは、なんという悲しい人間の習わしでありましょう。（川端康成、抒情歌《じよじようか》）とか、君は真理のために生き死にしようという。しかしそれは、単なる言葉ではないよ。君はそれを実際に生きなければならぬのだ。（島木健作、続生活の探究）などという言葉をあさっています。

しかし本当はそんな言葉などあさってみても何にもなりはしないのですね。戦争の上にこんどは私の体の病菌がそれに加わったのです。現実を冷静にみましょう。私のたたかう目標を冷静に。

疲れてきたのでやめます。どうかお手紙下さい。どんな生活をされているのか、どんな本をよんでいられるのか、そんなことをしらせて下さい。お体をくれぐれも大切に。長崎にみえられるとよいと思っていましたが、こんなふがいないことではおさそいもできませんね」

芹沢治子の手紙はそこで終っていた。結核か、愕然とした自分自身の気持を整理するように呟いて、彼はその手紙を半ば信じられぬ手つきで封筒の中に収めた。前の手紙からうけたものとまるで変っている文章の調子と合せて、絶対安静という文字が何か芹沢治子の印象とは全然ちがって感じられたからである。

ランニングシャツのまま食堂にでた仲代庫男に、用意してあった丼《どんぶり》と油でいためた玉葱《たまねぎ》を皿に盛ってだしながら「仲代さん、みて下さい。会社もこの新聞にでている通りやるというんですからね。芋の粉の配給でもくれるならまだましですが、やっぱり一般と同じにいまの量を一割ずつ減らしてくるというんですから」と児玉管理人はいった。

「どうしたんですか」

「これみて下さい、でているでしょう。主食糧一割減です。十一日から実施、大都市は一ヵ月遅れ、十月までの応急措置、それを会社もやっぱりこの通り一割減らすというんだから……」

見出しをそのまま読んで、児玉管理人はその新聞を仲代の前につきだした。

「一、家庭配給については各家庭に対する所定の配給量を一体に一割節減することとし、各地方の実情に応じ適宜の方法により実施するものとす。二、労務特配についても一割を節減することとし、その際各工場事業場等に対する配給についてはその正確を期するものとす。三、節減実施に併行し、都鄙《とひ》を通じ蔬菜《そさい》類等の自家生産を奨励し、かつ配給制度の改善適正化を図り、なお郷土食の奨励、粉食などの可食資源の活用、食糧調理の合理化、完全咀嚼《そしやく》の励行などのため中央地方を通じ智能を総動員して戦時国民食生活の合理化に関する指導啓発の運動を実施するものとす。……なるほど、でていますねえ」だされた新聞を目読して仲代庫男はいった。

「でています、じゃないですよ、仲代さん。これ以上減らされたらもうどうにもなりぁしませんよ、とても皆さんにたべてもらうという工夫はないですよ」児玉管理人は口を尖がらせた。

仲代庫男は黙って冷たい外米のめしを口に入れた。時々握りめしを作ってこっそり真夜中に起きてたべとるというぞ、それがおばさんにもかくれてたべとるというんだからひどい、という噂を立てられている目の前の男に何かいい返してやりたい気持がちらと動いたが、彼はそれをおさえた。男は兵隊にいく、女はいかない、という芹沢治子の手紙の一節が急に生々しく彼をとらえはじめていたからである。

その時、「仲代君かえっているかな、表に誰かたずねてきているけど」という仲代の隣の部屋にいる測量技手の石渡《いしわたり》光義の声がきこえてきた。

「はい、いますよ。誰かな」箸をおいて仲代庫男は椅子をずらし、いれちがいになった測量技手にちょっと挨拶して玄関にでた。

「なんだ、倉林じゃないか、どうした、一人か」汚れた丸首シャツをきて立っている倉林誠のひどくこわばった表情を、何か、と仲代庫男はいぶかった。

「あ、先生、朴本準沢が警察にひっぱられたとです。……」倉林誠はひきつった声でこたえた。

「朴本がひっぱられた？　どうして、本当か」今日の午後、谷田技師が養成所で説明したことを一瞬思い返して仲代庫男はいった。「おかしいな……朴本はいつひっぱられたんだ」

「さっき、仕事からかえるとすぐらしかです。めしをたべて朴本の家にいったら、警察がきてつれていかれたと、家の人がおろおろしとって……それで先生にしらせにきたとです」

「そうか、よし、めしたべてしまってくるから待っとれ、すぐいく」といって仲代庫男は食堂に戻った。養成所に調べてくれとたのんでいるのに、急にひっぱっていったのは何かはっきりした証拠が上ったのだろうか、それともまどろこしくなって警察自体で調べようというのか、という思いと、しかしなぜ倉林がおれのところに走ってきたのか、ということを重ねあわせて、仲代庫男は残りの食事をあわただしく終えた。

「どうかしましたか、仲代さん」児玉管理人はいった。

「いや別に、生徒がきたのでちょっとでてきます」曖昧な返事をしていったん自分の部屋に引返し、脱いだシャツをとるとすぐ、それを手に持ったまま仲代庫男は廊下にとびだした。

「でようか」

「朴本の家にいきますか、先生」倉林誠はいった。

「うん、いってみるか、とにかく様子がわからんから」別に朴本準沢の家にいこうときめているのではなかったが、倉林誠の言葉にひきだされた恰好で仲代庫男はいった。

「刑事が二人もきたそうです、労務も一人ついてきたといっとりました。……朴本は何でひっぱられたと思いますか、先生」選炭場の下の道を、朴本準沢の家のある四区の方に足早に急ぎながら、倉林誠はその足どりがそのまま伝わるような声でいった。

「さあ、何かしらんけど、倉林は何かしっとるのか」仲代庫男はいった。

「何かはっきりしらんですが……思想問題じゃなかでしょうか」後の言葉を少しためらいがち

に倉林誠はいった。

「思想問題、どうして」仲代庫男はぎくっとした声で質問した。あの事件を倉林はしっているのか、もしそうなら朴本準沢はやっぱりあの事件に関係があったのではないか、ととっさに考えをめぐらして。……

「どうしてということじゃないですけど、なんかそんなふうな気がしたですから」倉林誠はいった。

「なにか、朴本と話したことがあるのか」仲代庫男は自分の考えを追った。

「いいえ、何も話したことはないですが、ほかに朴本が警察にひっぱられることはなかですし……ちょっと考えてみたとです。さっき本やなんかも、警察がもっていったというとったですから」

「本やなんかって、どんな本を持っていかれたんだ。朴本はどんな本をよんどったんだ」

四区の詰所の開け放たれた硝子戸の向う側に垂れ下った黒い防空幕の間から、そこだけ許されている明るい電灯の光が一瞬二人の足元を照らした。

「どんな本?」こたえるのをためらっているのか、或《あるい》はその本の題名を考えだしているのかわからぬ顔つきをして黙ってしまった倉林の返事を仲代庫男は催促した。

「そんなたくさん持っとらんけど、朝鮮人のかいた小説やなんかよんでいたから」倉林誠は口ごもった。

「朝鮮人のかいた小説か」仲代庫男は呟いた。

「先生がいつか養成所で、労務の図書室から本を借りたいものはいうてこいといわれとったし、よんだ本について何かききたいことがあればいってこい、といわれとったから、朴本と一緒にいつか先生のとこに遊びにいこうかというとったんです」倉林誠は別のことをいった。仲代庫男にはそれが朝鮮人のかいた本をよんだことに対する弁解にきこえた。

「朝鮮の人のかいた小説だって、いろいろあるから……」それが悪いとはいえんよ、という後の言葉をのみこんで仲代庫男はいった。

「それで、今日、おれではどうしていいかわからんようになって先生のとこにしらせにきたとです。……先生は労務課じゃないから」途中の筋道を倉林誠は一気にとばした。

「うん、朴本の家できかんと、何かよくわからんけどね」労務課の人間じゃないからおれのところにきたのか、とそのことに仲代庫男はひっかかった。

「朴本の家はそこです」斜面に沿ったコンクリート道を下りきったところで、水甕《みずがめ》だけが並んでいる暗い納屋の一角を倉林誠は指さした。

「ここか」仲代庫男は足をとめた。

「おれがいいます」倉林誠は先になって、暑いのに閉めきった板戸をあけた。「おばさん、倉林です。おばさんいますか」

「クラハヤシさん、てすか、入りなさい」という男の声があって中で立上る気配がした。

「あ、おじさんも帰っとられたとですか、養成所の仲代先生が心配してきとられるけど……」

二燭光の豆電球がちらと動き、「そてすか、準沢の学校《カッコ》の先生てすか、シンパイして、そてすか」とでてきた男がいった。

「朴本君のお父さんです」倉林誠は後をふりかえった。

「仲代です。心配ですね」仲代庫男はいった。

「朴本庠圭《ようけい》です、シンパイしてもらってね」朴本庠圭は何度も頭を下げ、それから「入ってください、庠成は二番方……これはさっき労務《ローム》にいってきました」と、選炭にでている朴本準沢の兄の不在と、部屋の隅に蹲るようにして坐っている自分の妻のことを告げた。

「どうしたんですか、朴本君は。警察は何といってつれていったんですか」母親の横におかれている箱の他は全然家具のない部屋に坐るとすぐ仲代庫男はいった。

「おい、労務《ローム》の人は何いった」朴本庠圭は妻の方をみた。

「おばさん、朴本君は何でひっぱられたんです。労務は何というとるんです」倉林誠は仲代と同じことをきいた。

「話せ、マーチェイ」朴本庠圭はいった。

朴本庠圭よりもはるかに年をとっている顔をしたマーチェイとよばれた女は、にじりよるようにして仲代の前にすすみ、その力のぬけた表情とはうらはらな高い声でしゃべりはじめた。

「ロームの詰所にききにいったら、準沢をシラペルためにつれていった。しかしなんにもはなさないて、たまって家におれといわれた。警察にいってもタメ、誰にも話してもタメ、シラペか終ったらかえるからそれまでたまって家におれ。とされたかときくから本もっていかれたといったら、詰所の人は悪い本をよむからといわれた……」

「警察にいってもダメなら、ともてきんね」マーチェイの声に朴本庠圭はうなずいた。

「本はどの位、何冊くらい持っていかれたんですか」あの事件のことで連行されたとしても、恐らく目の前の父親たちには何の関係もないのだ、と考えながら仲代庫男はきいた。

「ここにあった本、みんな帳面と一緒に五、六冊くらいてす」マーチェイは後の箱の上を指さした。

「帳面も？　何を持っていかれたのかな」仲代庫男はいった。

「そんな悪い本、準沢はよまないよ」朴本庠圭はまた頭をふった。

「警官は笑っていたよ」笑っていたことをせめてもの救いにするようにマーチェイはいった。

「警官は笑ってもシラペル人はまたちかうから」朴本庠圭は冷たい声をだした。

「朴本がよんでいた本は別に秘密やなんかの本じゃなかったとにね」倉林誠はいった。

「準沢はもうかえってこないてしょうか」朴本庠圭はいった。

「そんなことないですよ、すぐもどりますよ、別になんにもしとらんのだから」仲代庫男はいった。

「泥棒《トロボー》なら早くかえるけと、ちかうとなるとなかなかかえらないてす」

「えっ」仲代庫男はきき返した。

「泥棒《トロボー》ならね」泥棒であることを望むような声で朴本庠圭はくり返した。

「朴本君は泥棒なんかやりませんよ」倉林誠はその意味を反対にとっていった。

「昭和十一《チユウイチ》年に内地にきてね、その前は平壌《ヘイチヨウ》の田舎にいました。その時、泥棒《トロボー》なら早くかえってくるのに、それとちかうとなかなか警察からかえらないよ、準沢も本を持っていかれたから……」

平壌の田舎にいた時、窃盗なら割合早く釈放されるのに、それ以外の犯罪、つまり本を押収されるような犯罪はなかなか釈放されないと朴本庠圭はいっているのだ。仲代庫男はその庠圭の話そうとしている意味がわかった。

「ロームからはまた明日父ちゃんをシラペにくるといった」マーチェイはいった。

「何シラペても、何もしらないよ」朴本庠圭はこたえた。

「どんな本を持っていかれたのかな」その上におかれてあったという、部屋の隅の箱の方をみて仲代庫男はいった。わからんというふうに朴本庠圭は頭をふった。

「朝鮮のことをかいた小説やなんかです。一度持っているのをみたことがあるから」倉林誠はいった。

その時、不意に助かったという顔をして朴本庠圭が立上り、押入れの戸をあけて中から小さい手帳を持ってきた。

「これみてくたさい。警察にいってこれをみせると準沢をかえして……もらうのに」これを警察にみせると準沢をかえしてもらうことができるかもしれない、という言葉を途中で省略し、朴本庠圭は手帳にはさんであった新聞の切抜きをとりだして仲代庫男の前においた。

「おじさん、模範鮮人ですね」

昭和十二年「日支事変」が勃発《ぼっぱつ》するのと前後して制定された模範朝鮮人制度で表彰された者だけ与えられる緑色の手帳をみて倉林誠はいった。昭和十八年夏その制度は「火の玉半島協力運動」に改められて廃止されたが、もし朴本庠圭がその数少い「模範朝鮮人手帳」の保持者なら、或はその息子の準沢も警察で大目にみてくれるかもしれないという気持が働いたのだ。

「手帳とちかう、手帳はもう何にもなりましぇん、それよりこの新聞《シンブン》てす」朴本庠圭はその倉林の気持をおしやるように手帳の中から折りたたんだ新聞の切抜きをとりだした。

「何ですか」仲代庫男はそれを手にとった。

「よんてくたさい」朴本庠圭はいった。

ところどころ手垢によごれたその新聞記事の見出しになっている「感状上聞の栄、半島出身小銃手の勲、破甲爆雷抱き敵陣に突入」という活字をみて、仲代庫男は「これは?」というように顔をあげた。

「そこの朴村官彬《ぼくむらかんさん》というのは私のシンルイてす」朴本庠圭はなお読みすすめてくれというそぶりをした。

倉林誠にもきかせるつもりで仲代庫男は声にだしてよみはじめた。

「陸軍省発表(昭和二十年一月二十八日)緬甸《ビルマ》バーモ作戦において偉勲を樹《た》て壮烈なる戦死を

遂げたる陸軍上等兵朴村官彬に対しさきに軍司令官より感状を授与せられしが今般畏《かしこ》くも上聞に達せられたり。

（感状）陸軍上等兵朴村官彬

右はバーモ作戦に従うや小銃手として陣地守備の任務に当り約一カ月に亙《わた》る空地よりする敵の猛攻下進んで至難の任務に服し屢〻《しばしば》武功を樹《た》てたり、特に十二月十四日夜所属部隊主力が敵重囲を突破転進に当り上等兵は坂井分隊に属しイラワジ河左岸の堤防上に在りて部隊主力進路上に猛威を振える掩蓋《えんがい》の重機陣地奪取を命ぜらるるや猛火を冒《おか》しつつ分隊の最先頭に立ち敵陣地に肉薄中敵弾により重傷を受けたるも更に屈することなく破甲爆雷を抱き敢然突入し敵陣地を爆砕し敵兵数名を刺殺して主力の突破を容易ならしめたり、その傷深くして再び立つ能《あた》わざるや天皇陛下の万歳を奉唱しつつ壮烈なる戦死を遂げたり、上等兵は入隊以来内地出身の戦友と共に軍務に精励恪勤《かっきんよ》克く衆の模範たりしのみならずその戦場における勇猛果敢の行動と至誠尽忠の精神とは真に軍人の亀鑑《きかん》と謂《い》うべくその武功抜群なり、仍《よっ》て茲《ここ》に感状を授与す。　昭和二十年一月六日軍司令官。

（朴村上等兵）朝鮮平安北道渭原郡鳳山面古堡洞八四の出身、郷里の国民学校初等科を卒えるとすぐ平壌第一陸軍志願兵訓練所に入り昭和十七年十二月同訓練所を終了、翌年十二月入営し前線で活躍中であった。半島出身者に対する個人感状はこれが最初である」

「その朴村官彬というのは私のシンルイてす。私は日本語《ニポンコ》はよめないけと、かいていることはしっています。タイショーホータイピに繰込場《クリコミバ》で労務《ローム》の人かその新聞をよんたのをきいて、わかったからたのんてもらったのてす」仲代庫男が読み終えると同時に、「私のシンルイた」と朴本庠圭は繰返した。

「その人がおじさんの親類。……」

　倉林誠は声をあげた。

「シンルイてす、親の親が兄弟《キヨタイ》てす、その朴村官彬も子供《コトモ》のときしっとる」よめない新聞記事を指して朴本庠圭はいった。

「感状上聞ですね」仲代庫男はいった。

「これ持ってタメてしょうか」

「これをどうするんですか」

「これを警察に持っていって、準沢をかえしてくれといったらとてすか」朴本庠圭は体をのりだして仲代が持っている新聞の切抜きをみた。

「本当に、それ持っていったら、警察も何にもいいきらんかもしらん」倉林誠はまた声をあげた。

「これを労務《ローム》に持っていってたのんてもらったら」朴本庠圭はいった。

「労務に」という仲代庫男の声の後に重ねて「ロームはタメ、ロームに持っていってもパカにするよ」とマーチェイが強い声でいった。

「労務より直接警察に持っていった方がいいですよ」という仲代庫男の言葉に倉林誠はかぶせた。

「先生、今夜それを警察に持っていって下さい。そうせんと朴本が可哀想だけん、おれもいきます」

「うん……」仲代庫男はためらった。

「先生そうして下さい」倉林誠はいった。

「うん、そりぁいいけど」

「先生《シエンセー》にいってもらったらイチパーンいいけと、それても迷惑たから」朴本庠圭はいった。

「よし、私がこの新聞持っていってみます、なんとかたのんでみます」マーチェイのすがりつくような眼にこたえて、仲代庫男はいった。

「朴本をすぐつれてくるから」倉林誠はいった。

「すぐは無理かもしらんけど、なんとかいってみます。……この方の親の親が兄弟だというと、おじいさんが兄弟ですか」仲代庫男は新聞の切抜きをもって立上った。

「そてす。おちいさんとおばあさんが兄弟《キヨタイ》てす。そいってくたさい。兄弟《キヨタイ》たからシンルイてす。そいってくたさい。たのみます」急に明るくなった声で朴本庠圭はくり返した。

「先生よかったですね、新聞をだす時、模範鮮人のこともいわれたらよかですよ」朴本の納屋をでるとすぐ、すでに朴本準沢の釈放が確定したような調子で倉林誠はいった。

「たのんでみないと、まだ何というかわからんよ」仲代庫男はいった。

「先生、先生は牧野吉晴という小説家をしっていますか」仲代庫男の気持とは別のところで、倉林誠はまたはしゃいだ声をだした。

「牧野吉晴、しっとるけど、それがどうかしたのか」

「朴本はその牧野吉晴という人のかいた小説をよんで、全部嘘ばかりかいてあるというとったんですよ、それで心配しとったんです」

「さっき、朝鮮人のかいた小説を朴本がよんどるといったのはそれか、牧野吉晴は朝鮮の人じゃないぞ」

「いいえ、それはちがうとです。それはまた別のことですが、その名前は忘れました。そいでもその牧野吉晴という人のかいた小説のことは朴本から筋をきいたからおぼえとるんです」朴本準沢がよんだ本について、もう知っていることを全部いってもさしつかえなかろうというふうに倉林誠はいった。「筑豊の中鶴炭鉱のことをかいとるというんです。中鶴炭鉱に戦争がはじまって朝鮮から渡ってきた労務者のことがかいてあるらしいとですがうまいことかいてあって……」

「うまいこと?」仲代庫男は言葉をはさんだ。

「朴本がいうたとです、そりゃ中鶴炭鉱ではそうかもしらんけど、ここではまるっきり徴用鮮人はちがう、この小説には本当のことはかいてない……朴本はそういうとったとです」朴本準沢からきいたことを倉林誠は自分の言葉にした。

「ふーん、何という本、それは」

「いえ、それは雑誌です。そういうとりました」

「雑誌、何かな」仲代庫男は最近の雑誌小説を思いうかべた。

「朴本はいろいろよんどるから……おれとは代数と物理を一緒に勉強しとったとですが」

「倉林はここからかえれ、警察にはおれ一人でいってくる」三区の詰所から海岸にでる分れ道のところで仲代庫男はいった。

「そうですか……」倉林誠は不服そうに立止った。

「なんとか警察にはたのんでみるから……あ、それから朴本が警察につれていかれたことは誰にもいわん方がいいぞ。お前の家の人にもいうな」

「誰にもいいません。そいじゃ先生たのみます」倉林誠は頭を下げた。

「大丈夫だ、なんとかたのんでみる」同じことをいって、ゆるい坂の石段を仲代庫男は曲った。

彼はかけ足でその坂を下り、奥浦町にいく渡しを兼ねた船着場を見下す地点に建っている「戸島炭鉱本坑警部補派出所」の表札をちょっと見上げて入った。

3

新聞のことを警察はなんといいましたか、準沢はもとりますか。一銭銅貨《イセントーカ》のことをしらないかとロームてシラぺられたけと、しらないといったら、しらないことはないといわれた。しってることはいえ、いわないと、いくらモハン鮮人ても水をとめてしまうともいわれた。なにもしらないからしらないといったら、火葬場《カソーバ》のこともしらないかといわれた。一銭銅貨も火葬場のこともしらないといったら、息子がしっているのにしらないかといわれた。準沢は火葬場で何をしたのですか。一銭銅貨のことは何にもわからない。新聞をみせてもタメですか。ともね……昭和十一年に内地にきたというのに殆ど濁音を発音できぬ朴本庠圭がくり返した言葉を一つ一つ反芻するような足どりで、仲代庫男は本坑病院から技能者養成所につづく朝の道を歩いていった。新聞を警察にもっていった結果を、昨夜また四区の朝鮮人納屋まで報告にいって、朴本庠圭からふるえる声で訴えられたのである。

「先生」背後から声がかかって、仲代庫男がふりむくと、倉林が病院の門の内側からとびだしてきた。

「先生、一昨日の晩は、警察どうなったんですか。昨日仕事のかえりに先生の寮によったけど、おられんやったから」

「昨日は学校にでて、仕事しとったんだ。それからまっすぐ朴本の家によったからおそくなった」

「朴本はまだかえらんけど、一昨日の晩警察は何というたんですか、あの新聞持っていっても駄目ですか」

「うん、一昨日の晩はね……」と、仲代庫男がいいかけたとき、「やあ、仲代君お早う」と声をかけて、岩松助手が横に並んだ。

「あ、お早うございます」とこたえて、仲代庫男はまた後でというふうに倉林をみた。

「一昨日は活躍したそうだな、仲代君は」倉林がかけ去るのを目で追て岩松助手はいった。

「は……」ぎくっとして仲代庫男はいいよどんだ。

「朴本のことで、わざわざ警察まで出むいたそうじゃないか」何もかもしっているぞという調子で岩松助手はいった。

「は、いきましたが……」

「いや、昨日ね、警察から電話がかかってきたらしくて、おれが課長からよばれてね」

「労務課長が何かいったんですか」

「いや、別に、君の活躍ぶりをきいただけだけどね……」岩松助手は急に話をそらすような口ぶりになった。

二人はそのまま黙ってせまい校庭をよぎり、養成所の職員室に入った。

「あ、仲代君、一昨日大変だったそうじゃないか」挨拶をして、仲代が机の上にカバンをおくとすぐ、庄野係員が岩松助手と同じことをいった。

「何かあったんですか」庄野係員と仲代の方を交互にみて小野係員がきいた。

「朴本の釈放をねがいに仲代君が警察にいったんですよ」庄野係員はずばりといった。

「そんな……」仲代庫男は制した。それはそうだけどそんなにいっぺんにいわれてしまっては困るという思いで。

「ほう」小野係員はいった。

「朴本の釈放というと、どうかしたんですか」一昨日の午後いなかった化学を教えている用度課の久米係員がいった。

「朴本が警察にひっぱられたんですよ。何か変なことをいって……」岩松助手は面倒臭そうに説明した。

「それで朴本は」釈放されたかというように小野係員はきいた。

「朴本が無罪だという有力な証拠を持っていったらしいが、仲代君何を警察に持っていったんだ」庄野係員はいった。

「何もそんなことでいったんじゃないんです。事情をききにいったんです」新聞記事のことはしらないのだな、と仲代庫男は思った。

「変なことって、朴本は何をいったんですか、そんなひっぱられるようなことをいったとですか」久米係員はいった。誰もそれには返事をせず、庄野係員がまた何か仲代の方をむいていいかけた時、「仲代君、ちょっと」と、谷田技師がよんだ。

「君、今日授業は」仲代が席の前に立つと、谷田技師はきいた。

「二組の数学ですが」

「誰か授業のない人にかわって、労務にいってくれないか」

「労務に？」

「うん、課長が会いたいらしいんだ」

「何ですか」

「いやよくわからんけど、朴本のことを何かききたいんじゃないかな。昨日事務所によったとき、会いたいからよんでくれといわれとったから。……それから今日昼から職員会議をやるから」

「じゃいまからすぐ」

「すぐでなくていいかもしらんが、いやすぐの方がよいかもしれん、もう労務課長はきとるかもしれんし」

「今日職員会議やるんですか」庄野係員が声をかけた。

「今日やります」きき耳をたてなくても当然職員室いっぱいにきこえるのだが、庄野係員の不遠慮な調子に反撥して、谷田技師は言葉を切った。

「それじゃ、今からすぐいってきます」仲代庫男はいった。

「ご苦労さん」谷田技師は応じた。

「仲代さんも、朴本のことで大変だな」わざと揶揄《やゆ》するようにさんづけでよんだ岩松助手の声を後に、鞄から弁当をだして宮内事務員の坐っている前の棚にのせるとすぐ、仲代庫男は養成所をでた。

本坑労務課長のいる事務所までは養成所から約十五分ほどかかったが、その途中、朴本準沢のことで労務課長は何をおれにききたいのだろう、あのしゃべる時眼尻《まなじり》を顫わせる警部補は、電話で一昨日の夜のことを一つ一つ労務課長に報告したのだろうか、と考えながら仲代庫男は三等社宅の間を通ってぬける近道を歩いていった。

一昨日の夜、「誰かおられませんか」といって警部補派出所の受付に立った仲代庫男の前に、「なんだね、何ですか」と、一つの言葉を別々の調子で使いわけてクリーム色の半ズボンをはいた男がでてきた。

「朴本準沢のことで、ちょっとおねがいがあってきたんですが」仲代庫男はいった。

「あんたは誰だね」男はいった。

「私は、仲代といいます。炭鉱の技能者養成所の教員をしているんですが、どなたか責任者の方に会いたいのですが」

「あんたと朴本とはどういう関係」明らかに自分が責任者だといった調子で男はいった。

「朴本は養成所の生徒です」

「ああ、先生だったね、それで朴本についてたのみというのは何ですか」養成所の教師ということと目の前にみる仲代の年齢が結びつかないらしく、言葉の調子をひどくちぐはぐにして男はいった。

「はあ、それで……」シャツの胸ポケットに入れた新聞切抜きを仲代庫男はだそうとした。

「まあ、上んなさい。今日はもう仕事を終えたところでね、当直はいまちょっとでとるし、誰もいないんだが」といいながら男は受付台の横の開き戸をあけた。

「どうもおそく」仲代庫男は男がうながした椅子に坐った。

「暑くてねえ」といって、男は海の方に面した窓の防空幕をしめ、それから同じく黒い被いをつけた机の上のスタンドの明りをつけた。

「畑中警部補です」そのスタンドの明りに浮きでた白いシャツのボタンをかけながら、机をはさんで向いあった男はいった。

「は、私は仲代です。仲代庫男という者ですが、朴本がこちらにきているときいたものですから……」ちらと上目づかいにみる畑中警部補の視線を仲代庫男はうけた。「事件は何かよくわかりませんが、朴本の家の人が大変心配していて、ぜひおねがいしてくれというものですから」

「何をたのむんですか」畑中警部補はいった。

「ええ、できるなら朴本を許していただきたいんです。朴本の父親の朴本庠圭は模範朝鮮人の手帳もうけていますし、それからこんなものを参考になるかと思って持ってきたのですが……」仲代庫男は新聞の切抜きを前にだした。

「何ですかこりぁ」畑中警部補はつまみあげるような手つきでその切抜きをとった。

「その感状をうけた兵隊さんが朴本の家と親戚に当るんです。朴本のお父さんがその人とマタ従兄弟にあたるというんですが……」

「感状に免じてというわけですか」畑中警部補はその切抜きを全部読みもしないで言葉を途中から奪った。

「いいえ、免じてというわけじゃないですが、そういう家ですから、朴本は決して何か変なことにまきこまれたりはしないといっているんです」

「あんた、朴本の事件をしっとるんですか」

「いえ、別に……」谷田技師が養成所で、話が話だからここだけのことにしてもらいたいんだといって語った事件をしっているといってよいのかどうか迷いながら、仲代庫男は曖昧にこたえた。

「しらんのですか」畑中警部補はたたみかけた。

「ちょっと二坑の徴用朝鮮人のことと関係があるとは養成所でききましたがくわしいことはしりません」労務課がしっていることはわかっているのだから、それ位ならよかろうととっさに判断して仲代庫男はいった。

「養成所？」まあいいだろうというように畑中警部補は呟き、それから挑発するような口調になった。

「あんたは何か朴本と特別な関係があるんですか」

「特別な関係といいますと」

「いや特に朴本のことを心配されるような、そういうことです」

「別に」

「養成所以外で朴本とつきあわれるようなことはなかったんですか」

「別にないですが」

「ふーん」畑中警部補はちょっと意外だという顔をした。その顔から「本を貸したりしたことも」という言葉がつづいてするりとでた。

「ありません」仲代庫男はいった。

「ふん」畑中警部補ははっきりそれとわかるように鼻を鳴らした。

三等社宅の外れの石段を上りきり、斜坑入口のみえる急勾配の坂道を下りる途中で、あいつの態度はあの時から妙になったと仲代庫男は考えた。何か今からもう一つ仕事をしてやれという目つきをして、それから畑中警部補は奥の部屋にいき、数冊の雑誌を手にしてあらわれた。

この頃の特高は頭がよくないな、なにかというとすぐ小さいところでひっかけようとする、橘《たちばな》孝三郎がマルクス主義を批判していて、というと、マルクス主義をおよみですかとくるんだからやりきれん、という桜井秀雄の言葉が不意によみがえってくる。斜坑からでてきた空のトロッコをひいた電気牽引車の運転手がふりむき、何か大きな声で叫んだ。

「この雑誌しりませんか」畑中警部補は机の上においた雑誌を仲代の前につきだし、またするりとした言葉できいた。

「この雑誌はしっています」目の前におかれた雑誌を手にとって仲代庫男はこたえた。

「あんたのですか」

「いや、この『新若人《しんわこうど》』はしっているといったんです。僕のじゃないです」仲代庫男はちょっと表情をくずした。

「あんたのじゃなくても、朴本にこういう雑誌があると教えたんじゃないですか」仲代の表情にひどく傷つけられたような声を畑中警部補はだした。

「話したことなんかないです、朴本にきかれたらわかります。第一この雑誌はずっと最近まで本屋にでていたんじゃないですか」畑中警部補の調子にむかっとして仲代庫男はきり返した。

「そんなことはわかっとるがね」畑中警部補は体をのりだして、雑誌の頁《ページ》をめくり、指でつついた。

「その赤線の引いてあるところだ。朴本がひっぱっているんだがね」

「『半島』という小説ですね」仲代庫男は自分の声をおさえた。さっき朴本の家からでてきた時、朴本はその牧野吉晴という人のかいた小説をよんで全部嘘ばかりかいてあるといっとったんですよ、といった倉林誠の言葉が雑誌に引かれた赤鉛筆の傍線とともに鋭く彼の胸に迫ってきたからである。

「よんだことあるでしょう」畑中警部補の声はぬらりとした抑揚になった。

「この雑誌はみているけど、この小説はよんだことはありません」仲代庫男はこたえた。

嘘をいうなという目つきを、一瞬他の方向に畑中警部補は切替えた。そしてその中の一冊をとりあげて赤線の引かれた部分を指さした。「よんだことがなければ……そこのところをよんでみませんか、面白いですよ」

仲代庫男はその雑誌を手にとった。

「現在中鶴炭鉱には、××名の半島鉱員がいるが、曽《かつ》て、只一人の逃亡者も出していない。何《いず》れも内地鉱員に劣らぬ増産の熱意に燃えて働いている。少くとも指導如何《いかん》によっては、彼等が優秀な模範鉱員として、内地鉱員に伍《ご》して、一歩ゆずらぬ気構えのうちに、大きく成長して行くであろうことが予想される。これは、半島労務者の能率が、一般に低劣であるという概念を打破して余りあることで、むしろ朴訥《ぼくとつ》単純であるだけに、指導如何によっては、その労働力は高度に発揮されると信じられる。かかって、彼等を導くものの愛情の問題にあると思う」という文章に引かれたひどく不器用にかすっている赤線が彼の目にとびこんできた。

「まだありますよ」仲代が読終るのを待つようにして、畑中警部補は後の方から雑誌の頁をめくり、「朴本が引っぱったんですよ」と前と同じことをいった。

強制されるような形で、仲代庫男はまた開かれた新しい赤い傍線のつけられた部分を目で読んだ。

――《訓練生は、その言葉に緊張した顔をゆるめてあぐらをかき、じっと加藤教師の次の言葉を待つ様子である。

「はじめて坑内に入って怖くなかったか」

一同は声を和して何か言った。

「怖くはなかったそうであります」

金原青年が一同に代って答える。

「怖くはなかった……。それは偉い。では腹はへらなかったか」

「へりました」

誰かが国語で答えた。と、くすくすと笑声がおこった。

「そうか、腹がへるのも無理はない。内地へ来てから、はじめて君たちは労働らしい労働をしたわけだからね。で、どうだね、仕事は苦しかったか、つらかったか……」

口々に彼等は何か叫んだ。ひどく意気込んだ調子である。

「内地へ来たのは遊びに来たのではなく、働きに来たのだから、仕事は少しも苦痛にならない。もっともっと激しい労働でも、平気です。人のやることだったら、どんなことでも出来ぬはずはないと思う、とこの様に言っております」

通訳する金原青年も、早口で息をつまらせて言った。一同の感慨を代表して伝えようという意気込みがみえて、私は思わず微笑を禁じ得なかった。

「精神一到何事か成らざらん、という教えがあるが、確かにその気組だったら、君たちは立派な皇国の産業戦士だ。ところでどうだ、坑内に入って耳が痛くならなかったかね。坑外と坑内では空気の圧力が違うから……」

彼等はお互いに何かぶつぶつ話しあっていたが、やがて、

「働くのが嬉しくて、そんなことは考えなかった」と、答えた。

「真暗な岩穴の中のことだから、天井から何か落ちてくるような気はしなかったか。そして頭

が重くなる者はいなかったかね」

この問いにも彼等は、少しもそんな心配はしなかったし、頭も重くならなかったと答えた。

「いや、そんなら結構だ。諸君たちは、精神も肉体も健全だから、何らの杞憂を感じなかったのだ。でも、何か一つ位困ったことはありはしなかったか、遠慮なく言ってごらん……」

誰かが小声で何かいうと、一同がしのび笑いをもらして、加藤教師の顔を仰いだ。

「小便に困ったそうであります……」

金原青年が笑いながら通訳した。

「そうか、小便をするのに困ったか、成程ね、ではうんこがしたくなった者はいないか……」

加藤教師が笑いながら言った。通訳を待たないで、がやがやと何か言うと、彼等は声をあげて笑い出し、

「うんこのことは忘れていたそうです」

金原青年はいかにも可笑《おか》しそうな口振りで言った。——まるで子供と一緒になってはしゃぐ、幼稚園の和《なごや》かな一刻を見せられる思いで、私は老教師と半島訓練生との対話をしばらくの間楽しく聞いていた》——

「うんこのことは忘れていたそうです」とこたえた小説の中の「半島からきた訓練生」の言葉がまた、「坑内でニンニクの糞の匂《にお》いがするとおれはいつも自分のことを考えるんだ」といった高善烈の険しい顔を仲代庫男の中にひきだし、彼の足下の線路を通る電気牽引車のグルング

ルンというエンジンの音が急に鈍い空転するような響きに変った。

「その雑誌の赤線だけで単独の、独立した事件として扱えるんだ。そんなどこから切抜いてきたかしらんが、新聞の切れっぱしで簡単に釈放なんかできんよ。……」

「あんた失礼だが、どこの学校出身、兵隊は」「あんたおかしな人だな」

「赤鉛筆でシルシをつけても犯罪にはならんといわれるんだね、そういういい方はおかしいよ」

「何を考えて朴本準沢が赤線を引いたか、あんたならどう思う。……」

「朴本は何もその小説に反対して赤線を引いたのじゃないというんだね、何も僕は反対してといってるんじゃないよ。反対といったのはあんただ。あんたが反対といったんだ」「あんたは少しむきになりすぎゃせんかね」「失礼だが、君の家族は……」「失礼だが、その満州にいるという君のおやじさんの職業は」「なに、わからん、わからんということはなかろう」「何も誤解しちゃおらんよ、しかしこっちも商売ですからな」「空襲にあったから帰郷した、そして学校には戻らんでこの炭鉱にきた、それで入営延期ね、ふーん。……」

「なんなら一度ゆっくり話合ってもいいですよ」

畑中警部補の鈍いからみつくような声がたてつづけに彼のこめかみのあたりを衝つ。斜坑のレールにまたがった鉄の架橋をわたると、すぐ前に、本坑の事務所が褐色の濃い迷彩をして建っていた。

「課長は」ときいた仲代庫男に、労務課の入口の机に坐っている高等科をでたばかりの女給仕が、「課長さんはきとられますよ。陣頭指揮で早いから」と首をすくめた。

「お早うございます。養成所の仲代です」開け放たれた労務課長室の入口に立って仲代庫男は声をかけた。

「ああ、仲代君か、どうぞ」という課長の返事がして、何か報告をしていたらしい係員が仲代庫男と入れちがいにでてきた。

「どうぞ」養成所の教員だが、炭鉱の正式の職制についていない仲代に対して、けじめをはっきりつけるように、ひどく丁寧な口調で江下労務課長はいった。

「朴本のことで、何か」仲代庫男はいった。

「朴本、ああ、あれは片づいた。その話じゃないんだがね、まあ坐って下さい」江下課長はふたたび前の椅子にうながした。

「片づいた、といいますと」椅子に腰をおろして仲代庫男は江下課長をみた。

「朴本に話したという男が今朝逮捕されたはずだ。二坑の李山根錫《りやまこんしやく》という坑夫だがね、これで片づくんじゃないか」一年程前、東京本社から直接派遣されてきたという若い労務課長はこともなげにいった。

「そうすると李山根錫という男が……」

「事件のことは谷田君からきいたろう。そいつが事件の中心人物かどうかはしらんが、とにかく朴本が白状したんだからあとはもう簡単だよ」

「朴本が白状したんですか。朴本もあの事件に関係があったんですか」仲代庫男の声はうわずった。

「直接関係があったかどうかしらんが、その男のことをしっていたんだからね」江下課長はこたえ、それはそれだがというふうに、ちょっと間をおいて別のことをきりだした。

「どうだ君、労務課に勤めないかね」

「労務課に、僕が？」仲代庫男はびっくりして反問した。

「いや、はっきりわからんがね。大体養成所は近く休むことになったんだ。休むといっても、解散と同じだがね。それで君のことを考えたんだが、このまま養成所にずっと勤めるつもりでいるのなら、この際はっきり正式に労務課の人になってもらったらどうかと、副長に話したんだ。臨時のまま労務課に入ってもらうわけにもいかんし、もし君にその気があれば、と話し合ったんだが……」

「まだ学生ですし、学校のこともどうなるのかわかりませんから……」仲代庫男はこたえよどんだ。先生は労務課じゃないから、という倉林誠の言葉をとっさに思い浮かべながら、その言葉と重なって朴本準沢が白状して二坑の坑夫が逮捕されたというついいまさっききいた事実が彼の中でひどく収拾のつかぬ動悸になってうちはじめた。

「徴用のことが心配なのかね。正式の職員になると自動的に徴用が発令されることになるけど、将来君がもし学校に戻りたいなら、そこはまた何とか考えてもいいよ。大体もうこうなったら、徴用も、非徴用も同じだからね……」

「いえ、そんなことじゃないのですが……」

「仕事のことは何も気にすることはないよ。当分係員待遇ということにして、僕の部屋にいてもらってもいいし、少しなれたら作業配置のことをやってもらってもいいんだ。君は前に二坑にいたんだし、ここの事情はくわしいはずだから、うまくいくと思うんだ。副長は坑務の方にまわせといっとったけど、僕ががんばったんだ。……それとも労務はいやかね」仲代の心の動きとひどくかけはなれた滑らかな口調で江下課長はいった。

「考えてみます。正式に入籍するということになると、やっぱり家にも相談しないとなんですから……」もしおれが労務課に入ったとしたら高善烈は何というか。ロームのヤンパンは悪いね、ハライターイの証明書持っていったのに、パカタレと怒鳴《トナ》るのたからね、と泣いていた崔《さい》川《かわ》春雄は何というか。ロームの人は無茶するよ、なんてもかんても出《テ》ろ出《テ》ろ出《テ》ろというのたから、足みなさいこんなにはれとるのに、寮の部屋にねていたら出《テ》ろ出《テ》ろ出《テ》ろと叩《たた》きおこすのたから、タイナマイト持っていくよ、とびっこをひきひき彼からダイナマイトを受取った余本俊泉は何というか、と思いながら、仲代庫男は江下課長の言葉をうけた。

「それはそうだ。相談して君の考えがきまったらそういってくれ給え」江下課長はすでに承諾を得たような口調でいった。

「養成所はいつからやめになるんですか」どんなことになっても絶対に労務課には入らんぞ、と仲代庫男は心の中で叫んだ。

「早ければ今日明日だが、おそくても今月いっぱいだな。所長が本社からかえってくればすぐきまるよ」

「さっきの話ですが、朴本は釈放されたんでしょうか」仲代庫男はつとめて声を静めてきいた。

「さあ、まだ朴本は釈放されんだろう。逮捕された坑夫が何というかわからんが、その坑夫だけですむとは限らんからね。一人ではやれん事件だから、どうせ次々にまたひっぱられるだろうが、それまで朴本は戻れんのじゃないか。子供だから何だけど、いっぺんだしてしまうと、連中に連絡がつく恐れもあるし……この事件は拡大するよ。とても本坑の警部補なんかじゃ扱いきれん、僕はそうにらんでいるんだ」これで片づくんじゃないかという前の言葉とはまるで裏腹に江下課長はいい、それからまた思いだしたようにつづけた。「あ、君はあの警部補と会ったんだったね。どういう男か調べてくれなんていってたよ。大分君からやられて頭にきたらしくて、くどくど何かいってた。はっはっ。あ、それから君が持っていった新聞、感状をもらった半島の兵隊のことは、何といってたかな。……そうそう面白いことをいってたよ。感状が上聞に達したはじめての半島の兵隊だという意義はみとめるが、朴本と親戚かどうかははっきり証拠がないというんだ。第一名前がちがう。感状をもらった兵隊は朴村という苗字だが、朴本とはちがう、何かそんなことだったな。あんまり馬鹿馬鹿しいので、深くききもしなかったが、なにかそういうことだった。面白いじゃないか、朴は朴でも、朴本と朴村になったから親戚じゃないという理屈は、はっはっはっ」

「それじゃかえります」仲代庫男はいった。

「ああ、返事はなるべく早い方がいいよ」肉づきのよい両方の手の甲を無意味にながめる目つきをして、笑いの消えぬ声で江下課長は応じた。

第四章

1

〈七月二十六日、木曜日の夜、十一時〉

警戒警報解除。茂木《もぎ》の親類の者が持ってきた生卵が枕元に一つ。私は本当は茹《う》でた方が好きだけど茹でたら何にもならんという兄貴医者のいいつけで仕方がないのです。その卵もこれからは時々しか持ってこられなくなると咲ちゃん（今まで三日に一度ずつ持ってきていた親類の子）がいったとかで、母が悲観していました。しかし実のところ私はあまり欲しくないのです。いつも動員にいっている弟がたべたくてたまらないくせに、生卵がすすれないなら茹でてやろうかなんていったりするからなんともおかしいような可哀想な気がします。今日は朝から警戒警報の連続で何にも本をよみませんでした。お休みなさい。

〈七月二十七日、金曜日〉

女学校の時の友達の土屋弘子さんが見舞にきました。昼から代休（土屋さんは石炭配給所に勤務）をとったとかで、開口一番「あんたメカちゃんが戦死したそうよ」というから、「メカちゃんて誰」ときいたら、「あら、通子さんと女学校の時、文通していた人じゃないの」と御回答。

予科練で訓練中戦死だとか。弘子さんのその後の言葉がふるっています。「ああ、私も戦死でも何でもかまわないから文通する人がほしいな」よっぽど私が仲代さんと日記を交換していることを話そうと思ったけどやめました。弘子さんは昔からちょいとおしゃべり気味でしたからね。弘子さんとあんまり夢中でしゃべったので疲れました。あの人何しにきたのかしらんと後で母がおかんむり。

〈七月二十八日、土曜日、夜八時、熱三十八度〉

今日あたりくる頃だと思うけれど、仲代さんから音信なし。

『若い人』をよむ。もう幾度もくり返してよんだ小説だが、今日はなぜか江波恵子の気持も、橋本先生も間崎先生も、全部が空々《そらぞら》しい。五年B組の江波恵子が書いた課題作文の『雨が降る日の文章』はいつも私を激しい気持にかりたてるのに……。「私が要求したものは雨が降る日の文章だったのに、貴女《あなた》は嵐の日を書き上げた。それは既に書かれてしまったのだ」という間崎先生の評も、以前はひどく感激したのに、今日はなんとなくキザにきこえる。警戒警報発令。

面白いお話を一つ。今日医大に薬を売りにきたといって兄貴が持ってきました。何だと思いますか。「結核、肋膜《ろくまく》の早期治療に、心臓の強化に！　貴重動物臓器薬、神州丸」いやしくも医学生のはしくれである兄貴が特配をうけたような顔をして持ってきたのだからおかしいでしょう。

〈八月一日、水曜日〉

仲代さんからあまり手紙がこないので、前の手紙をだして一日中繰返してよんでいました。

その中で朴本という人が警察からでてから一週間になるとかいてありますが、どんな事件で朴本さんは警察にいっていたのですか。元の職場に戻らず、坑内にやられたというのは、どういうことですか。よんでいるうちにだんだん胸さわぎがしてきました。その日の出来事を交換しようと約束してから仲代さんからまだ二度しか手紙はきていません。いい忘れましたが、七月二十九、三十、三十一日は具合がわるくて書けなかったのです。それ以外は全部私の方は書いていますよ。明日まで仲代さんの手紙がこなければ、まとめてこちらからだします。今日はかきたいことがいっぱいあるけど、母がみているのでこれでやめます。

〈八月二日、木曜日〉

とうとう仲代さんから今日もこない。郵便屋さんばかり首を長くして待っていたのに。でもきっと明日はくるのでしょう。この手紙をだすときっと入れちがいにくる。ださないからこない、とそう考えて八日分（実際は中三日休んだから五日分）をだすことにします。今日もずっと仲代さんからきた前の手紙をよんでいました。労務課をことわって坑務にいくようになって、その仲代さんにすすめた労務の課長さんは何にもいわれなかったんですか。仲代さんがやっているという坑内点検というのはずっと一日中坑内にいるのですか。ガスとか坑木とか調べる仕事とかいてありましたが、どうして調べるのですか。もしかしたら坑内で怪我でもされたのではないかと心配です。黙ってねていてなんだか仲代さんに悪いような気がします。昨日の夜ラジオで東京管弦楽団のモーツァルトをききました。その後で「特攻機を造る学童たち」の録音。

どちらも感動しました。仲代さんはラジオをきいていますか。では又、どうか明日はこの手紙といれちがいに仲代さんの日記が、五日分でも三日分でもとどきますように。お体をくれぐれも大切に。……

「仲代さん、さっきからえらい深刻によんどんなさるが、ラブレターとちがいますか」坑内の笹部屋（道具部屋）の隅で、芹沢治子からきた手紙を読んでいる仲代庫男に、ついさっきまで同僚とさかんに猥談《わいだん》をしていた吉森坑務助手が声をかけた。

「そんなもんじゃないですよ。今日の昼坑内に入りがけに受取って、読む暇がなかったから……」仲代庫男はその手紙を折たたんで作業衣のポケットにしまいこんだ。

「そんなにムキになるところが怪しか」吉森助手がいったので、笹部屋にいる坑務の助手連中がわっとはやしたてた。職制からいえば係員補ということで一つ上級になっている若い仲代庫男をからかうという気持と一緒に、すでに仕事を終えて昇坑人車に乗るのを待つばかりだという気安さがよけい彼等をはずんだ声にさせていたのである。

「ああ、キュウッと一パイやりたかねえ」坑夫たちからかげで「赤鼻」とよばれている坂口助手はいった。

「キュッキュッとね」吉森助手は相槌をうった。

「母ちゃんのチュウチュウで我慢しとくさ」と「トッポ烏賊《いか》」の市瀬助手は口をつきだした。

「あなた、今日は闇を買えなくてわるいから、私のチュウチュウで我慢してね、ね、坂口さん」

川尻助手はいった。

「あら川尻さん、あんたチュウチュウこれで三発目よ」と坂口助手が直ちに切返すように応じて、皆がどっと笑った。川尻助手はあまりしつこいので奥浦の女郎屋から「三発」というあだ名をつけられていることは誰でもしっていた。

その時その場の空気を別のものにおきかえるように六時をしらせるブザーが鳴り、つづいて昇坑口の方で「人車がでるよぉ」という声が上った。

「さあ、一目散でチュウチュウしにかえらにゃあ、ね、川尻さん」今までの空気を惜しむように坂口助手がいって、皆はぞろぞろと笹部屋をでた。

坑務助手たちの次にかたまっていた日役の坑夫たちが乗り、人車のロープが巻上げられはじめると同時に、急に外の空気にふれたような顔になって「広島におちた新型爆弾というのはどういうもんかな」と市瀬助手がいった。

「新聞にでとったな」坂口助手はいった。

「大型爆弾じゃろう」吉森助手はいった。

人車を引く鉄のロープを軸受するレールの間の小鉄輪がキッキッという摩擦音をたて、仲代庫男は疲れた体を無蓋《むがい》のトロッコにゆだねて「本当におれの手紙といきちがいになったのだ」と考えた。芹沢治子から質問してきた通り、朴本準沢の事件そのものについてはその後の手紙でも何にもふれていなかったが、つい三日前、その事件とは別に実際坑内に入るようになって想像以上に朝鮮人坑夫の労働は激しいこと。前に二坑の道具方にでていた時もひどいとは思っていたが、この頃はそのひどさの質がまるでちがうこと。特に徴用朝鮮人の労働条件は普通では考えられぬ位悪いもので、もし戦争を遂行し、天皇を守るという目的がなければ、とても考えられぬようなものであることなどをかき送っていたのである。

「落下傘つきで落ちてきて空中で爆発するとかいてあったが、空中で爆発したんじゃ被害はあまりひどうなかろう」

「そいでも相当の被害とかいてあったぞ」

「爆風でやられたのとちがうか」

「白い布を頭からかぶっとれば大丈夫だとかいてあったな」

斜坑を昇っていく人車の中で坑務助手たちの声は丸い天井のコンクリート壁からはね返ってくるようにつづき、「戦争は天皇を防衛するための手段だと考えればいいんだ。頭の悪い奴は戦争と天皇を同じ方法でとらえようとするんだな、だから戦争の原因をおしつめていくと、天皇そのものまで否定するという矛盾をおかしてしまうんだ。そうじゃない、どだい戦争遂行の過程で矛盾がでてくると、天皇にしわよせするというのはおかしいよ。資本主義を叩きつぶさねば戦争遂行のための生産力がうまく手段化しないということはわかるよ。しかし天皇と資本主義はまるで次元がちがうのだからね……」という桜井秀雄の声を、自分でもびっくりするように仲代庫男は思い浮かべた。しかし彼は朝鮮人の問題は何にもしらなかったのだ。もし桜井秀雄が坑内で働いている徴用朝鮮人坑夫たちをみたら何というだろうか、ナチスの民族政策を明快な論法で分析したように、やっぱりこの「同胞」の、同じ日本人の朝鮮人である坑夫たちの生活と労働をみてはっきりした結論をだすことができるだろうかという疑問がつづく。「同じ日本人の朝鮮人」だというおかしな自分の中の表現とともに、いまなぜ桜井秀雄のことを考えねばならんのかという吐きたいような屈辱と苛立ちを感じながら。

「なんだ、ありぁ、何かあったんか」坑口をでたとたんに、安全灯の事務所の前に集っている人々をみて吉森助手は叫んだ。

「ラジオだ。大本営発表やろう」坂口助手はいった。

「それでもふだんより人の多かごたるぞ」吉森助手はいった。

繰込場の方にまわる坑夫たちと別れて、人車から降りるとすぐ坑務助手たちは自分たちの事務所にむかったが、「やっぱりラジオで何かいうとる」という川尻助手の甲高《かんだか》い声をきっかけにして皆走りだした。

「くりかえします。

大本営発表八月九日十七時。㈠八月九日零時頃よりソ連軍の一部は東部及び西部満ソ国境を越え攻撃を開始し、またその航空部隊の各少数機は同時頃より北満及び朝鮮北部の一部に分散来襲せり。㈡所在の日満両軍は自衛のため、これを邀《むか》え目下交戦中なり……」

「どうした、何やラジオは」はじめにかけつけた坂口助手がきいた。

「ソ連が宣戦布告した」ご苦労さんともいわずに横にいた松前労務助手が低い声でこたえた。

「どうしたんだ」労務課長の部屋におかれたラジオをかこんで異様に緊張した事務所の人々の顔をみて坂口の後からきた吉森助手がきき、誰かが「シイー」とその声を制した。

「つづいてソ連の帝国に対する宣戦布告文をよみます。

ヒットラードイツの敗北並《ならび》に降服の後日本は依然として戦争の継続を主張する唯一の大国となった。日本武装兵力の無条件降服を要求した今年七月二十六日の三国即《すなわ》ちアメリカ合衆国英国並びに支那の要求は日本の拒否するところとなった。

従って極東戦争に対する調停に関するソヴエート連邦に宛てられた日本政府の提案は一切の基礎を失った。調停に関する日本の降服拒否を考慮し連合国はソヴエート政府に対して日本の侵略に対する戦争に参加し戦争終結の時期を短縮し犠牲の数を少くし全面的平和を出来る限り速かに克服することを促進するよう提案した。ソヴエート政府は連合国に対する自国の義務に従い連合国の提案を受諾し本年七月二十六日の連合各国の宣言に参加した。ソヴエート政府においては自国の政府の右針路が平和を促進し各国民を今後新たな犠牲と苦難とから救い日本国民をしてドイツが無条件降服を拒否した後蒙《こうむ》った危険と破壊を避けしめ得る唯一の方途《ほうと》と思惟《い》する。以上に鑑《かんが》みソヴエート政府は明日即ち八月九日よりソヴエート連邦が日本と戦争状態に入る旨宣言する。一九四五年八月八日。

以上でソ連の宣戦布告文を終ります。このあと十九時から、北満方面におけるその後の戦闘経過とソ連の対日宣戦布告についての解説を行います。……」

「ひどいことになったな」ラジオを離れる事務所員の一人が皆の感じたことを代表するようにいった。

「いよいよきなさったか」

「ふーん、ソヴエートと戦争か」

「満州は関東軍がいるから大丈夫だろう」

「しかし、こりぁひどかことになるぞ、いよいよ本土決戦だ」

「ソ連とは中立条約を結んどったとやろが……」

「沖縄がやられたもんな。はさみ打ちにきたとやろ」

「増炭目標二倍か」

「もうこうなったら最後の一兵までたい」

「うん、本当に最後の一兵になった」

「こんな時に自殺する馬鹿もいるんだからな。ソ連が攻めてきたというのに、一方では一銭銅貨で死ぬ奴もいる。死ぬのは勝手だが、それがみんなこっちの仕事になるのだからかなわん」

思い思いのことを話しながら自分の席にかえる人々の間で、根村労務係員の舌打ちするような言葉に仲代庫男は足をとめた。

「誰か一銭銅貨の事件のことで自殺したんですか」すでに事務所の中では「一銭銅貨事件」と

いうい方で公然の秘密になっている名前を結びつけて仲代庫男はきいた。

「ああ兪済永《ゆさいえい》という男が今朝自殺したんだ。何か薬をのんだらしいが、刑事が逮捕にいって、あっという間だったらしいな」労務課長付の根村係員は無感動な口調であっさりとこたえた。

「どうしてまた……一銭銅貨事件と何か関係があるんですか」

「自殺する位だから、そいつが犯人じゃないかな。李根錫がやっと口を割ったんだから」わざとそういうよび方をするのか、旧姓よびで根村係員はいった。

「李山根錫はまだ警察にいたんですか」

「瀬戸警察署から長崎に渡されとったんじゃないかな。兪済永を長崎からわざわざ逮捕にきたんだからご苦労なことだよ」

「それで……」仲代庫男がいいかけたとき、「どうだい仲代君、少しは慣れたかね」と声をかけて江下課長が近寄ってきた。

「はあ」仲代庫男はこたえた。

「やっぱり労務より坑務の方がやりがいがあるかね。朴本も坑内に下っとるらしいが会ったかね」江下課長はねっちりとした皮肉をいった。労務課に入れといわれてから一週間ほど経って技能者養成所は「一時閉鎖」になったが、それと同時に決着を迫られた仲代庫男は、「副長は坑務にいれたがっているがね」と恩をきせる江下課長の言葉を逆手にとって、翌日直接副長のいる前で「前にも坑内の経験があるし、坑外よりもむしろ坑内で働きたい」という理由で坑務課入りを希望し、労務課を避ける口実としていたのである。

「朴本が働いているのはしっていますが……」朴本準沢が警部補派出所からだされるとすぐ、自分が電機部から坑内支繰《しくり》に配置転換をしたくせにと考えながら、仲代庫男は曖昧な返事をした。

「朴本のことはよく注意しておいてくれよ。君は朴本無関係説だったがね」ソ連の対日宣戦布告の方がより重く心にかかるのか、江下課長は珍らしく皮肉をそこで打切って副長室の方に去った。

「朴さんか」何か特別の関係があるのかというふうに根村係員は呟き、それから思いだしたように「ああ、君が新聞を持って警察へいったんだったな。課長がそういっていた」といった。

「朴本は養成所の生徒だったんです」仲代庫男はいった。

「しかしよく朴はでられたよ。子供だからなんだといっても、よく警察はだしてくれたな」根村係員はいった。「あいつはすぐ李のことをしゃべったが、李は頑強だったな、ひょっとしたら兪済永のことはわからんやったかもしれんが、やっぱり長崎の警察にいくと訊問の方法がちがうのかもしれんな」

「朴本は十六歳未満だからどうなるんですかね。本当は坑内に入れんのでしょう」根村係員の言葉をおさえて仲代庫男はいった。

「さあ、それはわからんが朴準沢はたしか十六歳になっとるんじゃないかな、朴は体格がいいからな、おれはたしか十六歳になったと思っていたがね。おれがたしかに課長にそういったんだから課長もしらんはずだ。……」十六歳未満の入坑などあまり珍らしくないのに、どうしたのか必要以上に慌てて根村係員は弁明した。

「死なくてもよいのにね」仲代庫男はいった。

「えっ」根村係員はきき返した。

「いや、その自殺したという兪済永のことです」

「拷問されるより死んだ方がましかもしれん、自分が犯人ならどっちみち何年かくらいこむし、ひょっとしたら銃殺になるかもしれん。もし自分がやったんでなくても、どうせ拷問されると仲間の者がまたやられるし、こんどの事件をよく連中は三人位でくいとめたとおれは思っとるんだ。朴、李、兪とあれだけの事件をおこしながら結局は三人ですんだんだからね。兪が自殺したんでほっとしている奴がまだ何人かきっといるんだ」自分の言葉を根村係員はたて直した。

「兪済永というのが本当にやったんですかね」労務着到係の佐々助手が根村係員の言葉を受けて近寄った。

「仲間はいるよ、仲間はいるけど、おれはやったとにらんどるね」根村係員は応じた。

「家族持ちですか」佐々助手が完全に話の中に割込んだ。

「入籍した時は女房持ちで、子供がないんだ。女房は病気で死んだらしいが、連中で子供がないというのは危いからね」

「そうですね、子供がないのは変だな」根村係員に借でもあるようなべたべたした声で佐々助手はいった。「なんで死んだかしらんが、しかしよく自殺する間があったな、刑事がふみこんでからでしょう」

「薬をのんだらしいな、さっきなんとかいっとったけどな。あっという間もなかったらしいんだ。病院へ運んだ時はもう駄目だったらしいな」

「李もよくがんばったのにね、一カ月近くがんばって白状しなかったんじゃないですか」

「がんばったねえ」根村係員はいった。

「李には妹がいたんですね」

「女もいたんだ。一坑の安全灯にね」

「へえ、初耳ですね、そうですか、女がいたんですか、それで……」

「いまもいるよ、そうかね、初耳かね」

「初耳ですね、ふーん女がねえ」

「そうかね」名前を教えてもいいがというふうにちらりと根村係員は仲代の方をみた。

「そいじゃ」その根村係員の眼とようやくねばりこくなりはじめた二人のやりとりの間をくぐりぬけて仲代庫男はそこを離れた。佐々助手の言葉のうち「李もよくがんばったのにね」という声がその部分だけぽかりと切りはずされたように仲代庫男の背中にくっつき、突然「李根錫のこと、どうなったかしっとるなら教えて下さい」という朴本準沢のまるで変ってしまった顔が迫ってきた。仲代庫男が坑内安全点検に下るようになってから四、五日経ったある日、東二片払（坑内採炭個所の名称）の方に曲る手前の五号坑道で、事件以来はじめて彼は朴本準沢に会ったのである。

四号坑道の坑木の点検を終えた仲代庫男がポンプ方の所で少し油を売り、つづいて五号坑道の点検に入ろうとした時、空の坑内トロッコの横でそれまでしゃがんでいた坑夫が、身をかわすようにして立上ったのが眼に止った。

「あ、おい、朴本君じゃないか」仲代庫男はいった。

声をかけられた坑夫がふり返り、黙って安全灯をつけた頭を下げた。

「やっぱり朴本じゃないか、どうしたんだ。でたということは倉林からきいとったが……」電機部のはずなのに、どうしてここにいるのか、という思いで仲代庫男はきいた。

朴本準沢は何にもいわず、顔をそむけた。

「おい、どうしたんだ本当に。警察はきつかったろう」仲代庫男はいった。

「…………」

「倉林にきいたかもしらんが、心配しとったよ。倉林とは会ったんだろう」

「おれのことは心配はいりません」冷たい声で朴本準沢はいった。

「君の家の人は心配されとったぞ」

「…………」

「倉林とは会ったんだろう。どうして坑内に下るようになったんだ。電機部はどうしたんだ」

仲代庫男は前の言葉に戻した。

朴本準沢は返事をせず、細い眼を冷たくそらしつづけた。仲代庫男の安全灯の光がその全然動かぬ朴本の表情の上をもう一度照らしだした。

「体がきついのか」

朴本準沢の壁のような表情がちらと動いた。

「きついならいってやるぞ。中途昇坑したらどうだ」

「中途昇坑なんかしません」朴本準沢ははっきりした声でいった。

「警察からでて、すぐ坑内に下るのは無茶だよ」

「…………」

「なぜ坑内に下ったんだ。誰からか何かいわれたのか、黙っとってはわからんぞ」

「李根錫のこと、どうなったか、しっとるなら教えて下さい」仲代にこたえるのではなく、ずっとそのことだけを考えつづけてきたように、朴本準沢は顔をあげた。……

「仲代君、どうしたぼんやりして。まだ帰らんのか」最近召集を受けて胸部疾患のために即日帰郷になったばかりの伊藤坑務助手が声をかけた。「はあ、かえります」仲代庫男は自分にかえったような顔をあげて机の上の弁当箱をとった。その時、「鈴木君、鈴木君、昨日の報告はどうしたんだ。困るよ」という坑務主任のきんきんした声が衝立の向うから上り、「坑務さんは帰り際になるといつも頑張るな。点数かせぎもいい加減にしてもらわんと、ソ連と戦争だというのに息がつづかんよ」と、坑務の女給仕をからかっていた労務助手が呟いた。満州にいる父親の安否が一度に坑内の天井の裂目からおちてくる地下水のような音を彼の中でたてた。

2

〈八月九日、夜十時〉

ソ連対日宣戦を布告。

あなたの手紙今日受取りました。僕の手紙と入れちがいになったのですね。ソ連の侵入でついに来るべきものがきたという感じです。なんとか自分の可能な限り、考えることは考えつくしておきたいという気がしています。わかっていることは唯一つ、皇土を防衛しなければならないということですが、その他にはわからないことが多すぎます。或は唯一つわかっておればそれでよいのかもしれませんが。

今日は一日中前にかいた朴本準沢のことを考えていました。私の考えをはっきりさせるためにこの事件のことを簡単にかいておきましょう。

最初に徴用されてきた朝鮮人坑夫の一人が自殺しました。仕事が辛かったからです。その葬式の途中の道に一銭銅貨を四枚重《おも》しにおいた半紙がおいてあって、その半紙に「朝鮮人たちがまんしろ、もうすぐだ」とかいてありました。

そのことを朴本準沢がしっていたというのでひっぱられたのです。朴本が誰からきいたのか、警察が問いつめて結局朴本は甲という朝鮮人からきいたことを白状しました。甲はなかなか白状しなかったらしいのですが、ついに乙（朝鮮人）のことを白状しました。そして今日、警察が乙を逮捕にいくと、乙は自殺してしまったというのです。これが事件の概要です。

私はこの事件を次のように考えています。

(1)首を吊った徴用朝鮮人（最初の坑夫は首を吊ったのです）を追い込んだようなきつい労働は改めるべきだ。

(2)しかし戦争を遂行していくためにはいろいろ無理もでてくるし、その点をどう調整するかが問題になる。日本人の坑夫もきつい。しかしこの点は朝鮮人も皇国の民という自覚を持っ てことは事実でも、朝鮮人だけによびかけては逆に差別をひどくするだけだ。日本と朝鮮は一体なのだから、ヨーロッパや米国の民族問題とは異なるということをこの半紙の言葉は考えてはいないということ。

(3)葬式の日に起った一銭銅貨と半紙の行為はやはり罰せられなければならない。書いてある（双方から）少くとも労働条件も配給も差別がないようにすること。

気にかかるのは、この事件以後、朴本準沢がまるで人が変ったようになってしまったことです。僕とは坑内で一度きりしか会いませんが、親友がいっても会いたがらないらしく、何にもいわないそうです。朴本は自分が白状して、甲が逮捕されたことを思いつめているようですが、これは朴本の罪ではないでしょう。第一、訊問されれば黙っていることは不可能だと思います。

特に朴本はまだ少年ですから。しかしそのために甲が逮捕された。それを朴本は苦しんでいるのです。

戦争のためにはと考えることはやさしいですが、僕自身が朴本の立場だったらどうするか。難しい問題です。

ただはっきりいえることは、朝鮮人坑夫を区別しないこと。名目だけでなく、安全な同胞として扱うこと。これだけはいえると思います。朴本と話すことができればよいのですが。なぜ彼は変ってしまったのか、倉林（朴本の親友）は警察でひどい取調べをされたかもしれないといっていましたが、その倉林にも何にも話さないというのです。

〈八月十日〉

長崎にも新型爆弾が落ちたそうですね。昨日ラジオでいったらしいですが、誰もがソ連の対日宣戦布告に気をとられていたのでしらなかったのです。心配しています。

〈八月十一日、土曜日、夜八時〉

昨晩、倉林と風呂で会いました。倉林は勤務時間もちがうが、それよりも朴本が自分を避けるのでこの頃はあきらめていかないといっていました。

本を読む気分になれず、気持が落ちつきません。

阿南《あなん》陸軍大臣の「全軍将兵に告ぐ」という訓示よみましたか。今日の夕方、二番方の繰込みの時に坑夫を集めて副長がこれをよんだら誰かが笑ったというので問題になっています。私はそこにはいませんでしたが、「事ここに到る又何をかいわん、断乎《だんこ》神州護持の聖戦を戦い抜かんのみ、たとえ草を喰《は》み土を齧《かじ》り野に伏すとも断じて戦うところ死中自《おのずか》ら活あるを信ず」というところで「断乎」というのを副長の声がダンゴにきこえたのだとまことしやかにいう者もいます。いまのところその犯人はでていませんが、「笑ったのは朝鮮人だ、徹底的に追求する」と労務次長はいきまいていました。朝鮮人かどうかはわからんのです。「断乎」のいいちがえで笑ったのなら日本人のような気がしますが、冗談でなく重い気持です。

警戒警報で眠れないので、会社の図書室から借りてきた雑誌の『戦争は無限の責任を要求する』という本間憲一郎と毛里英於菟《もうりひでおと》の座談会をよむ。

「本間　勤労は即ち生産ですから。そういう意味で現在の生産方式というものは大部が誤っていると思う。勤労の方から申しましても、これは一つ、国体的な日本的な生産の原則というものをここに立てなくちゃいかんです。それが立っておらんのですよ。……現在のような社会性を帯びた生産が許されているということが、総力戦の今日にあり得るはずはないです。どうしてもこれは、国体的な国家性を帯びた生産でなくちゃならん。これは当然のことだ。ところが事実に当って考えてみると、三井三菱という大きな会社をはじめとして、毎日雨後の筍《たけのこ》の如くできる会社が全部株式会社だ、その株式会社というものは、米英的な法律――米英的な思想によって作られた商法というものから生れでたものだ。それから一歩もでられないものなんだ。

毛里　有限責任ですな。

本間　そうですとも。しかもそれは、個人の利益を主体とするということがどうしても原則になってくる。このような個人の利益、株式の利益を主体とする会社が、どうして総力戦に於て全体的な力が出せるか、出せる筈はない。いくらやっても程度がある……。しかも今日本は資本閥というか財閥というか、そういう特権者流にあらゆるものが握られてしまっている。科学も勿論科学人というものもそうです。そして維新奉公者、国体護持に行こうとする人達の陣容にはさらにこれがないのです」

ここのところと朝鮮出身勤労者の問題を結びつけて考えればどうだろう。戦争遂行と朝鮮人問題の中にある矛盾を解決する一つの方策が含まれているような気がするが、あなたはどう考えますか。

（追記）三菱造船所が新型爆弾でメチャメチャにやられたなどというデマがとんでいます。運炭事務所の係員がしっているというのでききにいきましたが不在でした。広島に落ちた新型爆弾の解説が新聞にでていますが、非常に心配です。

〈八月十二日〉

長崎の新型爆弾の被害は僅少《きんしょう》と新聞にでていたので安心しました。実のところ本当に心配していたのです。今日は一日中、坑内でも坑外でも新型爆弾の話ばかりでした。マッチ箱一つで地球が爆発するのだとか、そういえば九日の昼すぎ頃、長崎の方に煙が上っているのがみえたとか、長崎は全滅だとか（船員がそういったというのです）電報が打てないのがその証拠だとか、皆まことしやかな話ばかりでしたが、二便でついた新聞で西部軍管区発表をよんでやっと心を落着けた次第です。広島の被害が相当ひどく報道されていますが、長崎の場合はうまく爆発しなかったんだと誰かいっていましたが本当ですか。

〈八月十三日〉

原子爆弾で長崎全滅と誰もが話し合っています。すでに十一日の緊急指導会議で所長が報告して、調査隊を派遣したのが戻ってきて報告したらしいのです。そのことは全然しりませんでした。今日事務所の緊急防空会議が開かれ、第二次の調査隊が長崎に出発しました。「爆心から半径八キロ」というのが被害範囲だそうですが、爆心地がはっきりわからないのでじりじりしています。長崎駅が中心なら浦上《うらがみ》も当然その範囲に入るわけですが、無事のことを心から祈っています。電報打てないのでよけいいらいらしています。

〈八月十四日、朝〉

第二次調査隊の報告が気にかかる。彼等は今日戻るはずだ。珍らしく鹿島明彦からハガキ。バラックをたてたからこんど佐世保にきたら泊れるぞとのんきなことをかいている。今日は連勤。……満州の戦闘状況は不明、父のこと……

芹沢治子と交換することを約束した仲代庫男の日記体の手紙は、昨日の日付で終っていた。彼はそれまでの分を送ろうかどうかとしばらく考えたが、結局、そのノオトをまた机の引出にしまいこんで寮をでた。

チューリッヒ特電として新聞に報道されたトルーマンの対日戦放送演説の中の「日本国民は米国の原子爆弾が如何なる威力を発揮するかを目《ま》の辺《あた》りに見た、もし日本が降伏しないならば米国は今後も引続きこの爆弾を日本都市に投下するであろう」という一節と、「長崎市内には電報は打てませんよ、さあ手紙については何も通達はありませんからいいんでしょ」という電話にでた郵便局員の無愛想な言葉とが、重く心にのしかかって、手紙をだしても無事につくかどうかひどく不安に感じられたからである。まさか死んではいまいという気持ともしかしたらという気持を半々にしながら、芹沢治子の顔を思い確めるようにして坑内服をきた仲代庫男は生ぬるい海風の吹く道を事務所の方へ歩いていった。大阪と神戸の中間の神崎《かんざき》大橋駅から早岐《はいき》駅まで、列車の中で話した彼女の言葉の一つ一つが浮き上ってきこえ、この前佐世保に帰ったとき、長崎にたずねておけばよかったという激しい後悔が仲代庫男の胸を衝いた。トルーマンの演説と同じ日附に掲載された「被害地域は広範囲にわたり、右地内にあるものは交戦者、非交戦者の別なく、また男女老幼を問わず、すべて爆風および輻射熱《ふくしゃねつ》により無差別に殺傷せられ、その被害範囲の一般的にして、かつ甚大《じんだい》なるのみならず、個々の傷害状況より見るも未だ見ざる惨虐なるものというべきなり。……而《しこう》していまや新奇にして、かつ従来のいかなる兵器、投射物にも比し得ざる無差別性惨虐性を有する本件爆弾を使用せるは人類文化に対する新たなる罪悪なり。帝国政府はここに自らの名において、かつまた全人類および文明の名において、米国政府を糾弾すると共に即時かかる非人道的兵器の使用を放棄すべきことを厳重に要求す」という米国政府への抗議文が芹沢治子の顔と重なり、「もう一度会っておけばよかったな」「長崎にたずねていっとけばよかったな」「もっとたくさん話しておけばよかったな」という、とり返しのつかぬような思いが次々と彼の胸を襲った。「仲代さんの方は忙しいから一行でも二行でもかまわないのです。私の方は寝ているからたくさんかけるでしょう。もし仲代さんが承知なら、今日から早速はじめることにします」と提案してきたのはたしか結核だとしらせてきたその後の手紙だったが、あの時、代休を利用して長崎にいこうと思えばいけたのだという考えが彼の胸に迫ってきた。

「仲代君、今から?」事務所の近くですれちがった同じ寮にいる会計課の栗田《くりた》事務員（助手）が声をかけた。

「ええ今日連勤でね」仲代庫男はこたえた。

「大変だな。事務所にはもうみな集っとるよ」

「え、何かあるんですか」仲代庫男はきき返した。

「何だ、しらんのか。寮の掲示板にでていたろう」栗田事務員は振返ったままの姿勢で足をとめた。

「みていない、起きてすぐでてきたから……」寮の食堂に用意してあった昼の分の弁当をちょっと持ち上げて仲代庫男はいった。

「正午に陛下の重大放送があるんだ。もうすぐはじまるぞ、あ、鳴ったぞ、ほら」栗田事務員は正午を告げる鐘の音にしまったという顔をした。

「しらなかった。陛下の重大放送なら、ソ連軍のことですね」

「原子爆弾のことじゃないかな、おれはそう思っとるが……」といいすてて、自分もそれで急いでいるのだというように栗田事務員は会計課のある建物の方へつづく坂をかけ下りた。

「仲代君、はりきっとるね」事務所の入口のところで、養成所が閉鎖になって以来顔を合せることのなかった庄野係員が後から肩を叩いた。

「ああ、庄野さん。三坑の方にいかれたんですね」いやな奴だったが、不思議になつかしさが先に立つ気持になって仲代庫男は挨拶した。

「坑務に入籍したんだね」「ええ」とうけこたえをしながら、二人は事務所の中に入った。労務課長室から総務課の机の上に運ばれたラジオをかこんですでに人々は深く頭を垂れてスピーカーから断続して流れてくる「声」に耳をすませていたが、雑音がひどく、後からいった仲代庫男にははっきりききとれなかった。

「陛下ですか」庄野係員は近くにいる総務課の男にきいた。総務課の男が黙ってうなずき、その隣りにいる同じ総務課の男が「玉音です」といった。

「もうさっきからですか」庄野係員はいった。

「いえ、いまはじまったところですよ」と、「玉音です」といった男がこたえた。「だまっとれ、きこえんぞ」と総務次長が叫んだ。庄野係員は下唇《したくちびる》をつきだして総務課の男と顔を見合せた。

「然《しか》ルニ交戦已《すで》ニ四歳ヲ閲《けみ》シ朕《ちん》ガ陸海将兵ノ勇戦朕ガ百僚有司ノ励精朕ガ一億衆庶ノ奉公各〻最善ヲ尽セルニ拘《かかは》ラズ戦局必ズシモ好転セズ世界ノ大勢亦《また》我ニ利アラズ……」

「帝国臣民ニシテ戦陣ニ死シ職域ニ殉ジ非命ニ斃《たふ》レタル者及其《およびそ》ノ遺族ニ想《おもひ》ヲ致セバ五内為ニ裂ク且《かつ》戦傷ヲ負ヒ災禍ヲ蒙《かうむ》リ家業ヲ失ヒタル者ノ厚生ニ至リテハ朕ノ深ク軫念《しんねん》スル所ナリ惟《おも》フニ今後帝国ノ受クベキ苦難ハ固《もと》ヨリ尋常ニアラズ爾《なんぢ》臣民ノ衷情モ朕善ク之《これ》ヲ知ル然レドモ朕ハ時運ノ趨《おもむ》ク所堪《た》ヘ難キヲ堪ヘ忍ビ難キヲ忍ビ以テ万世ノ為ニ太平ヲ開カント欲ス」

ところどころというより殆どききとれぬまま天皇の放送は終った。一瞬、空気が呻くように揺れ誰かが「負けた」と呟いた。

「馬鹿なことをいっちゃいかん」その呟きをとらえて、爆発するような声が上った。

「二坑から連絡にきとる男ですよ。労務助手です」「玉音」といった総務課員がその大声をだした男のことを庄野係員に告げ口した。

「負けたんだ。戦争は終ったっ」とまた誰かが呻くような声をあげ、その声をきっかけにして誰もが思い思いのことをしゃべりはじめた。

「負けたんじゃないぞ、そうじゃなかった」「負けたんだ、堪え難きを堪えというのはそうじゃないか」「負けちゃおらんぞ」「戦争は終った」「終ったといってもどうなるんだ」「本土決戦はつづけるんじゃないか」「本土決戦をやめろといわれたんだ」「馬鹿なっ」「国体は護持されたんだな」「戦争は終ったんだ」「課長、どういうことですか」「どういうことですか課長」「負けたんだよ」「負けちゃおらん」「畏《おそ》れ多いことだ」「畏れ多い言葉だ」「戦争は終ったんですね、負けたんですね」仲代庫男は「玉音」といった総務課員にいった。相手は誰でもよかったのだ。そしてその自分の声が皆の言葉と同じようにひどく薄っぺらな、ぺらぺらしたものにきこえた。

「皆黙ってくれ、ラジオはつづいとるぞ、みな黙ってきけ」と労務次長が叫んだ。

「蹶起《けっき》せる世界の自由なる人民の力に対するドイツ国の無益かつ無意義なる抵抗の結果は日本国国民に対する先例を極めて明白に示すものなり。現在日本国に対し集結しつつある力は抵抗するナチスに対し適用せられたる場合に於て、全ドイツ国人民の土地及び生活様式を必然的に荒廃に帰せしめたる力に比し……」

アナウンサーの声はまた雑音で消された。

「何をやっとるんだ」「戦争をつづけろというとっとじゃないか」「負けたんだ」「わからんぞ」「国体は護持したんだろう」「炭鉱はどうなるんだ」「課長どうしたんですか」「戦争は終ったんですね」と仲代庫男は呟いた。そしてそれが自分の声でなく誰か他人の声のように、坑務と労務の係員と助手たちが口々に叫んでいる声の中の一つのようにきこえた。重さの全く失われた、ぺらぺらとした、軽口のような、自分で自分を制御することのできないような声にきこえた。歓喜とも号泣とも自分で判別できぬような、自分で自分を信ずることのできぬようなものがそれから仲代庫男の中で一度に爆発した。

「陛下がいわれたんだな、陛下の声だったたんだからな」庄野係員が自分でも何をいっているのかわからないような声をだしてラジオのおかれている方へすすんでいった。

「騒がんでくれ、日本国民じゃないか、いっとき黙っといてくれ」といいながら、副長の横で総務次長が泣きだした。

「申し訳ない、申し訳ない」測量主任がそう叫ぶとウウウと耐えきれぬように机につっぷした。

「陛下にすまない」副長がいった。

「副長っ」労務次長が叫んだ。

「すみません」「すみません」「すみません」という声が口々につづいた。それらの声と涙を仲代庫男はどこか遠い舞台で行われている俳優たちの劇をみているような思いできいた。泣けるもんか、滅多なことでは泣かんぞと自分にいいきかせ、それから自分を確めるように「ラジオが何かいっていますよ、まだ戦争は終っとらんのかもしれないですよ」と隣にいる総務課員の方をむいていった。

「負けたんだ」総務課員がいった。

「そうですか、やっぱり負けたんですか」仲代庫男はいった。

「負けたんだよ、はっきり玉音放送があったじゃないか」顔はしっていたが、それまで仲代と話したことのない労務の男が泳ぐような恰好で歩み寄ってきた。

「よくきこえなかったですから」仲代庫男はその男にいった。

「国体だけは護持したんだ。戦争は終ったよ。おれはラジオの近くにいたんだ」男がいった。

「ラジオ、ラジオ」と誰かが叫び、雑音の中からまた沈痛なアナウンサーの声が流れてきた。

「七、右の如き新秩序が建設せられかつ日本国の戦争遂行能力が破砕せられたることの確証あるに至るまでは連合国の指定すべき日本国領域内の諸地点は吾等のここに指示する基本的目的の達成を確保する為占領せらるべし。
八、カイロ宣言の条項は履行せらるべく又日本国の主権は、本州、北海道、九州及四国並に吾等の決定する諸小島に局限せらるべし。……」
「ポツダム宣言をやっとるんだ」と誰かがいった。

副長室付の女がワッと声をたてて泣きだし、その後にひとかたまりになっていた労務の女事務員が互いの胸に顔を埋め合って何かわからぬ声をあげた。

泣くもんか簡単には泣けんぞと思いながら、仲代庫男は自分の机にいって、引出から点検用紙をとりだした。

「どうするんですか」吉森助手がきいた。

「坑内に下ります」仲代庫男はいった。

「誰も下りらんよ」戦争に負けたのに、糞真面目なことをするな、という気持をあらわにして川尻助手はいった。

「仕事じゃない。坑内にしらせてくる」とっさに口にでた言葉を仲代庫男はいった。

「うん」川尻助手はそれほどまでしなくてもといった調子でいい、吉森助手が合点のいった顔をした。

安全灯でもバッテリーを渡しながら、年の若い安全灯婦が泣きはらした眼をあげて、けげんそうに仲代庫男をみた。人車に乗る時も、現に坑内で働いている坑夫たちのことを忘れたように年よりの検身係が「下りるんですか」とバランスを失くした声で念を押した。

「運転にしらせてくれ」背後の鉄ロープをひっぱっている建物の方をふりむいて仲代庫男はいった。

「天皇陛下の放送を事務所じゃなんというとりますか」人車の動く間、検身係がきいた。

「皆泣いとるよ」仲代庫男は自分で思いもかけぬ調子でいった。

「そうでしょう。特攻隊にすまんですもんねえ」検身係はいった。人車が動きはじめ、斜坑の天井に灯った電灯の光りが流れるように早くなると同時に、どっと得体のしれぬ涙が仲代庫男の瞼にあふれでた。誰も乗っていない五輛《りよう》連結の人車がガーという音をたてて暗い穴の中に陥ち込むように滑っていき、彼は眼をつぶってそのあふれでる涙に耐えた。何もかも駄目になったんだ。何もかも崩《くず》れたんだ。何もかも帳消しだという声が片方の耳からきこえ、おれは助かった、おれは兵隊にいかずにすむ、おれは生きられるという声が、もう一方の耳をきりきりとたたいた。

助かったのか、助かったんだ。戦争は終ったのか、終ったんだという確めても確めても確めたりない声がそれにつづく。小学五年生のときから戦争、戦争、戦争、蘆溝橋《ろこうきよう》、南京《ナンキン》、漢口《かんこう》、戦争、戦争、戦争、そして真珠湾、シンガポール、マニラ、ガダルカナル、そしてルオット、クェゼリン、硫黄島《いおうじま》、サイパン、沖縄、その戦争は終ったのだ、という声が逆巻く。

　助かったぞ、助かったぞという声が落盤の間から誰かが叫んでいるようにきこえ、仲代庫男はその一つを口にだしていってみた。「助かったぞ」という言葉は忽ち車輪のひびきに消される。「助かったぞぉ」という声は忽ち斜坑の壁に吸いこまれてしまう。「助かったぞぉ」という叫び声だけが少し鉄のロープに残る。「助かったぞぉ、万歳」「戦争は終った、終った、終ったぞぉ」誰もいない斜坑を驀進《ばくしん》しながら力の限り叫ぶ仲代庫男の声をひきずるようにして人車は坑底に止った。

「どうしたんですか、点検さん」笹部屋で道具方と話をしていた坑夫が仲代の顔をみてびっくりした顔をしてきいた。

「何も上から連絡はないですか」

「何もないですよ。坑務の人が誰も下りてこんからいま電話かけてみようと思うとったところでした」最近まで採炭の先山《さきやま》をしていた笹部屋の責任者がいった。

「戦争が終ったんですよ、いま陛下の放送がありました」仲代庫男はいった。

「ひえっ」という叫びを「点検さん」といった坑夫があげた。

「そいでも、誰も何ともいうてこんからなあ、なぜしらせんのやろか」笹部屋の責任者は誰かを難詰《なんきつ》するような調子で仲代の言葉をうけた。

「本当ですか、天皇陛下がそういわれたとですか、戦争に負けたとですか」高等科を終えたばかりの道具方の少年がきいた。

「うん、雑音が入ってようきこえなかったけど、本当だ」

「ひえっ、負けたんか、よし中途昇坑はやめだ、みんなにしらせてくる」さっきの坑夫がとび上るようにしてでていった。

「そんなにいわしたですか、天皇陛下は。負けたですか」先山だった男はようやく感じたというふうにしみじみとした声でいった。

「上にあがろう、おやじさん」道具方が責任者の方をみた。

「馬鹿たれ、戦争は終っても休みじゃなかぞ」先山だった男は怒鳴った。

「坑務は誰も下っとらんとですか」仲代庫男はきいた。

「今井さんが一人下っとりますが」責任者はいった。

「みんなにしらせんといかんでしょう」仲代庫男はいった。

「おれがしらせてくる」道具方はいった。

「馬鹿たれ、黙っとれ」責任者の坑夫がまた怒鳴った。

「おれがしらせてこよう、東払の方にいくから、外の払の方にいく者がきたら伝えさせて下さい」といって仲代庫男は笹部屋をでた。

「仕事は休むとじゃなかでしょう」笹部屋の責任者が後から声をかけた。

「電話できいて下さい」仲代庫男はふりむいてこたえた。

「ヤンバン、今日《こんにち》は」と、空の坑内トロッコを押していた朝鮮人坑夫が仲代庫男の白い坑内帽をみて挨拶した。

「戦争は終ったぞ、負けたぞ」仲代庫男はいった。

「ハイそうですか」朝鮮人坑夫がきょとんとした声で返事をした。二号坑道から三号坑道に曲るところで蹲るようにして坐っていた四、五人の坑夫たちが白い坑内帽をみて慌《あわ》てて立上る前を「戦争は終ったぞ、負けたぞ」と声をかけながら仲代庫男は急ぎ足で通りすぎた。

「戦争が終った、冗談いうな」「本当ですか」という声にも立止らず、三号坑道から四号坑道に向って仲代庫男は走った。

ところどころポンプ方のランプだけがぽっかり光の穴をあけるようにあらわれる暗い坑道を、何故自分は走るのか、何故自分は走っていくのかと、すでに自分にはわかっていることを逆に押し戻すように考えて、坑夫たちと会うたびに、仲代庫男は「戦争は終ったぞぉ」と叫んだ。「拷問されるより死んだ方がましかもしれん、自分が犯人ならどっちみち何年かくらいこむし、ひょっとしたら銃殺になるかもしれん」という根村係員の声と、会ったこともない李根錫《りこんしやく》と兪済永の顔が身をひるがえして彼のすすむ安全灯の前にあらわれる。惜しかったな、もう五日だったのに、もう五日しんぼうすればよかったのに、踏まれても蹴られても、もう五日じっと我慢しておればよかったのにという声が地下足袋《じかたび》の裏からぐっぐっと匍い上ってくる。しかし李根錫は助かったかもしれんというねがいのようなものが熱い息になってでる。李山根錫ではなくまた李根錫に戻るのだという思いが、こんな時に自殺する馬鹿もいるんだからなといった根村係員の言葉に重なる。根村係員は頑固に朝鮮人坑夫の名前を改姓名でよばなかったが、その根村係員の気持とは反対側のところで李山根錫はまた李根錫に戻るかもしれんということが、何かすばらしい考えのように浮かぶ。四号坑道から五号坑道に入ると天井が急に低くなり、時々背をかがめる仲代庫男の安全灯の光が揺れた。

「ヤンバン、としたのてすか」東三片払の方に曲る個所で坑木の支柱を変えている一組の坑夫たちの中の一人が、仲代の安全灯の光を手でさえぎった。

「戦争は終ったぞ、日本は負けたぞ」仲代庫男はその声にむかっていった。

「戦争が終った。どうして、本当ですか」と、仲代のすぐ前にいた若い朝鮮人の坑夫がはっきりした日本語でいった。

「信ちられんてすね」最初の坑夫がそれにつづけた。

「朴本準沢はおらんですか」仲代庫男はかすれた声でいった。

「準沢はおらんよ、休んとるよ」別の坑夫がこたえた。

「そうですか、休みですか」仲代庫男は重い息を吐いた。

「準沢は休んとるよ」新しい坑木を肩で支えている坑夫がいった。

「信ちられんね」最初の坑夫が同じことをいった。

「何もそんな話なかったからね」隣の坑夫がいった。

「陛下が放送されたんだ。はっきりきいた、日本は負けたんだ」仲代庫男はいった。

「えっ、天皇陛下が放送されたんですか」若い坑夫が愕然《がくぜん》となったような声をだした。

「本当《ホント》に日本は負けたてすか」坑木を支えた坑夫がいった。

「そんなら仕事《シゴト》は休みになるね」その後の坑夫が呟いた。

「日本は負けたか、信ちられんよ」ひどく胸の痩《や》せた坑夫が低い声でくり返した。

「朴本準沢はいつから休んどるんですか」仲代庫男はきいた。

「昨日からてす、ヤンバン」坑木を持った坑夫がいった。

「病気か何かですか」仲代庫男はいった。

「さあ、ねえ、しらんよ」別の坑夫がこたえた。

「天皇陛下のために石炭を掘ってきたんだ」若い朝鮮人の坑夫が激したようにいった。その声が仲代庫男には関門海峡で出会った徴用朝鮮人たちの「テンノーヘイカノタメ、タンコーユク」と同じようなひびきにきこえた。

「ポクはからたかきついといっとったからね」坑木を肩で支えている坑夫がいい「信ちられんねえ」と痩せた坑夫がそれにつづけた。

朝鮮人坑夫たちの安全灯に照らされて、その声が「ちんちられん」「ちんちられん」というふうに暗い坑道に流れた。

第五章

1

　さらばラバウルよ、またくるまでは、しばし別れの涙にかすむという歌声はすでに二日二晩、絶ゆることなくつづいていた。第二十四倉庫からかっぱらってきた酒にしたたか酔いしれた一人の海軍兵曹長がふりまわす軍刀を中にして、ああ堂々の輸送船、さらば祖国よ栄えあれ、はるかにおがむ宮城の空に誓ったこの決意と、軍需部配属の下士官兵たちのうたう歌声は、時々、戦争にはまだ負けちゃおらんたたかうんだ、という怒声をはさんで、一昨日の正午からずっと呻くようにつづいていた。おれは死ぬぞ、戦争に負けておめおめ生きながらえておられるか、という若桜（特別配給酒）の四合瓶《びん》を何本も足元に倒している調達班兵曹の罵声《ばせい》と、死ぬのはまだ早いです、持田上曹、辛《つら》いのは同じです、持田上曹という声が交互にきこえ、男なら命ならという半分声のでなくなった歌がまた同じ方向に上った。いいか、ここにあるものはなんでもかんでも持っていけ、アメ野郎にとられるよりは、みんな持っていけ、とわめく、魚雷班兵曹のくしゃくしゃになった顔を踏みつけるように、突如ザッザッと銃剣をつけた水兵たちの一隊があらわれて、何処にいくのか軍需部の岸壁を速足で行進していき、なんだあいつら、戦争に負けたというのに、と鹿島明彦の背後で酔いつぶれていた兵曹がひどく血走った眼をあげて呟いた。

「おい大丈夫か」津川工治はいった。

「何が……」鹿島明彦は津川の方をむいた。

「ここにおってみつからんか」

「みつかるもみつからんもなかよ、おれは軍需部勤務やろが」

「そいでもここはお前のでよるところとちがうけんね」

「かまわんかまわん、同じ軍需部の倉庫係じゃないか、誰も文句はいわんよ。第一戦争は負けとっとに、軍需部もへったくれもないけんね」

「みつからんとよかけど」津川工治はまた心細い声をだした。

「心配するな、日が暮れるまでここにじっとしとけば誰にもわからんよ」

「巡察はこんやろか」

「戦争に負けたとに巡察なんかもうおるもんか、みんな……」後の言葉を口にださず鹿島明彦はみんなあの通りだというように後の兵曹をふりむいた。

「そいでもひどかね」津川工治はいった。

「昨日はまだひどかったよ。昨日はここから特攻隊員の士官が五人位出撃していったけんね。魚雷出せと特攻隊員からいわれて魚雷班の兵曹が断ったら、いきなり日本刀で斬りつけてね」

「それで、死んだか……」

「死にはせんよ、耳のとこから血はでとったけど、兵曹が横穴の倉庫をあけて魚雷を渡したから」

「特攻隊員はなんで乗込んだのかね、潜水艦に乗ってどうするつもりやろかね」

「魚雷艇基地に運んで一戦交えるんだ、貴様たちに帝国海軍の精神がわかるか」後の机にうつぶせになっている年寄りの兵曹が、いやにはっきりした声でいった。

「でよう」鹿島明彦は立上り、後からつづいてくる津川工治の方をふりむいて「帝国海軍の精神がそんな大事なら自分も一緒につっこめばいいじゃないか」と吐き捨てるように呟いた。

「どこにいく」岩壁にでるとすぐ津川工治はいった。

「魚雷班のところにいっとこう。暗くなるまで防空壕に入っとけばよかけんね」鹿島明彦は目の前にひろがった軍港の海を見渡すようにしていった。岸壁に作った横穴壕の第八倉庫からでてきた四人連れの工員が二人の方をみて「おーい、どこにいく、そっちにいってもなんにもなかぞ」と叫んだ。

「知っとるんか」津川工治はいった。

「いや知らん。黙っとれ、返事をするな」鹿島明彦はいった。

何かぶつぶついいながら四人連れの工員がさっき二人のいた第十二倉庫の警備員室の角を曲って去ると、すぐ鹿島明彦は左の方に津川をひっぱって、岸壁から一段下になったコンクリートにとびおりた。

「ここなら誰もこん。みんな酒とカンパンをかっぱらいにいっとるけんね。……」鹿島明彦は今まで歩いてきた方向と、すぐ左側にある横穴の入口を交互にみて、もし誰かきたらすぐその横穴にとびこめばよいというようにいった。

「防空壕か」津川工治はきいた。

「うん、魚雷班の待避壕だ。魚雷班の倉庫はすぐむこうにあるけど、魚雷をとるわけにもいかんからね」鹿島明彦はちょっと笑った。

「本当にこの辺は誰もおらんね」津川工治はいった。

「みんなカンパンの倉庫だけねらってわいわいいうとるんだ。いくらとってもとりきれん位あるからな。崎辺の下の倉庫には」鹿島明彦は前と同じことをくり返した。

「カンパンでもよかぞ」兄陸一の呻き声を考えて津川工治はいった。今日の昼すぎ、「おい津川一緒にこんか、カンパンでも油でもなんでもあるぞ」といって鹿島明彦がさそった時、ちょうど陸一は「うどん、うどん、ひもじか」といいながらフウフウという唾をところかまわず吐きとばしていたのである。

「カンパンなんか持ちきれんごと運んでもいくらにもならん、それより靴を一足持っていけば五升になるぞ」鹿島明彦はいった。

「靴があるのか」津川工治はきいた。

「士官のはく皮の長靴《ちょうか》もある。士官服もあるところをしっとるんだ」

「ふーん」津川工治は息をのんだ。

「しかしあるところにはあるねえ、昨日カンパンとりにいってびっくりしたけんねえ。ポンポン何の音かと思うとったら、カンパンの中に足をつっこんで水兵が袋をなげつけ合って暴れとるんだから……」鹿島明彦も自分の思いだした情景に感嘆した。

「そいでも勝手にとってよかとかね、……みつかったら困るやろが」ずっと考えつづけている気持に津川工治は自分でダメを押した。

「誰にみつかるんだ。誰にもみつからんよ。戦争に負けてもう海軍もなにもなかとやろが。誰のものでもなかとだけんね。誰もとがめる者はおらんよ。……」

「海軍のものじゃなくなったかもしれんが、陛下のものかもしれんからね……そう思ったらきりはないけどね」思わず一度口にだしてしまってから、津川工治はその言葉を不得要領に打消した。

「陛下のね……」鹿島明彦は途中でいったん言葉を切った。「そいでも戦争に負けたとだけんね」

「うん」津川工治はさっきの言葉を弁解するようにうなずいた。

「士官たちもどんどん勝手にとってきよるけんね……」鹿島明彦はいった。

「うん、これからどうなるのかね。どう思う」津川工治は言葉の方向を変えた。

その時第十二倉庫の方から不規則なパタッパタッという靴音がきこえ、坐ったままのび上ってみた鹿島明彦が、「士官だ、一人で歩いてくる」といった。

「酔うとるね」国防色の士官服の上に革帯をしめて軍刀を吊り、兵隊のようにゲートルを巻いた足で前方を通りすぎる士官をみながら津川工治はいった。

「うん酔うとる」鹿島明彦はいった。

「何するつもりかな」急にぺたりと坐りこんで両手をついた士官をみて、津川工治はいった。

「泣いとるぞ、宮城遙拝《きゅうじょうようはい》だ。東の方をむいとる」鹿島明彦はたたみ重ねた。

「防備隊の士官やろかね」

「どうかな、ああいう士官は特攻隊にはおらんからね、駆逐艦乗りじゃないか、昨日一隻入っとったから……」

「泣いとるね」と津川工治がいいかけたとき、「危い、伏せろ」と叫んで鹿島明彦は津川の頭をねじふせた。その瞬間、赤いチカッとした閃光《せんこう》が二人の網膜をよぎり、つづいてつんざくような衝撃が二人の耳を貫いた。

「手榴弾《てりゅうだん》だ、自殺した」しばらくして鹿島明彦はわれに返った。

「死んだのか」耳をおさえた津川工治は、生臭い煙が一筋地を匍うように立上る岸壁の方をみていった。

「………」

「誰もおらん、死んだ」鹿島明彦はいった。

「手榴弾で死んだ。自殺したんだ、誰もおらん」鹿島明彦は呻いた。

「死んだね」津川工治はいった。

「誰かくるぞ、かくれろ」鹿島明彦は前の待避壕にとびこんだ。「なんだ」「どうしたんだ」と口々に叫び声がきこえてきた。

「ふえっ、手があるぞ、手が」「死んだんだ」「拳銃か」「馬鹿、拳銃でこんなに吹飛ぶか」「士官らしいぞ」「ふえっ、ここにもとんどる」「どこの士官だ」「体はどこにあるんだ」「海に帽子が浮かんどるぞ」「拾いあげろ拾いあげろ」「自殺か」「二人目だな、これで軍需部は」「軍需部の士官かどうかわからんぞ、これは」「誰かその腕、拾わんか」「いやそのままにしとけ、巡察に知らせんといかんぞ」「巡察なんかおるもんか、馬鹿だな」

それらの話し声を鹿島明彦と津川工治は魚雷班の待避壕の中でじいっと耳をすませてきいた。

「宮城に遙拝しとったね」津川工治はいった。

「うん」鹿島明彦はいった。

「なんで死んだのかね」声を殺して、津川工治は自分の思いを確めるようにいった。

「おい、かえるな、処置はどうするんだ、処置は」岸壁の方でまた誰かのあわただしい声が上った。

「貴様自分でさきにいけよ」「そんなことより帽子を拾いあげろ、帽子の方が先だ、形見じゃないか」「自分でとびこんで拾え」「ふえっ、どもならんな、これは」「早く始末せんと日が暮れてしまうぞ」「戦争には負けるもんじゃないな」

「死なんでもよかったのにね」津川工治はいった。

「うん」鹿島明彦は声だけの返事をした。

「どうなるかね、これから」

「何が……」

「いや、日本さ、朝鮮も台湾も失くしたらどうもならんやろう」

「なんとかやっていくさ、なんとか生きていけるよ。空襲でやられたと思えばどんなことでもできるけんね」

「死んだものは損だな」

「死んだらいかんよ、折角生き残ったのに、いま死んだらいままで何のために生きてきたかわからんけんね。天皇陛下だって生きとられるんだから。……天皇陛下が戦争で死なれたら一緒に死ぬ意味もわかるけど、いまさら自殺してもどうにもならんよ」

「天皇陛下も自殺されるかもしれんね」津川工治はいった。

「さあどうかね」鹿島明彦はいった。

「あの放送きいとったら、そんな気がしたけどね」

「おれは全然わからんやった。ガアガア雑音ばかりでね……」

「陛下が死なれると、後を追って大分自殺する人がでるね」

「死なれるかね。……自分が死なんでもアメリカがひっぱるかもしれんけど……」

「アメリカがひっぱるかね、国体を護持するというのは陛下を殺さないということだろう」

「陛下の生死《いきしに》は国体護持とは関係ないんじゃないかな」

「そいでも陛下が死なれたら何のためにたたかってきたのかわからんからね」

「陛下は死なれんよ」

「陛下がアメリカにひっぱられる位なら、また戦争を続けて最後までたたこうた方がよいからね」

「そうかね、おれはそう思わんね」

「陛下がひっぱられてもか」

「お前はさっき、陛下が自殺されるかもしれんというとったじゃないか。自殺ならいいのか。アメリカにひっぱられた時は戦争をつづけて、自殺なら仕方がないのか」

「いや、おれは自殺されるかもしれんと、そんな気がしたといったんだ。死なれるとはいうとらんよ」

「同じやないかな」

「陛下のためにみんな戦ってきたとだからね」

「さっきの士官のこと、なんで死ぬのかわからんというとったじゃないか、矛盾するじゃないか」

「何が」

「いや言葉がさ。さっきの士官も陛下のためにたたかってきたんだろう。そんなら、本当なら陛下が自殺されてから自分も死ぬのが当り前だろう。それに陛下は生きとられる……なんかわからんごとになってきたけどね、なんといったらよいかな。……お前の、自殺されるなら仕方がないが、アメリカにひっぱられるなら、戦争をつづけるという考えはおかしいというとるんだ」

「自殺されるのが仕方がないとはいうとらんよ」

「何かわからんごとなった」鹿島明彦は頭をふり、それから問答を打切るように「でようか、話し声のきこえんごとなったぞ」といった。

「誰もおらんか」津川工治はいった。

「うん、誰もおらん。暗《くろ》うなってきたからそろそろいくか」待避壕からでてあたりを見廻し、鹿島明彦は片手をついて岩壁にとび上った。

「やっぱり行くか」津川工治は後から声をかけた。

「行くさ、食うのが先決だけんね。陛下の運命はまた誰かがきめるさ」

「鹿島いかんぞ、そがんいい方は、いくら戦争に負けたというても」津川工治はむっとした声でいった。

「どんないい方……」

「陛下の運命がなんとか、といういい方さ、やっぱりいかんよ」

「そうかね、お前がそういうならあやまるよ」

「…………」

「あやまるよ、あやまりましたよ」

「お前はすぐちゃかすからねえ、おれはいいけど、仲代はそれでいらいらするんだ」

「仲代といえばどうしとるかねえ、一昨日のラジオを何と思うてきいたかねえ」鹿島明彦はいった。

「かえってくるかもしれんぞ、さっき話したことやなんか仲代にはいわん方がいいぞ」

「よっぽどおれは非国民らしいね。コンサイスでいつか仲代からしめあげられたからね」第七倉庫から待避壕の側面に沿って歩きながら鹿島明彦はいった。

「仲代は学校にいっとるからね」

「学校ね……」鹿島明彦は重い声で相槌を打った。

「コンサイス、どうする」その重い声に津川工治はひっかかった。

「ああ、あれはもう少し預っといてもらうよ。うちは雨が降ればイチコロだからねえ」

「英語の授業が復活したら売れるね」

「誰にでも売れるさ」

「…………」

「もう少し預っといてくれよ、わけ前はだすよ」

「わけ前なんかいらんよ……」

「きたぞ、その塀の向う側の横穴だ。……なんだ怒ったのか、今日はいやにびりびりしとるね」

鹿島明彦は津川の方をみた。

「びりびりはしとらんけどね……」津川工治はいった。

「あの倉庫だ、鍵はかかっとらん。黙って入りこめばいいんだ」

「誰かおるごたるぞ」

「誰かおってもかまわん、同類だ。かまわんよ……持てるだけ持ちだせ、靴もあるけど、靴より衣類の方がいいぞ、ほら……」鹿島明彦はポケットからとりだした細紐《ほそひも》を津川に渡し、それから「はなれるな、中は真暗だからおれについとけよ」といった。

「衣服倉庫か」津川工治は少し顫える声でいった。

「なんでもある。国防色ばかりじゃない。白い麻の士官服もあるぞ」鹿島明彦はいった。

「よし、いこう」津川工治はいった。

「もう少し待っとこう。もう少し外も真暗になってからがいいからね」

「誰かでてきたぞ」

「被服班の兵曹たちが運んどるんだ。連中は昨日からやっとるからね」人影と見分けのつかないほど暗くなった前方の横穴倉庫の扉をみて鹿島明彦はいった。

「何かいわれんか」

「何もいわれるもんか、連中も同じことをやっとるじゃないか、どうせアメリカにとられる品物だけんね」

「よう兵隊だけで誰もきとらんね」

「錠がおりとると思っとるんだ。昼は本当に鍵がかかっとるからね、連中と同じ時刻にやらんと入れんよ」

「誰からきいたんか」

「おれは地獄耳に地獄目だからな」うふっという声をたてて鹿島明彦は笑った。

「倉庫を閉めていったら……」

「大丈夫だ、これから連中は何回も往復するんだ。十二時頃までは閉めんよ」

「そうか」津川工治はきちんと計算されている言葉に感心して鹿島の横顔をみた。

「でていくぞ、みろ」鹿島明彦はいった。

「三人か」

「今日は一人ふえとる」

「あれで全部か」

「うん、たぶんそうだ……いこう」鹿島明彦は中《ちゆう》かがみになった腰をまっすぐにして歩きだし、

「よし」といって津川工治がその後につづいた。

大扉の右側にもう一つ通用門になっている鉄戸を押して「開くやろが、みろ」と鹿島明彦はちょっとふりむいた。「右の棚にのっている箱がみんな衣服だ。奥の方に行くぞ」

「ローソクかなんかもってくるとよかったね」

「明りはいらんよ。気をつけてこいよ、連中が散らかしているから」

「おい、たいがいのところでくくっていこう」

「なに……」

「どこまでいくんだ」

「もう少しこい、白い士官服をみつけとるんだ」鹿島明彦の声は意外に遠くの方からきこえた。

「わからんごとなるぞ」

「おい、あまり声だすな。ずうっとそのままくればよかぞ」

津川工治が手探りに歩いていくと、こんどは間近に「おいこっちだ。被服班の連中、見境いなくかきまぜとるから、どうもならん」という鹿島明彦の声がした。

「あったか」

「白い服はみつからんが、折衿がいっぱい入っとる」

「それ持っていこう。ぐずぐずするとまた連中がくるぞ」

「うん、きてもかまわんが、面倒臭いけんね」と呟いて、「わっ、こいつを馬車かなんかで運べたらね」と鹿島明彦は声をたてた。

「それでいいじゃないか、おろせ」津川工治はいった。

「よし下におろすぞ、受止めろ」といって、鹿島明彦は目の前の箱をひきずり落した。

「おいいっぺんに落すな、危いぞ」と声をかけ、津川工治は途中どこかに一度ひっかかったような音を立てて転がり落ちてきた箱に近づいた。

「もう一つ落すぞ」鹿島明彦はいった。

「よし」津川工治は応じた。

「どうせ持てんから、これでやめとこう」という鹿島明彦の声がして、また同じ箱がドスッと落ちてきた。

「いくら入っとるんだ、こりゃ」手さぐりで段ボール製とわかるその箱を動かしながら津川工治はいった。

「たしか一ダース入っとるはずだ」鹿島明彦は棚からとび下りた。

「持てるか」

「持てるさ、二人で一つずつ外まで運ぼう」

「よし、先に持ってでるぞ」

それからものもいわず二人は一つの段ボール箱を中にして真暗な倉庫を運んでいったが、入口近くになって鹿島明彦は何かにつまずいて「あっ」という声をあげた。

「どうした」津川工治はいった。

「さっきの連中が落していったんだ。靴の箱のごたる」

「靴か」津川工治は息をのんだ。

「後だ。とにかくこれを運んでしまおう」鹿島明彦はいった。

最初の箱を倉庫の外におき、二つめを運んでくる途中で「靴もあるんだな」と津川工治はいった。

「リヤカーの欲しかねえ」鹿島明彦はいった。

「さっきの靴……」二つめの箱をおろすと津川工治はいった。

「よし、おれがとってくる」といって鹿島明彦は入っていき、一箱ずつ両脇に抱いてすぐでてきた。

「士官靴か」津川工治はきいた。

「短靴のごたる」鹿島明彦はいった。

「どうする」もう少し倉庫からとってくるか、それともこのまま持てる分だけでも運ぶかという表情を津川工治はした。

「一人で一箱かつげるやろう。靴はポケットに片一方ずつつっこめ。これを運んでからまた戻ろう」鹿島明彦はいった。

さっき倉庫の中でしまいこんだ細紐をポケットからとりだしてそれを一廻り結んで、箱の手がかりにし、二人は肩にかつぎ上げた。しばらく歩いて第七倉庫のところまでくると、鹿島明彦は思いついたようにいった。

「この箱は、ほらさっきの魚雷班の待避壕にかくしとこう。あとでとりにくればいい。倉庫にかえって麻の士官服をみつけだしてかえろう」

「みつからんか、あそこの防空壕においといて」

「誰もあそこにはこんよ。奥の方にかくしとけばわからん。あの倉庫もあとでどうなるかわからんからね、運べるときに運んどかんと……皆がしったらワアッとくるから」それできまったというように鹿島明彦は岸壁を左に折れ、並んでいる建物（倉庫）と横穴壕に沿って歩いていき、津川工治はそれにぴったりとくっついてさっき士官が自ら手榴弾を爆発させた場所のみえる地点にでた。

「ここにかくしとけばみつからんよ、これは明日でもまた運べばいい」魚雷班の待避壕に二つの段ボール箱をひきずりこんで鹿島明彦はいった。

「靴もおいとくのか」津川工治はいった。

「うん、靴もおいとけ、倉庫にいけばまだいくらでもあるさ」鹿島明彦はポケットに入れていた靴をとりだし、津川工治のとりだした分と合せて待避壕の中に入った。

「白い士官服も今日運ぶんか」

「うん、昨日みたときはあったけどね、被服班の奴、かきまわしてしもうとるから」

「白い服のなかったら、ほかのものでも運ぼう」

「そりゃそうさ、国防色でも純綿だけんね」

「純毛はもうなかやろね」

「スフ入りやろ、白い服ならよかけど……」

「出るとき誰にもみつからんやろか」

「みつかってもかまわんさ、みんなカンパン運んどるから何かほかの食料品のような顔しとけばいいさ」

「あの倉庫わかったらおしかけるやろね」

「わかったらおしかけるさ、そいだから今のうちさ」

海軍工廠のある遠くの岸壁に濃い橙色の明りが一つ灯り、日露戦争で活躍した練習艦敷島を繋いである港務部の方向から何か果しない怒号のような歌声が流れてくる佐世保軍港の暗い海面を横手に、二人はまた錠のおりていない被服倉庫に戻った。

「白い夏服があればよかけどねえ、ほかのはスフまじりだけどあれは麻でできとるから」一寸先もみえぬ倉庫の中で、鹿島明彦は前と前じことをいった。

「暗くてわからん、なんでもよかぞ」津川工治はいった。

「うん、少し待っとれ、探してみる」鹿島の足音が少しずつ遠ざかり、津川工治は手当り次第に右の方の棚にある箱を抱えようとしたがびくともしなかった。その時、「おい、津川こい」という鹿島の声が、考えていた方向とはまるで反対のところから津川工治の耳に入ってきた。

「おい、あったか」津川工治は声をかけた。

「わからん、とにかく箱をおろすから……おい落すぞ」

「待て、どこだ」津川工治は声のする方に歩いていった。

「ここだ、こっちこっち」

「夏服か」津川工治は暗闇の中で動く鹿島を見上げた。

「どうかわからんけど……おとすぞ」ふわっと津川工治のすぐ目の前をかすめるように箱が落

ちてきた。

「それ表まで持ってでてくれ、あともう一つおれが持っていくから」鹿島明彦はいった。

津川工治がその箱を抱えて倉庫をでたとたん、何かはっきりとはわからないが、話し声のようなものがきこえ、彼はじっと耳をすませた。そして、鹿島の足音が近づくのを待って「おい誰かおるぞ」と低い声をかけた。

「誰だ」鹿島明彦は倉庫から出てきた。

「話し声がする、さっきの連中かもわからん」

「被服班の連中はまだ戻ってこんだろうが、とにかくいこうか……」

「いこう」前の箱より平たくて軽い箱を津川工治は肩にかついだ。

「惜しかね、もう一箱位持てるかもしれんけどね」

「いこう、誰かわからんから」

七号倉庫の角を曲るところで立止って鹿島明彦は耳をすませたが別に人影もみえず、「誰もおらんぞ、惜しかねえ」といった。

「明日もある」津川工治は鹿島をうながした。

「うん」鹿島明彦はいった。

「白い服かこれは」右肩の箱を左肩に代えて津川工治はいった。

「わからん、おれのカンはそうだけどね、軽いから六着入りかもしれん」

第十二倉庫の前を過ぎると、生ぬるい風と一緒に調子のはずれた「田原坂《たばるざか》」が整備工場の方からきこえてきて、「馬鹿者たちだな」と鹿島明彦は呟いた。

「…………」

「あいつら、二日か三日酔いつぶれるまで飲めばそれでよいと思うとるんだからね。先のことも考えないで……」

「先のことか……」津川工治は反撥するようにいった。

「戦争は終っても、時間はずうっと続いとるんだけんね、酔っぱらって今のことを忘れても何にもならんよ」鹿島明彦は珍らしく津川の言葉をおし返した。

それからしばらく黙り、時々狂ったようにきこえてくる歌声を背に二人は歩いていったが、潜水艦錨地《びょうち》にいく分れ道にある警備員詰所のところで、「おい、なんやそりぁ」という声がかかった。

「何ですか」立ちふさがった三名の人影から身を守るように鹿島明彦はこたえた。

「お前らどこのもんや」同じ声がいった。

「軍需部ですが……」鹿島明彦はいった。

「軍需部、軍需部のどこや」別の男がいった。

「干尽《ひづくし》倉庫にでとります」鹿島明彦はいった。

「その箱はなんや、二つももったいなかけん、一つおいていかんや」同じ男がいった。

「こりぁ罐詰ですけどね、やってもいいけどこんなもんならいっぱい転がっとるよ」鹿島明彦はいった。

「どこにある、教えろ」三人目の男が叫ぶようにいった。

「まっすぐいけばすぐわかるよ。歌のきこえるところを目当てにいけばその附近にいくらでも転がっとるよ」

「海軍から何もいわれんか」最初に声をかけた男がいった。

「何もいわんよ、そいでもあまり奥にいくとやられるぞ、歌のきこえるところまでは何にもいわれん」

「そうか、よし」といって三人の男たちはかけだした。

「危かったね」津川工治はいった。

「徴用工員やろう。佐世保の人間じゃなかね」鹿島明彦は箱をかついだまま津川の方をむいていった。

「何にもなかったら怒るぞ」

「何かあるさ、歌のきこえるところとちゃんと釘をさしとったからな。被服倉庫まではいかんさ」

「うまいね、お前は」

「うまいやろ」鹿島明彦は得意そうにいった。

「なにかね、この箱は」

「軽いけんね、ひょっとしたら白い夏服かもしれん、お前のとこにおいとこう」

「またうちか」

「うん、お前のうちが近いけんね」

「麻の服ならいいけどね、今頃は士官でもあまり着とらんからね」

「戦争やったからな。白い服は着られんさ」

「白い服なら何升かねえ」

「五升には絶対なるよ、ひょっとしたら一斗位になるかもしれん」

「一斗か」

「一斗まではならんかもしれんけど」鹿島明彦はいった。

「七升でもよかね」津川工治はいった。

「白い服ならいいけど」鹿島明彦は同じことをくり返した。

「国防色でも五升にはなるやろう」

「五升にはなる、上衣とズボンだからな」

「一ダースあれば大分になるね、みんな米と換えんでもよかぞ」

「着られるさ、ぱりっとね」

「ふーん」

軍需部から街へでる最短距離にある番兵のいない警備門の前を二人は通過した。もう空襲はないのだということをまだ信じかねるような足どりで往き交う人々が、時々はっとしたような羨しそうな視線を投げてくるのに対して、誇らしげに二人は肩の箱を担《かつ》ぎなおした。ついさっきまで生々しく身内におののいていた戦争の不安と恐怖をどこかに投げ捨ててしまい、そのかわり腹いっぱいの品物をかついだような、ひどく充実した足どりで、二人は電灯のつかない焼け残った街を歩いていった。

2

「燈火管制が解除になったといってもあんまり変らんね」
「停電なら結局同じことたいね」
「病院はついとるよ、あかあかしとる」
「病院は手術せんといかんからね」
「今夜はこんね」
「今夜は通らんよ、もう倉庫はカラッポになったのかもしれん」
「馬鹿いえ、佐世保鎮守府《ちんじゅふ》の倉庫がたった一週間も経たんうちにカラッポになるもんか」
「そいでも一台も通らんからね、かついだ奴は何人も通るけど」
「かついだ士官をやろか」
「かついだ士官をか」

「やめとった方がいいぞ、直接人間をやると強盗のごとなるぞ」

「車でも人間でも同じさ、同じことじゃないか」

「強盗にはならんよ、相手だってかっぱらってきとるんじゃないか、大体砂糖でも塩でも軍のもんじゃないか、かっぱらってもなんということはなかよ」

「強盗でもなんでもよかやろう。戦争に負けたんじゃないか、何やってもよかさ」

「何やってもいいということはなかよ」

「本当は車持っていって直接持ってくるといちばん手っとり早いけどねえ」

「倉庫がわからんもんね」

「今夜はおかしかね。昨日までは何台も通ったのにね」引込線のレールの上に腰を下している平田勝はいった。

「士官をやろか、士官なら何人も通るぞ」友末洋一は同じことをくりかえした。

「車の方がよかぞ」津川工治はいった。

「市役所の方がよかったかもしれんな」鹿島明彦は口の中で呟いた。

「市役所?」津川工治はきいた。

「鰯《いわし》の罐詰が山んごとあるとですよ、空襲用にためとったとだから」夜間中学で一級下の平田勝が津川にこたえた。

「しかし、そりゃ配給もんやろう」津川工治はいった。

「配給かなんかわからんさ、市役所の奴がどんどん持出しとるというけんねえ」鹿島明彦はいった。

「鰯の罐詰か……」友末洋一がいいかけたとき、ごろごろという音が皆の耳に入り、「きたぞ」といって平田勝は立上った。

「きた。馬車だ」津川工治はいった。

「誰かついとるか」鹿島明彦は眼を細めた。

「馬車引きだけだ、誰もついとらん、水兵もついとらんぞ」友末洋一はいった。

「一昨日の水兵ならついとってもよかぞ」平田勝がいうと皆は笑った。一昨日の夜同じ場所で四人は味噌樽を積んだ馬車を襲ったが、その時、馬車引きと一緒に並んで歩いていた年よりの水兵が、後から飛乗って味噌樽をおろしだした彼等に向って別に妨害しようともせず、「おい、二つはいかんぞ、一樽にしとけよ、あんまりやるとおれが隊長から怒られるからな」といったのを皆思い出したのである。

「誰もついとらん、しめしめ」友末洋一はいった。

「兵隊が馬車を引いとるんじゃないか」鹿島明彦はきいた。

「いや水兵じゃない、普通の馬車引きだ」津川工治はこたえた。

「普通の馬車引きはよかったね」友末洋一はだんだん近づいてくる馬車の方をみて舌なめずりした。

「いこう」平田勝はとびだそうとした。

「もう少し待て、いつもの通りにやろう」鹿島明彦はそれをおさえた。

「けろっとして持出すね、戦え戦えというとったくせに。何と考えとるのかね」海軍工廠の造機部につとめている友末洋一が高い声を出し、「シッ、友末黙っとけ」工業学校で一年先輩だった鹿島明彦がその声を制した。

「いこう、もうよかぞ」平田勝はいった。

「誰もきよらんか」鹿島明彦はいった。

「ずっと後から誰かきよるごたる」津川工治はいった。

「どうせ士官さ、かまわんよ」友末洋一はいった。

「友末、馬車引きをみとれよ」鹿島明彦はいった。

「大丈夫」友末洋一は応じた。

引込線に沿った木造の仮貨物ホームの端に身をひそませた四人の前を、単調な車輪の音をひびかせて馬車は通りすぎ、後の荷台に積んだ南京袋《ナンキン》がぼんやり曇った月光にうつしだされた。

「よしやろう」鹿島明彦がかけだし、三人はそれにつづいた。最初に平田勝は荷台に飛び乗ったが、その前に背後の気配にふりむいた男が「何をするんだこの野郎、泥棒」と叫んで馬をとめた。

「泥棒はそっちじゃないか、この馬車はどこから引いてきたんだ。誰の命令で運んどるんだ」

前に廻った友末洋一はその男の横に立った。

「なに、ちゃんと海軍の中佐の方からたのまれとるんだ、おいやめんか」

男がまた喚《わめ》いて荷台の方にいこうとするのを、友末洋一はつきとばした。

「何だ品物は」投げおろされる二つ目の南京袋をうけとめて津川工治はいった。

「何かわからん」平田勝は三つ目の袋を投げた。

「四つでよかぞ、持ちきれん」鹿島明彦はいった。

「泥棒っ、国賊」足を滑らせた男はひきつった声で喚いた。

「国賊はお前じゃないか、荷車一台もかっぱらう奴の加勢して」男が立上ろうとするのに足払いをかけて友末洋一はいった。

「戦争に負けたとに、国賊もへったくれもあるか」荷台の上で吐きすてるようにいって、平田勝は四つ目の南京袋を投げおろした。

「よし、友末行くぞ、一つずつかつげ」鹿島明彦はいった。

「お前らそがんことして、あとでどんなめにあうかわからんぞ」倒れた男が叫んだ。

「何いうか、この糞じじい」友末洋一は、その思ったより年寄らしい男を足蹴《あしげ》にした。

「おいやめとけ、いくぞ」鹿島明彦は制し、その間にまた平田勝が一つ袋を持ったまま荷台からとびおりた。

「持てんぞそんな」鹿島明彦はいった。

四人がそれぞれ一袋ずつ肩にかつぎ、平田勝がさらに残った袋の端を左手に持上げて「もったいないから津川さん半分ずつ下げていこう」といった。

「おけおけ、持てんぞ」鹿島明彦はとめたが、津川工治は「よし」とその袋に空いている方の手をかけた。

「交替で持とう」友末洋一がいい、足早に去っていく四人の後から男がまた「お前ら徴用工員だな、わかっとるぞ。海軍にひっぱってもらうぞ」と悪態をついた。

「うまいことといったな」橋を渡った所で平田勝はいった。

「ざらざらしとるが何かな」津川工治はいった。

「大豆かもしれん」友末洋一はいった。

「大豆より粒の太いぞ」かついでいる南京袋を指の先でつまんで鹿島明彦はいった。

「今日の奴は馬鹿だな、喚いとったけど」平田勝はいった。

「昨日は二度とも何かぐずぐずいうとったけど、あげん何回も叫ばんやったからね」友末洋一はいった。

「うずら豆かもしれん」津川工治はいった。

「昨日の油が砂糖ならね……」といいかけた平田勝の声におしかぶせて「おい交替して持とう」と友末洋一はいった。

「こりぁ福石まで持っていくと目立つから今夜は平田のとこにおいとこう。どこかかくしとくところあるやろう」鹿島明彦はいった。

「うん、うちはかまわんけど、風呂場かどこかにおけばわからんけど」左手に持った袋を渡して平田勝はちらと友末洋一の方をみた。

「かわろうか」鹿島明彦が声をかけ、津川工治は「うん」といって自分の持っている袋の端をさしだした。

「そのうち全部一緒にどこか集めとかんといかんね……」友末洋一は、不服そうな口調で一昨日からの獲物をはっきり確めるような口調でつづけた。「味噌と油に塩、それからこの南京袋か」福石町の津川工治の家に油と塩、味噌樽は鹿島明彦、それにいまの南京袋は白南風《しらはえ》町の平田勝のところと、遠い梅田町に住む自分の家に何一つおいていないのが彼には不満だったのである。

「大丈夫さ、腐るもんじゃないし」鹿島明彦はその友末の言葉の方向を外《そら》した。

「大体、葡萄糖《ぶどうとう》かカルシウムを打ってみたってどうなるもんでもないよ。手がつけられんのだから。水くれ水くれというだけなんだから」という声をトラックの中で目をつぶってききながら、仲代庫男の瞼の中にまたあの赤い浦上の空がひろがった。「本当に注射などではどうにもなりゃせん。地下一メートルで厚さがまた一メートルもあった岡田市長の家のコンクリートの待避壕が吹きあげられて木端微塵《こっぱみじん》に砕けとるのですからね、何か特別な血清みたいなのを注射するならとにかく、葡萄糖なんかではとてもどうにもなりませんよ」「あれじゃとても医学の外ですね。佐世保から何人も医者が救援にいっとるのですがね、結局だまってみとるだけですから。包帯をしようとしても痛い痛いといってさわることもできないし、皮が一面ずるっとなっとるんだからね」「私は十三日からずっといったきりですよ、日本が負けたことも長崎の救護班の中できいたのですから。ひどかったのは電車に乗っていた人間だったね。浦上のあたりはもうそりぁ一ぺんに吹飛んで、跡かたも残っていないが、長崎駅の近くの電車に乗っていた者は、全部、こんなことといっちゃ悪いかもしれんが、本当に茹《ゆ》で蛸《だこ》のように真赤になって死んどるのだからね」などと、数時間前からその医者は飽きもせず自分一人だけがみてきたような口調で、諫早《いさはや》から便乗した数名の土建屋風の男にくり返していたが、その声が仲代庫男にはひどく冷たい客観的なものにきこえた。その医者の言葉はむろんそのまま芹沢治子からきた手紙の裏に記してあった住所の長崎市浦上を中心に草一本もなく、ただ鉄だけが溶けて流れたような原子爆弾のあとの風景を誤りなく語ってはいたが、しかしそれは形だけを伝えているに過ぎないのだ。浦上の赤い空の下にわずかに形だけ残った一棟《むね》の長崎医大病院は、焼け爛《ただ》れた丘に沿ってカサブタのような影を落していたが、その落ちる夕陽の鮮かな色を、医者は口にすることができなかった。戸島炭鉱から長崎港まで四時間の船の中で、仲代庫男はすでに長崎から戻ってきた第二次調査隊のとても言葉にはいえんという報告を反芻して心を決めてはいたが、大波止《おはと》の桟橋に下りて間もなく彼は芹沢治子の生死を調べることを断念せねばならなかった。もしかしたらその日芹沢治子は親類かどこかにでかけてという思いがそれまでの唯一の希望だったが、眼《ま》の当り変り果てた風景を前にしては、そのことを望む余裕さえ失ってしまったのである。所々紫色の煙がうっすらと立上り、それが死体を焼く煙だと知るまでに余程の時間がかかるような、何を考えてよいのかわからぬ足どりで彼は誰も人間のいない浦上の丘を歩きつづけた。浦上の赤い空の下に、それだけが生きもののように長崎医大の丘の裏を流れる川の水が音をたて、その平たくなった川辺に立って、そのとき不意に彼は芹沢治子にださなかった手紙のことを思った。あの手紙がもしその日までに芹沢治子にとどいたとしても、それはもう彼女の体とともに灰としてさえも残っていないのだという思いが、どこか遠いところを飛ぶように彼の中に浮び上り、仲代庫男はあふれる水の中に靴のまま足をふみいれた。なんとなくガスタンクがそこにあったと思われるような、黒い異様な臭気を放つ穴の近くで珍らしく通りかかった男が、今日は二十日ですか、二十一日ですかと彼にきいたが、彼がこたえようとする間もなくふうふうといいながら返事もきかずに通りすぎていき、そのときはじめて仲代庫男の眼の中に涙があふれた。猫の死骸のような恰好をした黒い人間の塊りが、倒れた貨車の横にいくつも並べられ、戦闘帽の下に茶色にしみたタオルを庇《ひさし》にして、その塊りを一つずつ別の個所に運んでいる男の方がむしろ死人のような顔をしていた。わずか十五メートルか二十メートル離れた地点まで男はなぜ一人でその人間の塊りを運んでいるのか、この腐った鉄のようになってしまった風景の中で全然無駄ではないのか。仲代庫男はその男のまるで手足を動かしていないようなのろのろした動作をみているうちに吐気を催してきた。男が黒い塊りを移している置場のむこうに三菱製××という文字が白く爛《ただ》れたようにぶら下り、あの文字は本当は黒いペンキだったのだ、黒い字が原子爆弾で白い火を吹いたのだという思いが、理由なく急に北満にいるはずの父のことを連想させた。ソヴエートの戦車が侵入してきたとき、父はどこにいたのか、蛸壺《たこつぼ》の中で声もたてず火焔放射器で焼き殺されたのではないかという思いが、変に軽くその白い脱殻《ぬけがら》のような文字の下にぶら下る。芹沢治子の死が百で、父の死は十というような変に浮々したものがこの焼け爛れた風景の中にはあるのだ。そういえばソ連軍が対日宣戦を布告した時、おれはなぜあまり父のことを考えなかったのかということが、ひょっこり黄色い線路の間からよみがえってくる。なぜこんなに人間がいないのか、生きている人間はどこにいったのだという声にならぬ声を裏切るように白い袋を下げた女が何かぶつぶつ呟きながら通りすぎていき、これはもう戦争に負けたというより以上のものかもしれんと彼は思った。不思議にそのままの形をして転がっているバケツが彼の足に触れてまだ音があったのかというようにガランガランと転がっていき、哲学も国家もバケツだバケツだという考えがつづいて彼を襲った。バケツなら万歳だ。バケツなら朴本準沢だ、バケツなら畑中警部補だ、という前後に何の関連もない言葉が次々に生れ、バケツなら特攻隊だという声が瞬間それらのものを全部射殺してしまうように鋭く彼の頭の底で光った。バケツなら特攻隊も死なかったという声が遠くの方でどんどんどんというふうにひびき、それがまた、もう一銭銅貨事件も何もなかとですね。李根錫《りこんしやく》はでてくるでしょうね。先生、李根錫のことどうなっとるか労務にきいてくれませんか、という朴本準沢の声と重なってひるがえるのだ。陛下の放送があってから数日後、今後の対策をきめるために、毎日堂々めぐりの全員会議をつづけ、やっと、半島朝鮮人問題については占領軍の指示あるまで静観、当分刺戟《しげき》しないような監視をつづける。出勤督励は廃止という決定がなされた日の帰途、寮の近くで彼は朴本準沢に会い、そのつきさすような言葉をきいたのである。バケツなら一銭銅貨四枚だ。バケツなら朴本準沢だ、バケツならソヴエート軍の戦車のキャタピラにふみにじられた父だ。父ちゃんは要領がよかけんねえという祖母きくの声がきこえ、しかしこんどは逃げる暇はないんだ、バケツならまっくろけの人間だ、原子爆弾だ、芹沢治子だという叫びが内側から潰《つい》えるような音をたてるのだ。バケツなら万歳だ。バケツなら音が残っている。何もかも死んだ風景の中にバケツだけが転がっている。いってみろいってみろ、バケツなら桜井秀雄だといってみろ、バケツなら桜井秀雄の論理だ、バケツならみんなまちがっていたんだといってみろ、バケツなら芹沢治子も生き返るのだといってみろ、バケツならもう一度生きた芹沢治子と会えるのだといってみろとくり返し、バケツなら××××だともう一つ最後に呟いてみたい誘惑から逃れるように、彼は原子爆弾の焔の筋を斜《ななめ》にはっきり焼きつけている長崎医大病院の壁の前に立ったのである。煉瓦《れんが》色と白っぽい鉄色の混りあった奇妙な風景が海までつづいていた。コンクリートの建物が上の方だけ溶けてしまい、その一階の窓の下に未開地の人々が使用する石の通貨のようなものがぴたりとはりついている不思議な形をした風景が彼の目の前にひらけていた。地獄が準備する時間もなくやってきたのでとまどっているような、逃げおくれた呻きが鳴っているような、考えようによっては笑いだしたくなるような風景が見渡す限り畑のような段々を作っていた。みごとな悲劇というよりむしろみごとな開拓地とよぶ方がふさわしい風景が物音一つたてず遠く夕陽に染った煙の中に没していた。煉瓦色はやがて間をくぎるように遠くの方から影をつくっていき、浦上駅があったと思われる地点に飛行機の尾翼の恰好でつきささっているブリキ板に血のでるような光を放った。三菱造船所のガントリークレーンの上の小さい雲が一瞬、その血の吹きでたブリキ板を吸いこんで赤く燃え上り忽ち暗い欠片になった。

「もう早岐《はいき》だ、早いな」道尾駅で手を振った仲代庫男を「乗せてやれ乗せてやれ」といって引っぱりあげてくれた男がひどくはずみのついた声をあげた。

「食塩水で体を拭くだけだからねえ、どうもできんよ」と医者が自分の言葉にとどめをさすように呟き、「塩水が効くんですか、塩水ねえ」と土建屋風の男が、見当ちがいの相槌《あいづち》を打った。

「平田、家の者が少しくれというても袋あけたらいかんぞ」

「大丈夫さ、おれのもんじゃないからね」

「誰が何をいくらいくらときちんと分配がきまってからなら、自分の分はどうしてもよかさ」

「ところで本日はこれで終りでありますか、鹿島閣下」風呂場の横の物置小屋に五つの南京袋をしまい終えてから、急にゆたかになった口調で平田勝はいった。

「市役所に行こうか」鹿島明彦はいった。

「これから、大丈夫か」津川工治は気がすすまぬようにいった。

「容《い》れ物を何か持っていかんとだめやろ、罐詰なら」友末洋一はいった。

「平田のとこに風呂敷あるやろ」鹿島明彦はいった。

「何か探してくる。待っとれ」平田勝は家の中に入り、しばらくして大きなリュックサックと、端布を合せて作ったズダ袋を一つ持ってきた。

「よし、それでいこう」鹿島明彦は手を叩き、床屋の前の石段を下りたところで、津川工治は「何時やろかね」といった。

「十一時頃じゃないか」

「市役所はしまっとるかもしれん」

「昨日は七時頃、いまから鰯の罐詰を配給しますという回覧板のまわってきたけんね。ずっと晩もあけとるんじゃないか」

「しまっとってもどこからか入れるさ」

「市役所は海軍とちがうけど、大丈夫かねえ」

「市役所も国家やけんねえ。戦争に負けたら同じさ」

「海軍の倉庫のもんと配給のもんはちがうけんねえ」

「配給というても普通の配給とはちがうんだから。めちゃくちゃになっとるんだから」

それから急に四人とも黙りこみ、三浦町から戸尾市場の方に下りる坂道のところで「足が重うなってきたね、上らん」と友末洋一はいった。

「泥棒は足が重い。栄養失調の泥棒」平田勝はうたうようにそれをうけた。

「泥棒じゃないぞ」津川工治はむっとした声でいった。

「泥棒でもよかじゃないか」友末洋一はいった。

「泥棒とはちがうやろ」津川工治はいった。

「とにかくあるものはみんな持ってくればよかさ。理屈はみんな崩れてしもうたとだけんね、戦争に負ければもう理屈は通らんよ」友末洋一はいった。

「烏帽子岳《えぼしだけ》に海兵団の兵隊がたてこもる準備しとるというけどね、まだ戦うつもりじゃないかね」平田勝はいった。

「武器も食糧もなくて戦うことはできんよ」鹿島明彦はいった。

「秩父宮殿下を中心にして戦うという噂はでとるけどねえ」平田勝はいった。

「誰が中心になっても戦えんよ。第一召集令状がきても、もういくものはおらんよ」鹿島明彦は吐きだすような声をだした。

「おれはいくぞ」友末洋一は本気にきこえぬ調子でいった。

「いってまた軍隊毛布をかっぱらってくるとやろう」鹿島明彦はいった。

「いや、拳銃を持ってくるさ、拳銃さえあれば軍隊毛布なんかいつでも手に入るからね」友末洋一はいった。

「かついどる士官を拳銃でおどせば、本当にいくらでも手に入るぞ」平田勝は名案をきいたというふうにいった。

「拳銃より機関銃の方がよいかもしれん。配給がなくなったら、何か武器持っとる方が勝かもしれんからね」友末洋一はまんざら冗談だけではない声でいった。

「機関銃は弾が手に入らんよ」平田勝はその言葉をうけた。

「弾はどうかなるさ。本当に機関銃が手に入らんかね」と友末洋一はいった。

「それじゃギャングじゃないか」津川工治はいった。

「ギャング？　ギャングでもよかさ。こうなったらなんでもやるよ」友末洋一は津川の方をふり返った。「造機部には戻れんし、飢え死するよりましだけんね」

「工廠は閉鎖になるんかね。鉄道はどうなるとやろか」八月十五日まで早岐駅に臨時職員として勤務していた平田勝はいった。

「鉄道は残るよ」津川工治はいった。

「残るのは残るかもしれんけど、臨時はもう駄目やろね」平田勝は気にかかっていることを自分からいいだした。

「やめたいやめたいというとったじゃないか」津川工治はいった。

「そいでもこうなったら、もう仕事はなかごとなるけんねえ、学校にもいけんし」平田勝は急に心細くなった声をだした。

「学校なんかもう役立たんよ、大学でてももう何にもならん」友末洋一はいった。

「学校はどうなるとやろうかねえ。そのまま残るとやろか」津川工治はいった。

「陸士とか海兵は困るやろね、貞村もせっかく陸士に受かったけど帰ってくるなあ」平田勝は津川のしっている友達のことを例にしていった。

「もう士官も兵隊もない。うちの技術中尉が袋叩きされたけんねえ。生意気な奴は皆ぶったたかれとるからね」特権者がいなくなったことに心の中で快哉《かいさい》を叫ぶような張りのある声で友末洋一はいった。

「学校はやっぱり残るやろねえ」と、津川工治は呟き、それからまた四人はものをいわなくなった。兄貴がいるからどうにもならんなあ、といつも考えることが津川工治の胸に何かをたぐりよせるようにわいてきたが、それが、しかしもう戦争は終ったんだから姉が兄貴の分をみさえしてくれたら、もしかしたら苦学してでも学校にいけるかもしれんという思いに変った。もしかすると姉の珠子が家の生活を何年か支えてくれたら、おれは学校にいけるかもしれん。熊本工専か、長崎経専か、どちらにでも、どちらかにでもいけるかもしれんという熱い息のような思いが彼の胸に湧いた。専門学校にさえ進学できたら昼間の中学なんかいっぺんに吹飛ばしてしまうことができる。佐中、佐中と威張っていても、熊本工専の蛇腹《じゃばら》の帽子の前にはどうにもならんだろうという考えがわっと叫びたいほど彼の中をかけめぐった。……だが、姉はどうして家に金を入れるのだ、海軍が駄目なら、いままで通り軍需部に勤めることもできなくなるかもしれないのだ。ふっと突きさしたようにしぼんだ思いの中で、死んだ義兄と重なっていつか彼の家にたずねてきた姉のつきあっている男の顔が浮かび上ったが、彼は何か汚れたものでものみこむように頭を振った。たしか軍需部の部長付とかいっていたが、あの男にたのめば何とかできるかもしれんという考えが走ったからである。彼はその思いをうち砕いた。海軍がなくなればあの男の力も失われてしまうのだ。戦争に負けたら、あの男はもうどうすることもできないのだという未練がましく漂う気持を彼は馬鹿な、と自分にいいきかせてたたきつけた。うどんくれ、雑炊《ぞうすい》よりうどんがよかぞ、という兄陸一の泣声がふたたび彼を現実につき戻す。

「足の重たかねえ」平田勝はいった。

「市役所は電気ついとらんぞ」友末洋一はいった。

「いってみよう。何もなくてもともとさ」鹿島明彦は足を早めた。

「市役所の奴がきいたら何といおうか」平田勝はいった。

「罐詰を貰いにきました、といえばよかさ」友末洋一はいった。

「おれがいうよ。昨日回覧板まわってきたけど、よそにいっとったから、今日とりにきたといえばいい。おれがいうけどね。それで白南風町からきたということにしとこう」鹿島明彦は手《て》筈《はず》をきめた。

「白南風町か。うちはもう鰯の罐詰は取っとるとだけんね」さっき自分のいったことを少し後悔した口調で平田勝はいった。

「大丈夫さ、下宿しとるといえばいい。下宿人ももらう権利があるといえばよかさ。とにかくみつかった時の話だからね」鹿島明彦はいった。

「ぐずぐずいえば叩きのばすさ」友末洋一は右手を曲げるようなしぐさをした。

「誰もおらんごたるぞ」津川工治はいった。

「平田、罐詰はどこにあるかしっとるか」鹿島明彦は後をむいた。

「いや、はっきりしらんけど、うちの者が昨日行ったときは一階にはどこにも山んごと積んであるというとった」平田勝はこたえた。

「いけばわかるよ」友末洋一はいった。

「ものいうな、これから」制して、鹿島明彦はまっすぐ市役所の正面に通ずる道を入っていった。

「閉まっとるんか」立止った鹿島に後から津川工治は声をかけた。

「閉まっとる、裏にまわってみよう」鹿島明彦はすぐ方針を変えた。

「宿直室があるやろ、宿直をおどかそうか」友末洋一はいった。

「裏にまわるぞ、ものいうな」鹿島明彦は友末の言葉をおさえた。

「誰かおるぞ」裏手に廻るとすぐ眼に入った光を指して平田勝はいった。

「懐中電灯つけとる」友末洋一はいった。

「なんだあそこは、自転車置場じゃないか」鹿島明彦は自分の眼を確かめた。

「宿直室もたしかあのへんにあったけどねえ」平田勝はいった。

「よし、いってみよう。誰かまたかっぱらっとるのかもしれん」

鹿島明彦は鉄棒のとれたコンクリートの囲いをとびこえ、三人はそれにつづいた。その足音にびっくりしたのか、裏庭で揺れていた光が消え、しばらくしてこんどは四人のいる方向にむけて照らしてきた。

「今晩は」鹿島明彦はすすんでその光の中に入っていった。

「今晩は」友末洋一はいい、「今晩は」と平田勝は声を顫わせた。津川工治は黙って鹿島の背後に従った。

「何だ、何か用か」懐中電灯を持った男が声をかけた。

「二人おるぞ」低い声で平田勝はいった。

「何ですか、何」男が同じことを少しひるんだ調子でいった。

「配給をもらいにきたとですけどねえ」といって、友末洋一は前にでていき、もう一人の男が懐中電灯を持っている男にぼそぼそと耳うちした。

「あなたたちは何しとるんですか」鹿島明彦は前にすすみ、相手の男が何もこたえないうちに「わあ、あるある、この箱は罐詰じゃなかや」と声をあげた。

「罐詰ならあるよ」懐中電灯を持った男が妥協するようにいった。

「自転車置場においとったんか」平田勝は呟いた。

「ここにあるのはカスばかりだ。地下には毛布や地下足袋まで積んであるよ」懐中電灯を持たない男が仲間のような口をきいた。

「あんたたちはどこ」友末洋一は菜ッ葉服を着ているが自分よりもはるかに年をとっていると思われる男たちの勤務先をきき、「友末、やめとけ、どこでもよかじゃないか」と鹿島明彦がそれをとめた。

「地下には入れんやろう」平田勝はいった。

「入口はしっとるけど、宿直がおるから危いよ」仲間のような口をきいた男がいった。

「この罐詰は何やろか」鹿島明彦はいった。

「いろいろ入っとるよ。安物ばかり、桃とか魚とかいろいろ入っとるよ」電灯を持った男がいった。

「あんたたちはもう大分運んだとやろ」友末洋一はいった。

「いやまだはじめてだけどね……」電灯を持った男が口ごもった。

「こりぁリヤカーかなんかあるとよかけどね」鹿島明彦は幾段にも積み重ねられた罐詰の箱をみながらいった。

「毛布とりにいこうか、入口を教えてもろうて」平田勝はいった。

「宿直のところを通らんといかんから、入れんよ」箱に手をかけた男がいった。

「あんたたちは車か何か持ってきとるとね」鹿島明彦はきいた。

「いや……」電灯を持った男は曖昧な返事をし、もう一人の男が「自転車持ってきとるけど、荷乗せには二つ位しか積めんからね」とこたえた。その時、「誰かきたぞ、電気消せ」と平田勝が叫ぶような声をあげ、びっくりしてふり返った鹿島たちの眼に、男の持っている懐中電灯よりさらに強い光が二つ急ぎ足で近づいてきた。

「お前たち、ここで何しとるんだ」意外に多い人間をみてそのためによけい強くなった口調で、近づいてきた男がいった。

「配給をもらいにきたとですけどね」明らかに警察の人間だとわかる声に対して鹿島明彦はこたえた。

「配給、何の配給だ。こんなにおそくでたらめいうな」

「回覧板がまわってきたんですよ。市役所に受取りにこいといってきたからきたんですよ」鹿島明彦はいった。

「それが六人も押しかけてきたんか」後の刑事がいった。

「押しかけてはきとらんですよ。おれたちはいまどこで配給もらうかきこうと思って、電気がついとったからここにきたんですよ。この人たちの電気がみえたから……」

「おれたちだっていまきたんだ」鹿島の言葉にあわてて懐中電灯をもった男が弁解した。

「何でもいい、市役所の宿直員から電話がかかってきたんだ、一緒にきてもらおうか」戦闘帽をかぶった刑事がいった。

「一緒になんかいかんよ。何にもしとらんのだからな」友末洋一はいった。

「おい、警察をなめるのか、お前は」はじめて警察という言葉を使って刑事は威嚇した。

「おれたちを調べるぐらいなら、海軍の士官でも逮捕すればいいじゃないか、毎日物資を持ってでとるじゃないか」友末洋一は平然といいかえした。

「とにかくちょっときてくれんか」もう一人の刑事が鹿島の方をむき、「戦争に負けたからといっても警察はあるぞ、なめるな」と戦闘帽をかぶった刑事が声を荒くした。

「かえろうか、何もしとらんのだからね」といって、鹿島明彦は皆を見廻した。

「かえろう」友末洋一は勝手にさっさと歩きだした。

「おい、待て、待たんか、ただじゃすまんぞ」戦闘帽をかぶった刑事はいったが、不思議に後を追ってこなかった。

ものもいわず、二人の男が鹿島たちの後からついてきた。そして裏門の囲いをこえたところで「危かったな、警察はやっぱり警察だからな」と消えた懐中電灯を持った方の男がほっとしたような声をだした。

「六人と二人だ。手はだせんよ」友末洋一はいった。

「戦争に負けたんだ。警察もくそもあるもんか」平田勝は強がりをいった。

「急ごう。あいつら電話かけて応援をたのむかもしれんぞ、あのまま黙ってみすごしたのがおかしいぞ」鹿島明彦はいった。

「電話より、自分たちで鑵詰運ぶのとちがうか」友末洋一はいった。

「惜しいことをしたな。宿直員がしらせたとか何とかいうとったけどね……」という平田勝の後にくっつくようにして荷乗せの自転車を押している男が「顔をおぼえとらんとよかけど」といった。

「一人か二人のコソ泥だと思うとったのかもしれん」平田勝はいった。

「四人組んどけばたいがいの奴は手をだせんさ。戦争中とはちがうからね。ちょっといまのは気色がよかったな」友末洋一はいい、「実力主義、実力団」と平田勝が何か標語をとなえるようにかぶせた。

「実力団か」津川工治は呟いた。

「警察をなめるのか、というとったね」友末洋一はふんとさっきの刑事たちを嘲笑するように鼻を鳴らし、「どうなるのかねえ」と津川工治は、何が疑問なのか意味不明な重い声をだした。

第六章

1

わあ持っとるねえ、わあ持っとるねえ、あの大砲は戦車砲かもしれん、ああいう自動車は日本の陸軍は持たんやったからなあ、みんな兵隊は自動小銃を持っとるじゃなかや、ちがう、やっぱり段ちがいにちがう、ありぁジープというんだ、わあ持っとる持っとる、とさっきから仲代庫男の背後でくり返し嘆声をあげていた男の声が急にやみ、ふたたび地を揺さぶるキャタピラの音がきこえてきた。

「日本の戦車と大分ちがうね」津川工治はいった。

「ああ」仲代庫男はいった。

「物量対物量か、これじゃ……」というさっきとちがう男の声が砲塔に赤いペンキでBUFFALOとかいたM14戦車のキャタピラの轟音《ごうおん》に吹飛ばされ、「奴らよか気色やろねえ」という別の声が次にくる戦車との間をとらえるように上った。

「もう初めから五十台位きたとじゃないか」津川工治はいった。

「うん」仲代庫男は息だけで返事した。彼はさっきから、日本の国土に外国の軍隊が入ってきた、いま、目の前をアメリカの兵隊が通っていくのだ、とそのことだけをずっと考えつづけていたのである。何か祖国が前科者になってしまったような、伝統も歴史も一瞬にして踏みにじられている渦中に、こうしておれは立っているのだ、という、日本と自分の運命をそのまま握っているのだという気持の中で、上半身をそらしたアメリカ戦車兵の赤い顔をみつめていた。

「口を動かしとるのは、ありゃチューインガムを噛んどるんだ。ほら、あれあれ」と、群衆の中からまた誰かの声が上り、「軍隊でもチューインガムをたべてよかとですねえ」という女の声がそれに応じた。

「こうなりゃ、海軍の倉庫はもうみんなアメリカのものたいねえ」津川工治はあきらめたような声をだし、「倉庫も何も、日本のものはみんなアメリカのものになってしまうんだ」と、隣りの男がこたえた。

幾台かの戦車が過ぎて二連装の細長い砲車をひいた自動車がそれにつづき、「白人というても赤い顔しとるね」「この部隊はどこからきたとやろか」「沖縄からじゃないかな」「ほらみろ、日本人のごたる兵隊がおるぞ」「ありゃ二世というんだ、ハワイかどこかにいる二世というんだ。親が日本人だからああいう顔しとる」「親が日本人なら子供も日本人やろう」「国籍がちがうさ、市民権かなんか、そんなものがちがうんだ」「こりゃ何する車やろか」「こりゃ飛行場を作る車とちがうか」「どれが将校でどれが兵隊か、さっぱりわからん」「将校は顔をだしとらんのとちがうか」「肩にぴかぴか光っとるやろ、あれが将校たい」という声が、口々にM14戦車の響きから解放されたように上った。

「いこうか、仲代」行進の最後に通過する小型車を積んだ胴体の長い車を珍らしそうにみながら、津川工治はいった。

「うん、いこう」仲代庫男はいった。

「占領軍がきたら、警察はどういうふうになるのかねえ」津川工治は歩きだした。

「どうして」仲代庫男はききかえした。

「いや、鹿島のことさ。すぐ釈放されるかもしれんね」

「うん、しかしわからんね。……」

「警察はおかしかけんね。一週間もしてから逮捕して、その時は鹿島が何かいうたらすぐ釈放しといて……それからまた逮捕したとだからな。何考えとるのかわからん」

「どさくさだから、何考えとるのかわからんさ」

「本当に何考えとるかわからんよ。この前いった時は面会もさせんで、お前ら態度が太いぞ、日本が変ったと思ったら大まちがいだぞ、と怒鳴ったけんね」

「………」

「署長も何も変っとらんからね。そいでもアメリカの占領軍がくればそういうわけにはいかんやろ。鹿島をつかまえる位なら、市役所の奴も、海軍の士官も、誰も彼もつかまえんといかんからね。それも市役所のものはとっとらんとに、一週間もしてから、どこで調べたのかしらんが、ひっぱりにきたとだからねえ」

「その時はすぐ帰して、どうしてまたひっぱっていったのかな。おれが戸島に給料もらいにいった間だからもう一週間になるね」

「はじめ面会にいった時は、鹿島は警察がまた自信持ってきたというとったけど……」

「警察が自信持ってきた？」

「うん、戦争に負けたからガラリと何でも変ると思うとったのに、あんまり変らんからね。警察もそのままだから……そいでも今日からまた変るかもしれん。占領軍がはいったから……」

「………」

「仲代はどう考えるかねえ」アメリカ占領軍の行進をみていた本通りと海軍橋通りの交叉《こうさ》する地点からもうすぐ佐世保警察署のみえるところまで歩いてきたところで、津川工治は言葉を改めた。

「何を……」仲代庫男はいった。

「いや、軍隊のもんでも市役所のもんでも、アメリカ軍にとられるより、こっちでとった方がよかとじゃないかね。鹿島のことは……おれも同じだけど、犯罪にはならんと思うとるけどね」津川工治は少し口ごもった。

「なぜ、鹿島だけひっぱられたのかな。警察はどんな調べ方をしたのかしらんけど」仲代庫男はこたえの前に別なことをはさんだ。

「わからんね」津川工治はこたえた。

「何というかしらんが、とにかくいってみるよ」仲代庫男はいった。

「うん、もし面会できて、誰も見張りがおらんやったら、品物は全部別のところに移したから心配するな、といってくれ。おれはこのへんをぶらぶらしとくよ」津川工治はいった。

「わかった」とこたえて警察署へ通じる焼け跡の道を仲代庫男はまっすぐ歩いていった。「感状上聞に達した」朝鮮人上等兵の新聞記事を持って朴本準沢の釈放をたのみに戸島炭鉱の警部補派出所にいった時のことが、不意に荒々しく彼の胸をよぎり、仲代庫男はそれと合せてつい一週間程前、八月分の給料を受取りにいった時の江下労務課長の言葉を思い浮かべた。「仲代君、君は点数かせいどってよかったよ。いやもう連中の鼻息が荒くなったこと。いままでろくにものもいわなかった奴が誰から入れ知恵されとるのかしらんが、べらべら勝手なことばかりしゃべりだすんだからねえ。それはまあいいけど、あの事件はなかったことにしといてくれよ。……」「なんの事件かって、ほら、あの一銭銅貨の事件さ、ありゃあなかったことにしておるんだから……。なだめてはいるんだが、朴本準沢がうるさいんだ。李山根錫のことなんかきいてきたりしてね。警察にきけといっといたが、畑中君は畑中君で、労務にきけとかなんとかいったりしてね、もし会ったら君からでもなだめといてやってくれないか……」

「朴準沢が何といっているんですか」その時仲代庫男はきき返した。

「親父の方はまあいいんだがね。あの朴本準沢がどうも警察にぶちこまれたことを根にもっているらしいんだ。何も労務がひっぱらせたわけでもないし、責任はないのだが、その前に検挙した李山根錫のことを根掘り葉掘りあいつがきいてくるんだ。何もそんなことまでこっちで知っているわけはないじゃないか、長崎の警察にやられたらしいということをしってるだけで、そんなあとあとのことまではしらんとこたえてはおいたんだが、どうも納得しなくてね……日本でずっと教育を受けていながら、やっぱり朝鮮人は朝鮮人だね、性根がちがうよ」自分の責任を他のものに転嫁するのと、いまいましさを混ぜた口調で江下課長はいった。

「朴準沢のこともそうですが、ただ朴準沢をなだめてもなんにもならんのじゃないですか。あの一銭銅貨事件では二人も朝鮮人が自殺していますからね」八月二十一日以来自分が戸島炭鉱を離れてから、まるで言葉の調子が変ってしまった江下課長の神経質な表情をみながら、仲代庫男はいった。

「そうだな、うんそうだ。それはそう考えて対策はたてているんだけどね、そうだ仲代君、もしよかったら僕と一緒にその対策をたてる仕事をやってくれないか、そうだ、なんとでも僕が所長にいって君のポストは安定させるようにするよ」江下課長は仲代の言葉を反対に受取って、またそのことから名案を思いついたようにいった。

「いえ僕は荷物を整理しにきたんですから」

「何も君、急にやめなくても、欠勤、いや休職にしていても月給はもらえるんだから、気のすむまでいくらでも休んでそれからでてきてもらえばいいんだからね。会社の方針だって何もまだきまっていないんだ。学校にかえるとしてももう少し世の中が落着いてからいけばいいんだよ」
「いえ、僕はやめさせていただきます。朴準沢には会っていこうと思いますが」
「そうか、いや、やめなくても僕がなんとかしとくよ。そうか朴準沢には会っていってくれるか、とにかく労務課は何もしらないのだから、そこのところを説明しといてくれ。君はあいつの釈放をたのみにまでいったんだから、君のいうことはきくと思うんだ」江下課長はまた仲代の言葉を逆に受取った。

何かその江下課長につきつける言葉をいったものかどうかしばらくためらったあと、仲代庫男は結局「失礼します」とだけいった。「もう一銭銅貨事件も何もなかとですね」という朴本準沢の冷たい声が「お前は何をした」というように彼の胸を貫いたからである。

佐世保警察署の玄関に入る時、「準沢はいないよ、朝から二坑の友達《トモタチ》のうちにいっとるよ」という朴本準沢の母親の声が仲代庫男の胸を突いた。朴本準沢が警部補派出所に検挙された日、たずねていった仲代庫男をおぼえているのかいないのか、それだけいうと、部屋の中にひっこんで破れた障子の戸を閉めてしまったその母親の眼が、たった一度派出所にいった位で理解者のような顔をするな、結局何もできなかったじゃないかと、鋭くつきささる。

「おい、あんた、何だ」受付に誰もいないので黙って奥の方へ通りすぎようとする仲代庫男を、横合いから巡査がよびとめた。

「あ、刑事部長さんに会いたいのですが」

「何だ、用件は」

「ここに留置されている友達のことで、ちょっと話をききたいことがあって……」

「なんだ、面会か、そんなら二階の刑事部だ」巡査は右手の方の階段を指さした。

「いや、面会だけじゃないんですが……刑事部長さんにちょっと話があるんです」

「刑事部長はいま不在だ、おられんよ」

「そうですか、それじゃ面会だけでもたのんでみます」といって仲代庫男は階段を上った。

黒い板に白ペンキで刑事部とかかれた表札の下っている硝子戸をあけるとすぐ、部屋の中にたった一人でいた刑事が「なに」と仲代をみた。

「鹿島明彦の面会にきたんですが」

「鹿島、ああ、あの理屈屋か」刑事はうすら笑いをうかべた。

「面会できますか」

「さあ、部長がいまおらんからねえ」

「おねがいします。ちょっとあえばいいんですから」

「よしよかろう。あんまり固いことというとアメリカさんからやられるかもしれんからな」あっさり承知した刑事は自嘲するような口調でいって自分から先にその部屋をでた。

「鹿島はまだでられんのですか」一階からさらに留置所の方に下りる階段の途中で仲代庫男はきいた。

「あいつはなめたようなことをいうからね。部長の心証を害しとるんだ」刑事はこたえ、それからまた思いついたようにつづけた。「部長がおらんと本当は面会できんのだからな。黙っといてもらわんといかんぞ」

「早く出してくれんとどうにもならんのですけどね」仲代庫男はいった。

「調書を認めて判さえおせばだされるよ。今日そうすすめとけよ。あいつは戦争に負けたら何もかも変ったと思いこんどるんだから。いっぱし思想家ぶった口をきくから、よけいこじれてしまうんだ」

「どんなことをいうんですか鹿島は……」

「一昨日はおれをひっぱるより、市長をひっぱれとかいうとったよ、何か思いちがいをしとるぞ、あいつは……」

「………」

地下の留置場の入口にある担当部屋をのぞきこんで刑事は親指をつきだした。「すみませんがね、鹿島明彦と面会させてくれませんか。上につれていってもよかとだけど、いまコレがおらんのでね、めんどうでもここでたのみますよ」

「あ、鹿島ね」耳の後に傷あとのある担当巡査は気軽く応じ、「アメリカがきたっていうけどどうかね」といった。

「ああ、おれもまだみとらんのだけど、みんなそれで出とるんだけどね。タンクの音はさっききこえとったな」と刑事はいった。

「警察はどうなるのかね」といい残して担当巡査が輪になった鍵を持って出ていき、「坐らんかね」と刑事は仲代の方をむいた。

「どういうことになるのかさっぱりわからんね。民主主義というのが天下をとるという話もあるし、M・P政治だというものもいるし、M・Pというのはアメリカの憲兵のことらしいな……」黙って畳の上り口に腰をかけた仲代の方をちらとみて、刑事はひとごとのようにいった。

「…………」

「あんたは、何かね仕事は」刑事はきいた。

「学生ですよ」仲代庫男はこたえた。

「学生、学生ですか。そうかね、そいで警察はどうなると思うかね」

「何がですか」

「いや、民主政治になったらみんな変ってしまって、それで、署長やなんかはひっぱられるかもしれんという噂がでとるんだが」

「誰にひっぱられるんですか」

「いや、アメリカ軍という者もいるし、朝鮮人と共産主義者が革命をやるという情報もあるし、警察に勤務した者は絶対就職できんというとるしね」不安な気持を耐えきれなくなって吐きだすように刑事はいった。

「朝鮮人と共産主義者が革命をですか……」仲代庫男がいいかけた時、担当巡査と一緒に鹿島明彦が入ってきて「よお」といった。

「ここに入っとるときいてびっくりしたよ。どうしたんだ」仲代庫男はいった。

「ああ、もう無茶苦茶やからね、一度調べて帰しといてから、またひっぱるとだからね。それからろくに調べもしないでもう一週間も入っとる」鹿島明彦はいった。

「お前調書に判押さないからさ」刑事が横から口をだし、「まあ坐れ」と担当巡査がいった。

「あんなでたらめな調書、認めたらそれこそ何されるかわからん。配給品をかっぱらったことを認めろというんだから。認めるならだしてやるというけど、そんなことしたらこんどはそれが証拠になるからね」鹿島明彦は仲代の横に並んで腰かけて強い語調で難詰した。

「おれはしらんがね、部長が出してやるというんだったら、大人しく判ついてでた方がいいんじゃないか」刑事はおされたような声をだした。

「いや、アメリカがくるそうだから、そうしたらアメリカの警察に調べてもらうさ。そん時、なにもかも喋るからどうせわかるけど」

「アメリカ軍はきたよ。いまみてきた」仲代庫男は鹿島の言葉をうけた。

「え、アメリカ軍がきたか。それでどうやった、何人位きたとや」鹿島明彦は声をあげた。

「うん大分きた。何人位かしらんが、戦車は五十台以上きとった。水陸両用戦車がまじっとるんだ。全部機械だからね。歩いとる兵隊は一人もおらんから……」仲代庫男はこたえた。

「えっ、水陸両用戦車、どんな戦車だ」担当巡査が息をのんだ。

「刑事さん、部長にすぐだしてくれるようにいうてくれませんか」アメリカ軍の進駐《しんちゅう》によって自分の釈放を要求するような口調で鹿島明彦はいった。

「うん、部長が戻ってきたら事情がわかるからな」刑事は弱々しくこたえた。

「本当にすぐだしてもらわんといかんな」仲代庫男はいった。アメリカ軍に調べてもらうなどと鹿島はどこまで本気でいっているのかと思いながら。

「おれは上にあがるからな。面会がすんだらまっすぐ帰ってくれよ、アメリカとか何とか変なことはやめといた方がいいぞ」めんどうなことは何もききたくないという調子で、刑事は立上った。

「部長にいっといて下さいよ、ださんのならださんでいいけど」鹿島明彦は後から声を投げた。

「あんまり疲れとらんね」一週間も留置場にいながら、ひどく勢いのよい鹿島の態度に仲代庫男は感心した。

「うん初めてだからね、面白かよ」鹿島明彦はことともなげにいった。

「ああこれ」といって、仲代庫男はズボンのポケットから飴玉をだし、ここで渡してもいいかというように巡査の方をみた。

「五分間位にしてくれよ。ほかの者の手前もあるからね」担当巡査はいった。

「コンサイスがいよいよ活用するね」仲代庫男はいった。

「うん」飴玉を口に入れて、鹿島明彦はちょっとてれたように笑った。

「さっきここにくる前にちょっと寄ってきたけどね、うちの方は心配いらんと、おばさんいうとられたよ」仲代庫男はいった。

「うんおおきに」とこたえて、「そうか、アメリカがいよいよきたか」とさっききいたことを改めて感動するように鹿島明彦はいった。

「うん、みとったら妙な気がした」仲代庫男はいった。

「ちょっとがっかりやね」鹿島明彦はどうにでもとれるようなことを呟いた。

「津川も一緒にそこまできたけどね、よろしくいうてくれというとった」

「うん、津川は変っとらんやろね」

「この前、面会にきたけど、会われんやったというとった」

「そうか、またきたんか、ちっともしらんやった、もうすぐでるから心配するなというといてくれ」

急に言葉がとぎれた、それを埋めあわせるように「おれが戸島にいっとる間だったからね、かえってからびっくりしたんだ」と仲代庫男はいった。

「うん、戸島にいったことは津川にきいとったけどね、あ、それから津川がいうとったけど、おやじさんのこと何かわかった」鹿島明彦はいった。

「いや、何もわからんけどね。ばあちゃんがしょっちゅうなげいとるけど、考えてみても仕方がないから……満州のことは何にもわからん」

「生きとられればよかけどね」

「うん、捕虜になっとればよかけど、戦っとればだめやろ」

「親父さんは満州におられるんか、満州のどこにおられた」巡査がいった。

「ええ、北満の方にね」とこたえてから、気を変えるように仲代庫男はまた鹿島の方をむいた。

「いっぺんゆっくり話さんといかんね、戦争が終ってから一度もゆっくり話し合ったことがないけんね」

「うん、ここでたら津川も一緒にいっぺんぜんざい会か何かやろう」鹿島明彦はうなずいた。

「もうよかろう」巡査が顔をあげ、「まだ五分にならんよ」と鹿島明彦はその巡査の方をむいた。

「本当にいろいろ話さんといかんな」仲代庫男は同じことをくり返した。

長崎からトラックに乗って帰ってきた夜の翌々日、彼は津川工治の家で鹿島に会っていたが、市役所に罐詰を収奪にいかないかとさそわれて、よし、何もかも崩れたんだやってみるかと、一度は気持を動かしながら、結局同行を断った。その時、「そうか、仲代はやめとくか」とそれきり強いて深く誘いもしなかった鹿島明彦の口ぶりがすっと影をひいて仲代庫男の胸に浮かんできた。

「仲代はまた東京に帰るんやろ」鹿島明彦はいった。

「どうなるかわからんよ、もうおやじの方はだめだから、おれがかせがんと家がどうにもならんからね。学校なんかいかれんよ」仲代庫男はいった。

「学校は卒業しとった方がよかやろうけどね」

「うん、そいでも、どっちみち出直しだけんね。これからどう変るかわからんし、学校の段じゃないよ」

「これから英語の時代になるねえ」鹿島明彦はいった。

「…………」そこでお前の戦争中買溜めしたコンサイスの時代が到来したわけかという皮肉が、彼の中で急に力のないものになって消えた。

「英語かねえ、やっぱり」担当巡査が相槌をうち、それから「もういいぞ、あんたは帰ってくれ」と仲代の方をみて立上った。

空襲で焦げたコンクリートの塀に背中をもたせかけている津川工治をみたとき、仲代庫男は、結局鹿島とは何にも話すことができなかったのだと思った。何を話したかったのか、何といえばよかったのか、はっきり言葉としてはわからないが、かんじんなことには何もふれることができなかった。そういう思いが彼の中にわき上ってきた。

「どうだった、会えたか」仲代をみて、津川工治はかけよった。

「うん、会えた。元気だったよ」仲代庫男はいった。

「そうか、品物のことというたか」

「いや、ずっと巡査が横におってね。それでも何か、鹿島はわかったような顔しとったよ」

「鹿島はカンがよかけん、仲代の顔みただけでわかるやろ」

「……………」

「すぐでられるやろか、警察は何というとった」

「うん、部長がおらんからわからんけど、鹿島は相当刑事たちをおどしとるね。アメリカの警察に調べてもらうぞとかいいよったからな。こっちがびっくりしたよ」重い心の中から軽い言葉がずるずるとひきだされる、そのような声で仲代庫男はいった。そしてその重い心とは何かはっきり自分でもつかめぬことがよけい彼を苛だたしくした。本当に重い心とは何なのか。戦争が終る前にコンサイスを買溜めしていた鹿島明彦の見通しに対する反撥か。鹿島は事実そういうつもりでコンサイスを買っていたのか。これから英語の時代になるねえという言葉はそこから導きだされたものか。或は戦争が終るとすぐ海軍士官を襲撃し、軍需部の倉庫から物品を持ちだす（彼はそのことを津川工治からきいていた）そういうことを抵抗なくやれるそのことにか。そうだ抵抗なくだ……彼は自分の探している言葉を発見したように思った。

「鹿島はいうからねえ。前は口ではあまりいわなかったけど、戦争が終ったとたんに、なんでもいうようになったんだ」津川工治はいった。

「……………」

「前は仲代の方が議論しとったけど……この頃はあんまりしゃべらんごとなったね」

「そうか……」仲代庫男はいった。

「やっぱりおやじさんのこと考えるんか、心配やろうからね」

「いや、親父のことは親父のことだけどね……」仲代庫男はさっきのつづきを考えはじめた。それじゃ何に抵抗するんだ、何に抵抗して市役所から罐詰をかっぱらうんだ。鹿島明彦には抵抗がない。戦争のときも戦争が終ってからも同じ状態でずっと進んでいる。戦争に勝っても負けても彼はそのことにこだわってはいない。コンサイスを買溜めした時も、空襲の翌朝、焦げた小豆《あずき》を拾いにいったことも、彼は自分のおかれた時間と場所をいつも最大限に利用しているだけで、戦争に負けても何も自分の中のものは崩れていないのだ。しかしそれだからどこが悪いのだ。崩れたものと崩れないものとどうちがうのだ、という支離滅裂になった論理がその上にかぶさってくる。戦争の勝敗に関係なく考え行動できる鹿島明彦。そうだ祖国の興亡に関係なく考え、行動する鹿島の態度が重くおれの心にのしかかってくるのだ。深い靄《もや》の中で一筋の活路を見出したように、仲代庫男は思いつきのその言葉にすがった。しかしすぐまたその言葉は、そうか仲代はやめとくかという鹿島明彦の自信のある声の前に忽ち足場を失ってしまう。

「なんだ、さっきから黙って。何か考えとるんか」津川工治はいった。

「いや、鹿島は自信があるね」自分の考えを仲代庫男はそのまま言葉にした。

「うん、こんどはひっぱられたけど、鹿島はまちがわんからね。あいつの考えとることは強いよ」津川工治は応じた。

「戦争のことどう考えとるのかな」

「どうって何を」

「いや、鹿島はあの放送きいた時、どんな感じがしたかと思うてね」

「どうかね、翌日うちにきた時は、ただ負けたね、とそれだけしかいわなかったけどね、すぐ彼女に会いにいきよったから」

「彼女って、やっぱりあの挺身隊のか」

「うん、同じだけど、そういえばどうしたとやろかね、鹿島はなんにもいわなかったけど。……彼女より倉庫の方がよかったのかもしらんけどね」津川工治は笑いながら、ふと前方の人だかりをみて「何だ、ありゃ」と声をあげた。

「アメリカ兵じゃないか、何やっとるんだ」「いってみるか」二人は川沿いの道を海軍橋の方にかけだした。

橋の両端に機関銃を装備した小型自動車を中心に鉄帽をかぶった兵隊が四人ずつ立哨《りっしょう》し、そのまわりに日本人がもの珍らしそうに集っていた。「ドイツ兵のような鉄帽かぶっとるね」という男の後からしばらくみていると、アメリカ兵が「散れ」というふうに手を振り、そのたびにわっといって輪は崩れるが、また少し経つと恐しい見世物をみるような足どりでだんだんと近寄っていく。「グッド・モーニング」と誰かが声をかけ、「グッド・モーニングじゃないよ、お昼じゃないか」とトレーニング・パンツみたいなものをはいた男がしたり顔にいった。

「チューインガム」モンペをはいた四十をこしたと思われる女がそれだけしかしらないという

ような英語を呟き、そのまわりの人々がその女をふりむきながらくすくすと笑った。と、その時、自動小銃を胸に斜めにかまえていた若い兵隊が、何を思ったかズボンのポケットから小さい紙包みをとりだし、それを女の方に投げた。

「わっ、本当にチューインガム投げたぞ」と誰かが叫び、飛んできたチューインガムの目の覚めるような緑色の紙包みを、拾っていいものかどうかためらいながらはずかしそうにあたりをみまわして、女はそれを手にとった。

「チューインガム」こんどは六十位の男が声をかけ、別の兵隊がその声に応じた。

「チューインガム」「チューインガム」つづいてまわりをかこんだ日本人のあちこちからぱらぱらと声がとんだ。そのたびにチューインガムの包みが投げられ、しまいには面白そうに、紙包みをほぐしたチューインガムが一つずつぱらぱらと投げられた。日本人たちの誰もがてれた笑いを口もとに浮かべて自分の足下にとんできたチューインガムを拾いあげた。そしてチューインガムがなくなり、アメリカ兵が自動小銃を自動車の上においてもう全部投げたからない、というように両手をひろげた。

「ケーキ」こんどはひどくかん高い声が上り、アメリカ兵は同じしぐさで頭を振った。

「シガレット」戦闘帽をかぶった男が試すのだというふうに声をかけ、薄ら笑いをして自分であたりをみまわした時、赤い煙草が一箱、彼の頭上にとんだ。そのとたんなんともいえぬ叫びが口々に上った。

「シガレット」「シガレットくれ」「シガレット」「こっちにくれ」チューインガムの時と同じように、アメリカ兵たちははじめ、五、六個、箱のまま投げ、つづいて箱を破って一本ずつぱらぱらにして投げたが、そのたびにわっわっという喚声が上った。

「拾ってこようか」津川工治は唾《つば》をのみこむような声をだした。

「やめとけ」仲代庫男はいった。

「うん」その声の激しさにびっくりして津川工治は仲代の顔をみた。

「津川、いこう」と後もみずに仲代庫男は歩きだした。

2

〈九月二十二日、土曜〉

鹿島に面会にいく。アメリカ軍部隊進駐。いままで戦っていた敵兵からチューインガムを投げられて犬のように拾う日本人のことをどう考えればいいのだろう。そのような民族なのか。津川にはおれの怒りがわからぬ。

〈九月二十四日、月曜〉

鹿島が昨日釈放されたことを津川の家できく。津川不在。江下課長から手紙。朝鮮人坑夫が坑内で騒ぎだし、坑務の下田係員をなぐりつけたことが書いてある。相変らず李根錫の居場所を教えろと朴準沢がたずねてくるとのこと。もし李根錫が死んでいたらおれが殺したんだと労務課の中で泣き叫んだこと。労務課はおびえているようだ。

〈九月二十五日、火曜〉

江下課長に返事。労務課の対策係などできないから戸島に戻る気はないと書く。鹿島と津川はコンサイスをアメリカの兵隊の持っている煙草一箱（十二個入り）と交換している。交換のことはチェンジだと津川がいった。父のこと（満州の状態）を市役所にききにいくが全く不明。

延安《えんあん》に日本人共産主義者がいることが新聞にでている。

「延安にいる日本人の大部分はかつての兵隊で中共軍に捕われた人々であるが延安政府は日本人捕虜に行動の自由と延安の諸学校の講習会への出席を許していた。前線が何を意味するかは延安では説明されていないが、これ等日本人は中共軍と協力して日本の兵士と居留民を獲得しに出掛けるだろう」どういうことか考えてみなければならぬ。

〈九月二十八日、金曜〉

戸島から貰ってきた金の残りは二百円。鹿島と津川はさかんにやっている。パルチザン戦用のコンサイスがアメリカ煙草やチョコレートに変じ、その煙草がまた何物にでも変化する。海軍士官の夏服を米一斗と芋一俵に換えたといっていた。早急に金と食糧の入る仕事を探さなければならない。

〈九月二十九日、土曜〉

天皇陛下、マッカーサー元帥を御訪問の写真がでている。津川がきてしきりに一緒にやらないかとさそう。断る、といったら、そういうだろうと鹿島もいっていたと津川は笑った。栄養をつけんと革命はできんぞ、といってから、いやこれは鹿島のいうとることだがねと津川はいった。鹿島は革命というようなことをいっているのか。革命とは何か。どうすることか。

〈九月三十日、日曜〉

針尾《はりお》島に買出し。万年筆一本と交換にカンコロ二貫目。気ばかり苛だっているが何も読む気がしない。原子爆弾を受けた人がばたばたと死んでいる。芹沢治子のことはもう考えない。何も考えない。考えられない。長崎のことは忘れることにする。

〈十月一日、月曜〉

鹿島と津川がつれだって米を一升とアメリカの兵隊が使用している『日本語会話』を持ってきた。「いままでの英語じゃ全然通用しないんだ」と津川はいっていた。彼等はこのアメリカの兵隊が使っているローマ字の日本語と米語を並べた本を扇子と交換して、そのアメリカ製の会話本を日本人に逆に高く売りつけているそうだ。「これからはもうすべてが実力主義だ、アメリカは実力主義だからな」と鹿島。昨日針尾島にカンコロ買いにいったといったら鹿島と津川がちょっと複雑な眼をしていた。彼等とはどんどん離れていく。そうか。

〈十月二日、火曜〉

昨日うちのばあちゃんと約束したといって、津川がキャベツと油を五合ほど持ってくる。何も話をしないでかえった。津川はなぜおれと話したがらないのか。鹿島から何かいわれているのか。「おい鹿島の革命はどうした」といったら「これからはアメリカと共産主義だと鹿島はいうとるよ」と津川はまじめにこたえた。

〈十月四日、木曜〉

どうしてこう何もする気がしないのか。考えねばならぬことはいっぱいあるのに考える気がしない。朴準沢のこと。芹沢治子と原子爆弾のこと。学校のこと。生活のこと。父のこと。しかし何もする気がしない。ばあちゃんがしきりに父のことをいうが仕方がないのだ。

〈十月五日、金曜〉

⑴政治犯人の即時釈放⑵思想警察その他一切の類似機関の廃止⑶内務大臣および警察関係の首脳部、その他日本全国の思想警察および弾圧活動に関係ある官民の罷免《ひめん》⑷市民の自由を弾圧する一切の法規の廃止を連合国最高司令官が日本政府に要求した。

計画をたてて本を読みはじめる必要。三木清獄死事件。高倉テルの逃亡を助けたために拘引され、疥癬《かいせん》と栄養失調で死んだとある。在獄中の共産党員の名前――田島善行、春日《かすが》庄次郎、徳田球一。……戦争責任とはどういうものか、考えねばならない。

「国民総懺悔《ざんげ》といい、戦争の責任は国民全体の頒《わか》つべきものだという。それは成程そうである。しかし、一面国民は、既に戦争の結果として流血と災害とを身をもって負担していることも事実である。もし国民に戦争に対する責任がありとすれば、それは武断政治による我国内治、外交の壟断《ろうだん》を許したことに最も多く存するともみられよう。しからば、国民がその責任を自覚し、その責任より生ずる任務を果すには、かかる武断政治の宿弊《しゆくへい》を爬羅剔抉《はらてつけつ》し、その根絶に努め、そして国民自らの政治的自由を取戻し、これを確固不動のものたらしめることにならなければならぬ」という二十二日の社説がこの問題についてはもっとも核心を衝いていると思われるが、なお考える必要がある。おれは一体何を考え、何をすればよいのか。

〈十月六日、土曜〉

南風崎に買出し。有田の知人に陶器を卸してもらって売ろうか、とばあちゃんがいう。

〈十月七日、日曜〉

青木洪『耕す人々の群』をよむ。

ばあちゃんと妹が有田にいって皿と茶碗《ちやわん》を卸してもらってきた。明日それを持って北松の炭鉱にいくことにする。仕事をみつけねばならぬ。

〈十月八日、月曜〉

伊藤整『感動の再建』をよむ。

ばあちゃんが北松にやきものを売りに行った。

〈十月十一日、木曜〉

「解放運動犠牲者救援会、朝鮮政治犯釈放委員会などの主催になる『出獄戦士歓迎人民大会』は十日午後二時から芝区田村町飛行会館五階講堂で行われた。会場には赤旗が立ち『一切の戦争犯罪人を処罰せよ』『人民共和政府樹立』等のビラが貼られ、聴衆約二千、その中には多数の女性も混っていた、弁護士上村進氏が座長に推され、主催者側より布施辰治氏の歓迎の辞ののち、金斗鎔《きんとよう》、中西伊之助、伊藤憲一の諸氏、往年の闘士など立って、自由の確保、天皇制廃止などを叫んだ、続いて最近出獄した酒井定吉、神山利夫、神山はな氏などから獄内の残虐を訴え、日本ならびに朝鮮のプロレタリアート解放を要求しその間徳田、志賀氏など日本共産党出獄同志によるプリント『人民に訴う』が金一円で聴衆に売られる風景もあり、午後四時五十分閉会した、ついで赤旗を先頭に雨の街頭をデモに移った、なお前記徳田球一、志賀義雄氏等はこの日府中の拘禁所より出獄したが、獄内の様子陳情のため直ちに米軍第一騎兵師団に出頭、結局この大会に出席しなかった」

天皇制廃止という考えがあるのか、天皇制廃止という考え方ができるのか、と昨夜からずっと思いつめてきたことを反芻しながら、仲代庫男は市街全体を見下すことのできる山裾《やますそ》を縫う坂道を歩いていった。天皇制廃止とは昨日日記に書き写した共産主義者の出獄を伝えた新聞記事の中にでてきた言葉であったが、彼はその新聞を読んで、呻くような衝動をうけたのである。天皇制廃止ということが正しいのかどうか、彼にはまだよくつかめなかった。しかしその天、皇、制、廃、止という五つの文字を書き並べることができるのだという考えが、何か信じられぬような叫びを一晩中彼の中であげつづけたのである。なぜそう叫ぶのか彼はつかむことができなかったが、ちょうどその疑問にこたえるように今朝の新聞の片隅に小さく「佐世保に純正共産主義研究団体生る」という記事が掲載されていたのだ。彼はその団体の世話人として名前のでている江藤博という女学校の教師を学校にたずね、彼より十歳以上年長と思われる江藤博は「それについては、山手町にある増本土建会社に勤務している北林季吉をたずねた方がよくわかるから」と教えた。そしてその北林季吉が勤務している増本土建の事務所は彼の上っていく石段のつき当りに建っていた。

受付の女事務員に来意を告げるとすぐ、「私が北林です」といいながらひどく下瞼のたるんだ男がでてきて「外で話しましょうか、さっき江藤から電話がかかってきて、あなたがこられるのを待っていたんですよ」と親切そうな声でいった。

「仲代庫男といいます。今朝新聞にでていたのをみて……」

「ああ、江藤からききました、ききました」仲代庫男の言葉を皆までいわせず中途から引取って、北林季吉は自分から先に立って石段を下りた。そしてしばらく歩くと、くるりとふりむいて「あなた、どんな本読んどるんですか」ときいた。

「どんな本……」何とこたえてよいのか、とっさのことにしばらく仲代庫男がためらっていると、またその返事をきかぬうちに「あなたいくつですか」と北林季吉はいった。

「二十歳《はたち》です」

「学校はどこですか」

「国学院です」

「国学院ね、そりゃ大変だな」

「あなたの年でこの理論を研究するのは大変だったでしょう」

「…………」

「いえ、僕はただ……」

「いや、そりゃ大変だ、勉強するだけでも大変だったんだから」何か思いちがいをしているらしく、北林季吉はしきりにうなずいた。

「勉強は何もしていないんです。勉強させてもらえるならと思ってきたんです」仲代庫男はいった。

「こんどね、諫早の刑務所から秋本次郎という人が佐世保にくるんですよ。獄中九年です。獄中で咽喉をやられて、口がよくきけんらしいですがね。この人がこられたら、この人を中心にして唯物弁証法の研究会をやろうと思うとるんですよ。そりゃまず実践が大事ですが、やっぱり理論をしっかりたたきこんでおかんといざというときやっぱりうまい戦術をたてられませんからね。そういう意味で徹底的に弁証法の研究をやっていきたいんですよ。もう合法的にやれるんですからね。どんどん組織していきたいと思うとるんですよ。そうだ、あなたなんか中心になってやってもらうといいな。青年をどんどん組織していってね……」

話の内容とは反対にどこかちぐはぐになった口調で北林季吉は一方的にしゃべった。

「中心とかそんなことはできませんが、僕は勉強させてもらいたいと思ってきたんです」北林季吉の言葉の間に仲代庫男は割りこませた。

「いや、若い人はいいですね。積極的だから、僕らやっぱり昔の非合法時代のくせが残っていてね、どうも物の考え方が非合法的でいかんですよ。昔は共産主義研究団体をやっている方はあなたですか、なんて電話できいてくる人なんかいなかったからね。そういう時僕ら思わずドキッとするんだ。いやあなたのことじゃないですよ。まだ江藤から電話がかかってくる前ですよ。やっぱり今朝の新聞みて鹿島という青年が入りたいといって電話をかけてきて……」

「鹿島ですか、鹿島というと、鹿島明彦というんじゃないですか」仲代庫男は北林季吉の口から不意にとびだしてきた名前にびっくりした。

「鹿島明彦、ああそういう名前でしたけど、あなたしってる人ですか」

「ええ、しっていますが、そうですか、鹿島ですか……」仲代庫男は咽喉にかかった声をだした。鹿島明彦が「純正共産主義研究団体生る」の新聞記事をみていち早く電話をかけたことが、何かひどく場ちがいのような、しかし考えようによってはしごく当然のことのような気がして、うまく整理できなかったからである。

「何か変な男ですか。スパイじゃないですか」言葉をとぎらせた仲代の顔をみて、北林季吉はいった。

「スパイ？　……友達ですが」

「いや、こりぁ、……すぐ僕らはそんなことといってしまうから……非合法の残滓《ざんし》です。かんべんして下さい」北林季吉は頭をかいて笑った。

「北林さんは戦争中ずっと運動なさっていたんですか」鹿島がおれより前に電話をかけてきたのか、あの新聞記事には江藤博の住所だけしか書いてなかったから、恐らくあいつは新聞社にでも問合せたのだ、そうか鹿島が共産主義を研究するのか……と考える間をとるように、仲代庫男はきいた。

「いや僕はね、どっちかといえば文化運動の方をやっとったから……後じゃもう文化運動も非合法活動もなくなったけどね。いや、やろうと思ってもどうにもできん時代でしたからね。それでも警察にはちょいちょいよばれましたよ。要注意人物だったから……」北林季吉の語尾が急に力を落とし、それに自分でも気づいたのか、彼は少しせきこんだ口調でその声をたて直した。

「天皇制の問題といっただけで三年くらいこんだんですからね。はっきり天皇制打倒といえば七年だったんだから、実際ひどかったねえ……」

天皇制の打倒という考え方ができるのか、天皇制打倒という考え方ができるのかと重い鉄と鉄を打合せるようなひびきがふたたび仲代庫男の胸にきこえてきた。北林季吉の少ししゃべりすぎる非合法という言葉の端に、朴本にはほとほと手を焼いた恰好です、李山根錫のことは自分の責任だ、といって泣き叫ぶのだから、どうにも手のほどこしようがない。労務に責任があるはずはないが、君がもしきてくれるならこの点で大いに対策がたてられるわけだ。すでに所長の了解もとってあるし、明日にでもきてくれることを期待しています、という江下労務課長のいやに下手にでた手紙の文句がぶら下る。戸島炭鉱の坑底で、信《チン》ちられん信《チン》ちられんとくり返した朝鮮人坑夫の眼が安全灯の光の奥で鈍くまばたきするのだ。

「秋本次郎だけじゃない。延安の共産主義者たちもぞくぞくと帰国してくる。この人たちは筋金入りだからねえ。もう弁証法だけじゃおそいかもしれない。戦術と戦略が実際に必要になってくる。中央からオルグが合法的に派遣される時代になるんだ。……」

北林季吉の浮々とした声が続いていたが、仲代庫男はきいていなかった。オルグという耳なれぬ言葉だけが、天皇制打倒という考え方もあるのか、あるのかという重い鉄と鉄を打合せるようなひびきの中に一つ残って揺れた。


〔1960（昭和35）年1月『虚構のクレーン』初刊〕

P+D BOOKS ラインアップ

草を褥に　小説 牧野富太郎	大原富枝	●植物学者牧野富太郎と妻寿衛子の足跡を描く
激流（上下巻）	高見 順	●時代の激流にあえて身を投じた兄弟を描く
夢のつづき	神吉拓郎	●都会の一隅のささやかな人間模様を描く
貝がらと海の音	庄野潤三	●金婚式間近の老夫婦の穏やかな日々を描く
庭のつるばら	庄野潤三	●当たり前にある日常の情景を丁寧に描く
早春	庄野潤三	●静かな筆致で描かれる筆者の「神戸物語」

P+D BOOKS ラインアップ

魔法のランプ　澁澤龍彥
● 澁澤龍彥が晩年に綴ったエッセイ29編を収録

虚構のクレーン　井上光晴
● 戦時下の〝特異〟な青春を描いた意欲作

マカオ幻想　新田次郎
● 抒情性あふれる表題作を含む遺作短編集

夜風の縺れ　色川武大
● 単行本未収録の39編と未発表の「日記」収録

街は気まぐれヘソまがり　色川武大
● 色川武大の極めつけ凄観エッセイ集

こういう女・施療室にて　平林たい子
● 平林たい子の代表作二編を収録した作品集

（お断り）

本書は1969年に新潮社より発刊された文庫を底本としております。

あきらかに間違いと思われるものについては訂正いたしましたが、基本的には底本にしたがっております。また、一部の固有名詞や難読漢字には編集部で振り仮名を振っています。

本文中には女工、乞食、坑夫、精神病、癩、部落、床屋などの言葉や人種・身分・職業・身体等に関する表現で、現在からみれば、不当、不適切と思われる箇所がありますが、著者に差別的意図のないこと、時代背景と作品価値とを鑑み、著者が故人でもあるため、原文のままにしております。

差別や侮蔑の助長、温存を意図するものでないことをご理解ください。

井上 光晴（いのうえ みつはる）
1926（大正15）年５月15日―1992（平成４）年５月30日、享年66。福岡県出身。炭鉱労働を経て日本共産党に入党。『書かれざる一章』で党の内情を描いたとされ除名処分に。その後上京し、本格的に作家活動に入る。代表作に『小説ガダルカナル戦詩集』『死者の時』『丸山蘭水楼の遊女たち』など。

P+D BOOKS とは

P+D BOOKS（ピー プラス ディー ブックス）とは
P+Dとはペーパーバックとデジタルの略称です。
後世に受け継がれるべき名作でありながら、現在入手困難となっている作品を、
B6判ペーパーバック書籍と電子書籍を、同時かつ同価格で発売・発信する、
小学館のまったく新しいスタイルのブックレーベルです。

虚構のクレーン

2024年2月13日　　初版第1刷発行

著者　井上光晴
発行人　五十嵐佳世
発行所　株式会社　小学館
〒101-8001
東京都千代田区一ツ橋2-3-1
電話　編集　03-3230-9355
販売　03-5281-3555
印刷所　大日本印刷株式会社
製本所　大日本印刷株式会社
装丁　おおうちおさむ　山田彩純
（ナノナノグラフィックス）

ISBN978-4-09-352482-7

P+D BOOKS